藥師少女的獨語

3

日向夏

Kadokawa Fantastic Novels

目錄

藥師少女的獨語

目錄

3

彩頁、內文插畫／しのとうこ

序話

喀，喀，跫音響徹迴廊。

原本只聽得到皮球的彈跳聲與自己的腳步聲，再來至多就是褓姆的呵欠罷了。平素那位奶娘休假，換成一名新來的侍女跟著自己。在這當中，發出跫音之人漸漸靠近自己，只見來者是一名老人。

褓姆站起身，保護般地走上前去擋住自己。她用恭敬的口吻對老人開口，但老人充耳不聞，踉踉蹌蹌地走過來，伸出手想碰自己。花白的頭髮亂糟糟的，眼窩凹陷。不過手上卻沒有太多皺紋，表示此人實際上的歲數比看起來年輕。

可能是聽到了褓姆的聲音，一名女子從房裡出來，是母親。

母親小跑步過來站到自己面前，然後定睛注視著老人。

老人發出呻吟聲，似乎是看到母親而畏縮了。那副模樣太過詭異，讓自己忍不住把手裡的皮球丟向那人，並抓住褓姆不放。

即使如此，老人似乎仍有話想說，作勢要靠近自己。伸出來的手握成拳頭，手裡緊緊捏著某種東西。

母親為了牽制老人，握緊了大團扇瞪著對方。她眼中沸騰燃燒著從平時穩重的模樣無從想像的烈火。老人就像野獸一樣懼怕那烈火，動彈不得。

沒過多久，一群男子從迴廊另一頭靠近。每個男人都蓄著小鬍子，自己知道那些人稱為宦官。

從他們身後出現一位泰然自若的老婦。奢華的簪子如鈴鐺般叮噹作響，周圍的侍從配合著鈴聲整齊地踏著步伐。

褓姆與母親都跪下了，自己也學著跪下。老婦的歲數看起來比老人更大，但眼神銳利，光是四目交接就像要被刺穿了一樣。自己全身發麻。

印象中自己好像見過這名老婦幾次，只記得是一位很尊貴的人士，聽年輕侍女說過，誰都不能違背她的心意。

「好了，我們回房去吧。」

老婦伸手碰觸老人。聽到她溫柔安撫的聲音，老人又露出了畏縮的神情，緊貼著牆壁不放。他的身體縮成一團劇烈發抖，聽得到牙齒在格格打顫。某個東西從老人原本緊握的拳頭中掉了下來，自己的目光不禁受到那晶亮的東西所吸引，那是一種顏色又像朱紅，又像鬱金的石子。

自己好像在哪裡看過，不曉得是在哪裡。
那是一種令人印象深刻的鮮明色彩，但自己想不起來。
老婦眉頭緊皺，看都不看他們一眼就轉過身去。宦官代替老婦溫柔安撫老人，將他帶到宮外去了。
自己緊抓著褓姆，一直旁觀到最後。內心只覺得害怕，不明白究竟發生了什麼事。
只是，在自己身邊跪下的母親用滾燙的狂熱視線望著老婦。慈祥的母親何以會露出這般表情，那個老人與老婦又是何人？過了一陣子，自己才得知了這些問題的答案。
人家告訴他，老人是他的父親，老婦則是他的祖母。
然後他得知，自己一直當成父親之人，其實是他的兄長。

離輾轉難眠的季節還早，但壬氏的寢衣卻被汗水浸得溼透。他不舒服地從床上起身，拿起桌上的水瓶直接對著嘴喝。水裡摻了少許果汁與蜂蜜，讓他出了一身汗又乾掉的身體頓覺暢快滋潤。
從窗戶的縫隙，可以看見月光。
每當作過惡夢之後，總會發生不好的事。深信此種說法或許太過迷信。壬氏吁一口氣，將水瓶放到桌上。

到天亮前還有一點時間。其實應該再睡一會兒，而且如果不睡，監護人高順會橫眉豎目地發脾氣。

但睡不著就是睡不著，無可奈何。

無法入睡的夜晚，活動身子到產生睡意就是了。

壬氏拿起豎放在房間棚架裡的假刀。這把刀是練武用的，沒有開鋒，並且特別作得比較重，壬氏單手拿著它大大一揮。若能在屋外練習更好，但要是被侍衛發現會很麻煩。在這裡練武恐怕也早已被發現了，不過只要不出去，侍衛就會睜一隻眼閉一隻眼。

屋裡不適合舞刀，他做點工夫彌補此一問題，改跳金雞獨立的劍舞，將學過的整個套路練過一遍後，再換腳站立，換手持刀。重複此種練法幾次後，外頭天色開始變得朦朦亮。

壬氏在地板上躺成大字形，以冷卻發燙的身體。

命人準備沐浴用的熱水吧。

正在這麼想著之時，一張怏怏不悅的宮女面龐無意間浮現腦海。光看表情就知道，她對於壬氏一大早就入浴又大灑精油有何種看法。話雖如此，也不能一身汗臭就去執行公務。

即使只是做個樣子，為了扮演無懈可擊的宦官壬氏，這點小細節好歹得注意。

但不能把此事說出口真讓他心焦。

不過，壬氏認為也不能永遠隱瞞下去。那個宮女雖然在一些奇怪之處很遲鈍，但應該已經開始起疑了；或者也有可能早已察覺，卻佯裝不知。

若真是如此，事情就簡單了——

壬氏爬起來，將假刀物歸原位後倒在床上。他已經懶得更衣了。晚點侍女水蓮才會來叫他起床，就趁這段時間再睡一會兒吧。

恐怕又要在公務時間打呵欠了。壬氏邊想邊沉沉睡去。

一話　書冊

「妳在做什麼？」

還是老樣子風神秀雅的宦官壬氏用一種大惑不解的口吻問道。隨從高順站在他後頭。

「並不是什麼特別的事。」

貓貓在爐灶前一邊擦汗一邊回答。在她身旁，庸醫一邊燠熱難耐地用手替臉搧風，一邊勤奮地幹活。因為貓貓腳傷還沒痊癒，所以他來幫忙，但貓貓覺得他動作不太靈活，這或許是太愛挑毛病了。

兩人正在用尚藥局的爐灶拿鍋子煮東西。鍋上蓋著形狀奇異的蓋子，細長的管子從蓋子上延伸出來。兩人中途放了點水冷卻它，水滴從管子前端滴滴答答地落下，再用小容器將之盛起。

這是日前貓貓打掃尚藥局時找到的蒸餾裝置。這麼奢侈的設備竟然擺在倉庫不用，真是暴殄天物。

四下滿室花香，鍋裡有著大量的花瓣。

「小女子正在製作精油。」
貓貓正在用日前製作青薔薇之際準備的薔薇做精油。
「香味好濃烈啊。」
「比起野生薔薇還算淡了，晚點會用油或水稀釋。」
耗費幾生幾世改良得符合人們喜好的薔薇，作為外觀變得華貴豔麗的代價，香氣卻變淡了。魚與熊掌總是不容易兼得。
壬氏興致盎然，目不轉睛地注視著蒸餾裝置。
勤奮地搬運木柴的庸醫一發現壬氏，簡直就像年輕姑娘般啪啪撢掉衣服上的灰塵，又很快地把八字鬍捏得整齊一點。
「總管有何貴事？」
這話讓壬氏表情稍稍一沉。貓貓並沒有別的意思，但看來問話的口氣讓聽者不太舒服。
「香味這麼濃，任誰都會好奇吧。」
壬氏鬧脾氣似的微微噘起嘴唇，他那模樣讓隨侍左右的高順皺起眉頭。
（請再拿出點威嚴來。）
高順或許是想這麼說吧。貓貓是覺得待在這裡的庸醫有眼無珠所以不用在意，但王公貴人畢竟沒這麼好當。

貓貓從椅子上站起來，然後從櫃子裡拿出茶點放到桌上。貓貓早就摸透了庸醫喜歡把昂貴點心放在櫥櫃最高那一層的習慣。壬氏坐到椅子上後，貓貓掐了一點月餅，安全起見試過毒後，再端給壬氏。

「妳在這裡製作，是因為在翡翠宮實在不好意思嗎？」

「是，這也是原因之一，另外還有……」

貓貓擦過沾到豬油的手指，站到爐灶前面。她替管子前端換上一個新的容器，放置一會兒後，溶液表面浮現出澄清的油。這就是精油。

「有些精油具有墮胎的作用。雖然只要不要喝下濃度極高的精油應該就不會有事──」

貓貓一邊偷瞄確認庸醫不在附近，一邊說道。庸醫人雖然好，無奈口風不緊。現在讓他知道翡翠宮的主子玉葉妃懷孕一事還為時尚早。

「……那麼，後宮內使用的香水等物品不用特別設限了？」

「是，小女子認為不會有事。」

要是每件事都要限制，很多問題想必會變得很麻煩。人口一多，要管理得面面俱到就成了件難事。

壬氏看向另一只放在爐灶上的鍋子。大概是注意到不同於薔薇，嗅之令人頭暈目眩的香氣了吧。

「那個是？」

「那鍋是酒精。」

那鍋酒精濃烈到好像光用聞的都會醉。將酒液經過重複蒸餾，可以取得濃烈的酒精。這不是作來飲用，而是消毒用的。漸趨暖和的季節很容易累積穢氣，傷害身體。翡翠宮有小公主在，貓貓想盡量保持環境清潔。

她還順便多作了一點，放在尚藥局會有很多用處。

「可以用來做這種事啊？」

「是，據說在西方是這麼使用的。」

貓貓的養父有留學西方的經驗，貓貓也擁有一知半解的相關知識。假如自己有什麼地方比他人出色，貓貓認為必定是養父傳承給她的這類知識。

「我記得妳的養父是……」

壬氏正想說些什麼時，咚的一聲，他們聽到一聲巨響。

高順看看尚藥局外面發生了什麼事，只見兩名宦官合力把一大包東西放在尚藥局的門口就離開了。

「這是何物？」

高順偏著頭問庸醫。

「哦，這是小姑娘她……」

貓貓狠狠瞪了庸醫一眼，但為時已晚。

壬氏已經開始興味盎然地拆包裹了。喂，你怎麼擅自亂碰啊。

「壬總管，茶水燒好了，請總管來椅子上坐好。」

「這是什麼東西？」

「是小女子老家寄來的包裹，不是什麼了不起的東西。」

壬氏不知為何，用一種興奮雀躍的目光看著貓貓。

（這傢伙太離譜了。）

貓貓好歹也是個女子，在這種時候，難道都不會覺得應該客氣點，不要探人隱私嗎？

「裡……裡面有小女子的褻衣。」

貓貓微微低垂著頭這麼一說，壬氏就略顯尷尬地鬆手。對，就這樣給我走開。貓貓低垂著臉做如此想，但現實總是不如人願。

「竟然要兩個大男人合力搬運，這褻衣是用什麼做的？」

高順偏偏注意到了無聊透頂的部分。

壬氏「啊！」一聲張開了嘴。

可惜他沒能繼續糊塗下去，包裹內的祕密註定要被揭穿了。

「小女子以為後宮的問題之一，就在於這種潔癖的部分。」

貓貓挺直了背，神色肅穆地說。

考慮到召集到後宮的宮女，有朝一日可能受到聖上寵幸，選的都是處子之身。雖然多少也有些例外，但純屬少數。

假設萬一，聖上看上了哪個女子，而那女子又是處子之身。得面對皇帝已經夠惶恐了，還要體驗未知的事物。

「若是有個閃失，那女子就太可憐了。小女子認為有必要事前預習。」

「所以妳就準備了這種玩意兒？」

壬氏在眼前叉開了腿站著，貓貓跪坐在地板上。

不知怎地，總覺得之前好像也被他這樣罵過。

包裹被解開，裡面露出了大量書冊。說穿了，就是那方面的書籍，那方面。就是貓貓為了安慰夜裡顯得有些寂寞的聖上，屢次訂購的書籍。除了皇帝之外，梨花妃也愛看。貓貓這回原本想稍微增加一點販售通路，於是試著多訂了些，沒想到時機這麼不湊巧。

虧貓貓為了躲過囉嗦鬼紅娘的法眼，還特地請人送到尚藥局來。

貓貓也不是那麼貪財，但她不這樣賺錢，被她留在煙花巷的阿爹就可能沒飯吃。誰叫阿爹心腸太好，鐵定被老鴇花言巧語一番，成天接些等於做白工的生意。
壬氏似乎很傻眼，但又覺得貓貓的說法也不算全錯。聽到貓貓說這也是皇帝交代的事，壬氏就一臉複雜至極地接受了。
高順用一副不苟言笑的表情翻書。貓貓忍不住半睜著眼，看著這幕稀奇古怪的光景。
「這書製作得可真精美。」
（什麼嘛，原來是這個意思。）
貓貓差點懷疑他是不是個悶騷貨，原來是對其他地方感興趣。
「用的是好紙。」
記載各種房中術的書冊能賣個好價錢，有時可以當成女兒的嫁妝，而且愛好此道之人更是捨得花錢。由於內容幾乎都是圖畫，就算不識字也能享受樂趣。雖然成本很高，但利益也相對豐厚，不會虧本。
「是版畫啊。」
壬氏也目不轉睛地看著書冊的插畫，但是瞧瞧書裡的圖案，只能說這實在太滑稽了。庸醫羞赧地頻頻偷瞄他們。
「據說不是木版畫，而是用金屬作為印版印刷而成的。」
「那可真了不起。」

聽說這是來自西方的技術。貓貓不知道詳細的製作過程，不過既然壬氏開口讚美，應該是頗為稀奇的技術。

「是的，難得有這麼好的東西，小女子認為應該讓更多貴人欣賞。」

貓貓正色說道。

「這跟那是兩回事。」

壬氏一句話就駁回了。

不過他似乎對書籍本身很感興趣，正在翻閱著確認內容。他這樣光明正大地閱讀會讓貓貓非常困擾，害得她不禁像平常那樣半睜著眼瞪人。

可能是注意到了，高順用指尖輕輕戳了壬氏幾下。

「總管如果喜歡，不妨帶一冊回去如何？」

「呃，不，我絕沒有那個意思！」

壬氏啪沙一聲把書放下。貓貓把它重新放好，以免留下摺痕。

壬氏又補充一句：「我可沒有那個意思。」然後摸摸下巴沉吟片刻。

「我可以饒過妳這一次無妨。」

雖然口氣高高在上，但他本來就是達官貴人，無可奈何。

「總管願意開恩？」

貓貓兩眼微微發亮。
「想請妳告訴我這書是哪家店鋪賣的。」
貓貓的眼神霎時由熱轉冷。
高順再一次輕戳壬氏幾下。
「不，我只是想了解一下這種印刷技術罷了。」
壬氏急忙補充解釋。這算哪門子的對話？
「總管說得是。」
貓貓繼續一副看笑話的眼神，將書店名稱流暢地寫在簿本上。
「我是說真的。」
「是，小女子明白。」
用不著拿這種平面圖畫充飢，像壬氏這樣的美男子，想看多少真人應該都不是問題。不過聽說有時候紙上人物比真人更好，但壬氏想必不至於也有那種喜好。
貓貓一邊自顧自地想著這些，一邊撕下簿本的紙交給了壬氏。不愧是庸醫使用的簿本，書寫感真好。紙張的觸感讓她讚賞不已。
玩笑話就講到這裡，貓貓在猜壬氏或許是想開辦新的賺錢生意。所謂的政事，重點在於如何從人民身上搾取稅賦而不造成怨聲載道。為此必須增加人民的收入，所以要用稅收從事初期投資。

（不過你們怎麼做我管不著。）

比起這事，更重要的是貓貓得把散亂的書籍收拾好。壬氏一來，造成觀眾聚集得越來越多。要是讓人知道玉樹臨風的宦官在看這種書，不知道別人會用何種眼光看他，貓貓的個性沒惡劣到會想試一試。

貓貓正在匆忙地收拾時，高順無聲無息地按住了箱籠。

「高侍衛有何指教？」

高順的神色顯得有些遲疑。

「裡面可能有些東西需要檢閱……」

原來他指的是書籍的內容，裡面有幾冊的風格比較奇特，是投皇帝所好。當今皇上的喜好真是讓貓貓不敢恭維。

「這是因為皇上表示，以往那些書看了都不夠過癮。」

「不行。」

被否決了。枉費貓貓特地請老鴇精挑細選了一番。

貓貓不情不願地把那方面的猥褻書籍交給了高順。

後來過了大約十天。貓貓一如平常地在洗衣場偷懶。

「不曉得底下究竟埋了什麼。」

小蘭用有點孩子氣的口吻如此說道。她一手拿著洗衣籃，靠著牆壁發呆。

今天天氣好，因此洗衣場人滿為患。宦官勤奮地打水，搓洗衣物。下女的衣物加灰水用腳踩洗，嬪妃的衣裳則用調配的洗滌劑手洗。

「不知道耶。」

貓貓從懷裡掏出用筍皮包裹的烘焙點心，交給小蘭。小蘭笑瞇瞇地收下了。

「不曉得底下究竟埋了什麼」，這句話似乎是小說中的一段文字。聽說最近在後宮流行看小說。

「在美麗的花朵綻放之處，我想從那底下發掘到什麼？」

小蘭目光興奮雀躍地說。小蘭是農村子女，不識字，所以應該是某人唸給她聽的。

「不咬得會是……什麼呢？」

小蘭嘴角黏著烘焙點心的碎屑說，看起來簡直像隻松鼠。

「馬糞？」

聽到貓貓的回答，小蘭噗呼一聲把點心噴了出來。她嗆得兩眼泛淚，瞪著貓貓。貓貓從水池打水來，一邊輕撫小蘭的背一邊餵她喝。

「誰叫妳吃得這麼急。」

「還不是貓貓害的！」

小蘭氣呼呼的，但貓貓並沒有說錯。栽培蔬菜需要的不只是水，貧瘠的土地只能種出枯黃的蔬菜，因此需要肥料。如果花朵開得美麗，想必是施了相應的肥料。

然而對於正在幻想綺旎故事的年輕姑娘來說，這答案或許太不知趣了。貓貓決定下次要注意點。

聊著聊著，就輪到她們洗衣服了。

小蘭提過的小說在後宮中流傳，翡翠宮也不例外。貓貓一回去，就看到三位姑娘心急雀躍地打開了冊子在看。

「貓貓，妳回來啦。」

穩重又好脾氣的宮女貴園對貓貓說。其餘兩人——櫻花與愛藍屏氣凝神地看著冊子的內文。她們拉著負責翻頁的貴園袖子，催促她快點翻到下一頁。貓貓歪著身體看看封面圖畫，上面繪有綻放一樹芳華的樹木與人影。這大概就是小蘭說的那本小說了。

「貓貓等會兒要不要也看看？」

貴園似乎看得很快，顯得比其他兩人從容。

「不了。這書是哪兒來的？」

貓貓歪著頭問道。

「是聖上賜的。雖然很意外，但頗有意思的。」

既然是聖上，那就是皇帝了。會說覺得意外，是因為在王公貴人之間，小說通常被視為不入流之物，起因自一種認為創作故事比不上史實的觀念。

「據說所有嬪妃都領到了，說是看完之後，可以拿給其他人看。」

對於不是只有玉葉妃一人獨享，貴園似乎略有不滿，她嘴角微微鼓了起來。

「那可真是……」

貓貓一邊沉吟，一邊打量著封面。無意間，她發現上頭有個似曾相識的印記。那是日前貓貓告訴壬氏的那家書店蓋的印章。

（原來是這麼回事——）

這下貓貓明白他何以對春……不不，是對教本那麼感興趣了。從冊子的紙質來看，品質作為皇帝的賞賜品當之無愧。如果說所有嬪妃都領到，那應該印了不下百冊。若是打好了印版，還能印更多數量。只要稍稍降低紙質印製成市井平民所用，又能獲得更豐厚的利益。貓貓嘖了一聲，心想早知道就向書店收取仲介金了。

八成是壬氏請皇帝這麼做的。

（就知道他有所企圖。）

壬氏特地將婦孺能解但一般被認為缺乏格調的小說，發給有教養的嬪妃。一般來說，皇帝的賞賜應該寶貝地收藏起來，但既然所有嬪妃人人有份，價值也就多少降低了點。而且賞賜的還是通俗小說，想必會有幾位不懂禮數的嬪妃連碰都不碰。

既然皇帝還表示可以讓其他人看，那麼應該會有一些嬪妃自己不看，讓侍女代為閱讀以掌握內容。

（哦——）

原來是這麼回事啊，貓貓弄懂了壬氏的打算。那些知道內容的侍女，想必會把故事說給其他宮女聽。難怪小蘭會知道內容了，這一點也不奇怪。

「啊——這樣就沒了？」

櫻花露出一副非常心癢難耐的神情，就像吃不到飼料的狗兒。把冊子闔了起來，貴園與愛藍也是一副類似的神情。

「好想看後續情節喔，好想看——」

櫻花像個孩子似的胡攪蠻纏。看來在缺乏娛樂的後宮，即使是一冊小說都能成為不小的刺激。

「聽高侍衛說，新書正在印製呢。說是等印好還會再賜給眾嬪妃。」

「我知道啊，可是我等不及了嘛——」
貴園垂下眉毛，看著櫻花。櫻花的臉頰鼓得像河豚似的。
其間，愛藍拿著冊子目不轉睛地瞧。
「怎麼了嗎？」
「嗯——我說這個啊……」
三位姑娘在休息時，由侍女長紅娘照顧鈴麗公主。等三人休息完再換紅娘休息。
「我們這兒不是就我們幾個侍女嗎？難得玉葉娘娘讓我們看，但就我們幾個看完，不覺得很可惜嗎？」
貓貓大致能明白愛藍想說什麼。看到有趣的東西總會想跟別人分享，這是人的天性。貓貓在發現從未看過的珍奇蛇類時，也到處拿給大家看過，所以她能體會。只是後來挨大家的罵就是。
愛藍的意思大概就是想讓更多人看到這本書吧。
翡翠宮的侍女在宮殿外多少也有些朋友往來。但是——
「啊——可是不能拿給嬪妃宮殿以外的宮女看喔。得好好保管才行。」
「是啊是啊，搞不好會弄丟的。」
櫻花與貴園說道。

「說得也是——」

愛藍語氣遺憾地說。

（哦……）

貓貓悄悄伸手拿起冊子。

（這麼做本來是不太好，不過……）

若要按照安排此事的壬氏心意，應該會這麼做才對。貓貓決定插嘴。

「不用把這本冊子交給別人，抄下來不就成了？」

若是下級宮女還另當別論，但愛藍可是上級妃的貼身侍女，抄寫用的筆墨紙硯都弄得到手。如果嫌麻煩或捨不得紙費，不做也就是了。

「咦？」

貓貓的意外發言讓愛藍偏了偏頭。

「除了插畫等等有難度之外，愛藍寫得一手好字，我想抄寫起來不會太難的。」

站在製作者的立場想，其實應該會希望大家直接買一本。但如果家境上有困難，就只能這麼做了。雖然無法連插畫都漂亮地重畫一張，不過只是閱讀故事的話不成問題。

「說……說得也是呢～」

愛藍的兩眼看起來莫名地閃閃發亮。

「啊——要這麼大費周章喔——？」

「櫻花，不要這麼說。」

貴園好言規勸櫻花。

貓貓悄悄將冊子放回愛藍面前，然後就回去做自己的差事。休息時間就快結束了，她們得早早回去當差，否則等著挨紅娘的罵。

話說回來，貓貓覺得這樣做真是拐彎抹角。

不管是何種形式，只要書籍在後宮內流傳，自然會有更多人想學認字，只是人數多寡的問題罷了。

貓貓在當壬氏的貼身侍女時，有幾次瀏覽他公務文書的機會。當時壬氏曾希望她提供意見，純粹作為參考之用。

那時候談的，就是關於如何提昇後宮宮女的識字比例。

壬氏等人的嘗試目前看來似乎成功了，貓貓一手拿著小樹枝這麼想。地上寫著「小蘭」二字。至於小蘭本人則是全神貫注地看著這兩個字，照著寫一遍。

當這個起初只對點心與八卦有興趣的姑娘開口提出「想請妳教我寫字」時，貓貓嚇了一跳。問小蘭為何想學，她說至今唸書給她聽的宮女不願意再講故事了。

據說那位宮女在不識字的宮女拜託之下，把冊子唸了一遍又一遍，唸到喉嚨都沙啞了。那位大方的宮女幫大家做了抄本，說是要大家努力學習認字，自己閱讀。

看來不是只有愛藍這麼想。買紙也是要不少錢的，這些宮女還真好心。

若是如此，由貓貓唸給小蘭聽也不是不行，但小蘭搖頭回絕了這個提議。

「人家特地花時間幫忙抄下來的，我不能這樣耍賴啦。」

貓貓忍不住用力摸了摸小蘭的頭。她是想摸小蘭的頭，結果只把人家的頭髮弄亂，惹來一張不開心的臉。

事情就是這樣，於是平素的閒聊時間就用來練習寫字了。

小蘭如臨大敵地緊緊皺起眉頭，握住樹枝。「小」雖然還像是三隻斷了氣的蚯蚓似的，但勉強看得懂。可是「蘭」就沒這麼好對付了。

貓貓重新在地上寫了一個大大的「蘭」。這次她將一個字分成三個部首寫出來。必須讓小蘭從草字頭、門字框與東這個字分別練習起才行。

「原來我的名字這麼難寫啊。」

草字頭勉強及格，小蘭一邊被要求重寫門字框與東字，一邊這麼說。坦白講，貓貓不知道小蘭的名字是不是寫成「小蘭」，她的爹娘想必也沒學過認字。但一般來說都會寫成「小蘭」，所以貓貓就這樣教她。

貓貓在學認字時，一開始是從自己的名字學起，說是這樣做很重要，能夠了解自己的起源。但多虧於此，常有人跟貓貓說她就像野貓一樣不討人喜歡。

「會寫比較容易學會認字，還是說妳只要學認字就好？」

貓貓一問之下，小蘭搖搖頭。

「難得有這機會，我想學會寫字，這樣會很方便吧？」

說得沒錯，會不會寫字，甚至會影響到能從事的行業。在後宮也是，會寫字的人會分配到那方面的差事，比跑腿洗衣服的下人可以領到更高的津貼。聽別人的說法是，能力優秀的宮女甚至還會被派去後宮外處理公務。

「等離開後宮之後，就得自己養活自己了，我想趁現在學起來。」

看來小蘭也有在用自己的方式考慮將來。小蘭幾乎是跟貓貓同一時期來到後宮的，當差期間是兩年，所以已經剩下不到一年了。小蘭是被雙親賣來的，如今已經無家可歸。

「這樣啊，那就用填鴨式再多學一點吧。」

貓貓如此說完，仔仔細細地寫出了幾個字。

「謝……謝謝妳。呃，呃呃，那這要怎麼唸？」

「冬蟲夏草。」

「呃，那這個呢？」

「曼陀羅花。」
「……這個呢？」
「葛根。」
小蘭用一種有話要說的眼神看著貓貓。
「我說啊，這些是平常會用到的字詞嗎？」
「……」
貓貓不情不願地把寫在地上的字擦掉，寫出幾種平素使用的寒暄語句。

二話　貓

出生過了一年半的鈴麗公主變得很皮……不不，是健康地成長茁壯。

貓貓不太喜歡小孩，但覺得公主很可愛。與其被叫去照料被賣到娼館的女童，還不如這份差事比較輕鬆。沒有什麼生物比十歲上下的女孩更霸道。

公主從抓著東西站變成自己走路，最近甚至學會小跑步了。

看到公主這樣活力充沛，玉葉妃偏了偏頭。

「只讓她在宮殿內玩，空間是不是有點不夠了？」

雖說翡翠宮還算寬敞，但是讓小孩子只在室內玩不太健康。雖然還有中庭，但就這麼點地方，公主恐怕很快就會膩了。

「是不是可以帶她去散步呢？」

玉葉妃很懂得變通。照常理來想，養育大戶人家的千金時應該都會百般呵護，不敢讓她外出；但玉葉妃似乎不在此限。

「貓貓，妳覺得呢？」

忽然被她這樣問，貓貓仰望天花板沉吟了片刻。

「……考慮到健康問題，小女子認為或許該增加公主外出的機會。」

貓貓看向玉葉妃的腳。她沒有纏足，腳掌大而穩健。玉葉妃出身於西方乾燥地帶，比起其他嬪妃，家教似乎比較寬鬆放任。

基本上來說，貓貓認為遵循親娘的管教方式比較好，但公主是這個國家當中至尊至貴之人疼愛有加的掌上明珠，她無法輕易表示贊同。

這點玉葉妃也十分清楚。

「那麼，我會試著跟皇上商量看看。」

玉葉妃一邊說道，一邊撫摸在羅漢床（沙發）上昏昏欲睡的公主的頭髮。

數日後，公主獲准在兩名宦官的護衛下外出，侍女長紅娘與貓貓也奉命同行。只不過是散個步而已，這皇帝也真是寵女兒。不過想到皇帝至今的孩子都年幼早夭，或許情有可原。

「貓貓很懂草木蟲魚鳥獸之事，可以請妳教教她嗎？」

玉葉妃一邊撫摸公主的頭髮一邊說。嬪妃下腹沉重，因此留在宮裡以防萬一。

「玉葉娘娘，萬萬不可，貓貓只會教她一些不像話的東西。」

紅娘講得語氣堅決，但玉葉妃聽了偏偏頭。

「哎呀，我覺得會派上用場呀。」

她揚起嘴角，臉上浮現雍容大方的笑靨。

「將來她會嫁去哪兒，誰也說不準嘛？」

玉葉妃如此說。

（嗯，真不是省油的燈。）

雖然公主年紀尚幼，但考慮到她的身分，再過十年就有可能出嫁。如果是下嫁給臣子還好，但遠渡重洋也不無可能。

嫁去外地不見得會受到歡迎。玉葉妃的意思大概是藥物或毒物知識多多益善吧。

「是。」紅娘雖然露出有點難以釋懷的表情，但還是嘆了口氣回答。說來說去，這位侍女長也是明白的。

玉葉妃揮手為他們送行，公主也一邊同樣揮揮手，一邊往外走。

公主初次看到翡翠宮以外的地方，高聲尖叫起來。畢竟從中庭能看見的外界景色有限。公主還只會說些隻字片語，因此幾乎聽不懂她在說什麼。她看到比宮殿裡更多的宮女，顯得很興奮。

貓貓原本擔心她會嚇哭，看來是杞人憂天了。膽子真大，不愧是玉葉妃的女兒。

公主一路不停地走，發出怪叫。她有時會轉向貓貓或紅娘，指著一些東西問那是什麼，於是兩人就告訴她那叫什麼。雖不知道她聽懂了沒，但她就像小狗一樣喊著「啊嗚啊嗚」，大概是以為自己懂了吧。兩位護衛宦官走在不遠不近的距離，但小孩子在後宮是種稀奇的存在。不如說這裡只有鈴麗公主是不滿十歲的孩子，自然也就吸引了當差宮女的視線。

有人很久沒看到小孩而不禁眉開眼笑；有人發現是公主而惶恐地退後一步；也有人面露難以言喻的表情只是注視著。各人對公主的想法各有不同。

公主年紀尚幼不會明白，但等到她長大，大概就會漸漸明白這些視線的意義。

鈴麗公主對周遭所有事物全都興味盎然，到處亂跑，讓牽著她手的紅娘吃足了苦頭。原本預定從翡翠宮前往西邊的櫻桃園，請人讓她們摘了櫻桃就回宮，但一路上卻繞去了一堆地方。就在一行人好不容易才接近通往西側的宮門，紅娘正為了抵達目的地而鬆了口氣時……

只聽見高亢的「哪嗚」一聲傳來。那很像是嬰兒的聲音，原本以為是公主發出來的，但公主正在東張西望。

正在不解地偏頭時，公主忽然啪噠啪噠地跑了出去。紅娘急忙跟在公主後面，只見公主把臉塞進了充當倉庫的建物縫隙間。

「公主，不可以！」

紅娘驚慌的叫聲，與高亢的「喵嗚～」一聲重疊起來。由於公主試著想鑽進去，於是貓貓代替她走向建物之間，側著身子。

「小女子去看看。」
「貓貓！」
「喵喵！」
紅娘與公主的聲音重疊了。紅娘不得已只好讓開，貓貓就這麼鑽進了牆縫最深處。
在昏暗之處，貓貓看見一雙金光閃閃的瞳眸。貓貓一伸手的瞬間，那東西就從貓貓的腳邊溜走了。
「喵嗚！」
「公主殿下！」
紅娘拉住了公主。一團髒兮兮的毛球跑了出來，毛球看到一群人類突然現身，戒心極強地想逃走。牠皮毛直豎，尾巴神經過敏地打顫。
「喵嗚！」
公主指著毛球，意思是叫大家抓住牠。貓貓試著從牆縫爬出去，但難以動彈。
（牠要跑掉了。）
就在貓貓這麼想時……
有個人擋在毛球面前。毛球把注意力都放在貓貓她們身上，輕而易舉地就落入了那人的手裡。

抓到毛球的人是個陌生的宮女。

「妳們要這個嗎？」

那口吻莫名地孩子氣。個頭很高，五官卻很稚氣。年歲跟貓貓相差無幾，說不定還比她小。這名宮女跟小蘭一樣穿著尚服的衣服，散發某種互相矛盾的氛圍。

「謝謝妳。」

宮女伸出手來，髒兮兮的毛球在她手中發抖。貓貓從懷裡掏出手絹，包著那團毛球將牠捧起來。即使隔著手絹都能感覺到牠的顫抖，牠像在求救般「喵～」地叫了一聲。

牠似乎是嚇壞了才會逃走，但沒跑兩下就用盡了體力，現在呈現虛脫狀態。

「會不會是肚子餓了呀？再來就交給妳們嘍，再見。」

給人矛盾感覺的宮女，一邊揮手一邊離去了。

總之想要的毛球已經到手，貓貓決定作罷，帶著毛球走到公主跟前。

「……貓貓，這是？」

紅娘探頭看了看毛球，揚起一邊眉毛露出不解的表情。公主「喵嗚，喵嗚」地喊著，大概是在催促貓貓拿給她看吧。

「是的，是貓。」

小到能用雙手包起來的小貓，在手絹裡發抖。

鈴麗公主對未知的小小生物表示出濃厚的興趣。她學貓喵嗚喵嗚地叫，催促貓貓把貓拿給她看，然而紅娘不可能准她碰髒兮兮的毛球。但她們也無法將貓放著不管，只好中止散步行程，打道回宮。

公主對小貓著了迷，但是不夠乾淨的東西不能帶進宮裡。不得已，貓貓只好用公主愛吃的點心勉強安撫她後，帶著小貓去尚藥局。不然這樣下去小貓會死的。

不過貓貓覺得這事很奇怪，丈二金剛摸不著頭腦。

這個時節日暖風和，的確是動物的繁殖季節，但那是在說後宮之外的地方。後宮裡幾乎沒有可稱為寵物的動物。雖然有極少部分的嬪妃會用鳥籠飼養異國鳥禽，但據說貓狗之類的一隻也沒有。想養寵物必須徵求許可，而且不能雄雌一起養，假如要把動物帶進來，只要是公的都得去勢。聽起來很嚴格，但這是因為一旦讓寵物逃走會很難處理。若是動物在偌大的宮院裡擅自繁衍後代，會造成極大困擾。

紅娘說姑且收留這隻貓，但她會跟管事的通報一聲。這應該是最妥當的判斷了。

「哦，好稀奇喔。」

庸醫還是一樣悠哉，沒去深思這裡怎麼會有隻貓。他看到貓在發抖，垂著眉毛說「真可憐」，幫忙燒了熱水。他把燒熱的水裝進酒壺裡，用手絹包起來，放在裝小貓的籃子裡。

「太醫懂得真多。」

「我以前撿過野貓，是隻可愛的三花貓啊。」

巧的是，這隻貓也是三花。雖然現在有點髒，不過用手絹擦過毛皮，可以看見紅褐色與黑色的斑點。乳牙長出來了，但是一摸身體會摸到突出的肋骨，骨瘦如柴。

「有沒有什麼奶水？」

能有母貓的奶最好，但總不能現在跑去找牠媽媽。當時那個地方也不像有其他貓在。

「嗯——我去要一點來好了。」

庸醫二話不說就出去了。他因為職務的關係，在食堂人脈很廣。

貓貓邊用手絹幫含著手指想吃奶的小貓擦身體，邊把黏在身上的跳蚤泡在油裡殺死。如果能慢慢泡熱水除蟲更好，但考慮到小貓的體力，現在擦擦身體就已經是極限了。

過了半晌，庸醫端著鍋子急急忙忙地跑了回來。

「有山羊奶。」

說完，他把鍋子拿給貓貓看。手指伸進去試試，發現已經加熱到適當的溫度。貓貓用手指沾起奶水，拿到小貓的嘴邊，小貓就開始輕輕啃咬指尖。貓貓重複幾次這個動作，庸醫眼角低垂地看著小貓。

「真可愛，真可愛。」

抱歉必須打擾庸醫的療癒時間，貓貓決定再請他跑一次腿。

「有辦法弄到家畜的腸子嗎？」

想到後宮的人口之多，每天應該會宰殺好幾頭家畜。膳食當中有時也會出現臘腸，因此內臟應該不會直接廢棄。

「妳……妳說腸子嗎？什麼意思？要用來做什麼？」

看小貓如此虛弱，恐怕要花上一段時間才能從碟子舔食奶水。但用手指一點一點慢慢餵又太費工夫了。

於是貓貓想到，或許可以用家畜的腸子代替母貓的乳頭。

向庸醫解釋之後，他又跑去食堂了。這個宦官人實在很好。

貓貓不斷用手指沾起山羊奶餵小貓。

過了數日，小貓身體幾乎都擦乾淨了，毛色也變得較有光澤。之前還擔心吃山羊奶也許會吃壞肚子，不過看來並沒有問題。

本來應該早點把牠丟到後宮外去的，但不知是幸或不幸，據說撿到小貓的當日晚上，皇帝臨幸了翡翠宮。公主「喵嗚，喵嗚」地向他討小貓，皇帝自然不忍心拒絕。然後不用說，奉命負責照顧小貓的當然是貓貓。

「人如其名，這差事正適合妳。」

聽到皇帝這句玩笑話，貓貓不知道該不該笑，但看玉葉妃笑了起來，於是她也陪笑一下。她決定日後找機會把這份差事塞給庸醫去做，應該說已經塞一半給他了。

不過要讓公主看貓，必須先把跳蚤清除乾淨，而且最重要的是，再小畢竟也是隻動物。貓貓姑且先說服公主，等貓更有精神了一點再看。

等小貓逐漸恢復體力之後，貓貓在盆子裡裝了熱水幫牠洗澡。乍看之下好像乾淨了，但是用皂莢輾碎製成的洗滌劑一洗，熱水就變得灰灰濁濁。看來表面姑且不論，毛皮底下還是髒的。

牠的白毛很軟，貓貓說好像可以作成不錯的毛筆，結果庸醫把小貓抱在懷裡，溼著眼睛直搖頭。庸醫說聽起來不像玩笑話，不過後來他送了貓貓兩支簇新的毛筆，所以就算了吧。

他們餵了貓兒一陣子的奶，等恢復體力後，牠開始能吃雞絲了；排泄也是，將牠放在裝了沙子的木箱裡之後，牠很快就學會了自己如廁。只是大號似乎還需要別人刺激肛門比較順利，都是由庸醫用溼布拍牠的屁股，把牠照顧得無微不至。

貓兒的牙齒還小所以無妨，不過貓貓幫牠剪了指甲，用銼刀仔細磨好。雖然對貓兒來說等於是沒事找牠麻煩，但牠要是一個不對勁用爪子招呼人，那可吃不消。

（說得可輕巧。）

貓貓一邊嘆口氣，一邊照料貓兒時，有人來到了尚藥局。

「育兒還順利嗎？」

壬氏悠哉地說。一如慣例，高順也跟來了，腋下夾了個袋子。

「我想差不多可以讓公主看貓了，只是如果貓抓人或逃走，恕小女子難以負責。」

「別老是計較這麼多小事。」

壬氏話是這樣說，但一旦發生什麼事，受罰的總是現場那些人。

無意間，貓貓看了看小貓那邊，發現高順從帶來的袋子裡拿出小魚乾，在小貓面前揮來揮去。平常眉頭之間的皺紋消失不見，眼角都下垂了。

「高侍衛，那對小貓來說有點硬，不如讓小女子煮一煮吧。」

這位隨從看起來嚴肅，想不到還滿逗趣的。

庸醫好像迫不及待似的，開始準備煮魚乾的鍋子。庸醫辦事能力差，卻只有這種事情做起來特別起勁。

壬氏抓起小貓的兩邊腋下，小貓把身體伸展得好長，露出鼓鼓的肚子。

「母的？」

「是的，幸好不用去勢。」

貓貓一不小心說溜了嘴，她看向壬氏。

「請總管恕罪。」

「不，不用介意。」

壬氏用一種難以言喻的神情說。貓貓感到很歉疚，翻遍屋子想找東西代替茶點端出來，結果只找到要來的剩餘腸子作成的臘腸。是貓貓覺得剩下可惜，灌入碎肉與香草煮成的。

「……」

「怎麼了？」

「沒事。」

貓貓悄悄將臘腸收進架子深處，改成端上煎餅。順便一提，臘腸庸醫照吃不誤，只是眼光總是飄遠。

壬氏逗著小貓玩，拿著掛在腰際的流蘇在小貓面前晃來晃去。在他後面，高順一副心癢難耐的樣子頻頻偷看他們。貓貓決定裝作沒看見。

可能是注意到貓貓的視線，壬氏把流蘇轉過來對著貓貓，像是在問「妳也要玩嗎」。

「小女子不太喜歡貓。」

「叫這名字卻不喜歡？」

壬氏問了個聽過上百遍的問題。

「壬總管倒是好像很喜歡貓呢。」

「還好。」

說完，兩人看向高順。他正在跟庸醫一同燒熱水煮魚乾。兩個大叔為了小貓還真勤快，貓貓用冷淡的視線望著他們。

「我不明白貓具體而言有什麼好。」

壬氏的眼神在說「我可無法像他們那樣」。兩個大叔講話開始出現奇怪的口音，有些字的發音都變成了「喵」，老實說很噁心。

「小女子也是。」

貓貓一邊這麼說，一邊看向小貓。

「但是就愛貓人士所言，似乎就是喜歡牠們不知道在想什麼的樣子。」

「哦。」

「看也看不膩，眼睛離不開牠們身上。」

「唔嗯。」

「看著看著就想摸一把。」

「原來如此。」

「平素對人愛理不理的，卻只有打飯時才懂得討好人，讓人生氣……」

「啊，是啊。」

「但看牠們態度如此徹底，貓主人好像也就放棄了，都忍不住原諒牠們。」

「……」

據說很快就會變得想強吻抵抗的貓，想摸軟嫩的肉球想得受不了，明知會被貓爪伺候還硬是把臉塞進肚子的軟毛裡。

貓貓認為對一隻不知道在哪裡做過什麼事的生物這樣做很不衛生，但愛貓人士都表示欲罷不能。貓貓覺得不以為然，看向壬氏，發現他把小貓放到了臉上。

「……壬總管，您這是怎麼了？」

他要享受貓肚子軟毛是可以，但貓貓怕被人瞧見，看了看窗外。

「沒有，只是覺得有點能體會那種心情了。」

壬氏彷彿領悟到什麼道理似的說。貓貓才不管他領悟到什麼。

「這樣啊。魚乾似乎煮好了。」

「哦，好。」

壬氏發現高順與庸醫都在看他，便迅速放下了小貓。

「總管這是在做什麼？」

高順用一種羨慕得不得了的神情瞪著他。

結果關於小貓來自何處，壬氏也查不清楚。不過時常會有馬車等等進入後宮補充糧食。他們推測小貓是被食物的氣味吸引而鑽進車上，就這樣一直沒被人發現。

日後，小貓在皇帝欽命之下獲得了官職。雖然獲賜了「捕快」這個響噹噹的職位，其實說穿了就是尚藥局倉儲的捕鼠貓。

皇帝也真是寵女兒。

這事不打緊，只是貓被取名為「毛毛」讓貓貓很不解，非常不解。

三話　商隊

季節進入了微熱潮溼，令人不快的時期。貓貓一邊覺得歲月如梭，一邊準備防蟲用的香草。

「我想衣裳差不多該換季了。」

侍女長紅娘這麼吩咐，就只能照辦。於是大家勤快地忙著整理更衣室。

「有不少衣裳款式已經過時了呢。」

櫻花叉開雙腿站在衣櫃前，用鼻子噴氣。貴園負責照顧公主，因此是由櫻花、貓貓與愛藍三人整理。

「愛藍，把那架子最上頭的箱子拿下來──」

櫻花仰望著上頭說。雖然愛藍似乎很在意自己的身高，但的確比較方便拿到在高處的物品。嬌小的貓貓與櫻花從愛藍手中接過箱籠，確認裡頭的東西。她們將分類過的衣物掛在竿子上，拿到陰涼處晾曬。

「這件應該還能穿吧。」

櫻花一件一件看過，將衣物分成還能用的跟不能用的。雖然看在貓貓眼裡都是上好衣飾，不過眼光高的櫻花似乎看得出差異。

「這件有一段時期可是蔚為風潮呢。流行款式最糟糕的就是時期一過都不能穿。」

貓貓把分類為不能穿的衣物塞進箱籠裡，搬到走廊上。

即使是舊衣服，也是上級妃穿過的衣服。聽說由於都是上好料子，所以會修改成新衣當成賞賜品。這些衣服不會送給翡翠宮的侍女，而是送往她們的老家。

雖然簪子之類的飾品有時會賜給侍女，但衣服不適合在後宮光明正大地穿著。據說這些衣服會送去給裁縫，重新修改之後分送給玉葉妃的鄉親。

「說到這個，再過一陣子會來一群新侍女喲。」

愛藍好像忽然想起來似的，一邊取下箱籠一邊說。

「玉葉娘娘有喜，將來會需要更多人手。可是如果只有我們這兒請人會引人懷疑，所以我上次聽說，有可能會讓諸位嬪妃都有機會多請些侍女。」

櫻花聽了，愣愣地張著嘴。

「那真是好事一樁，但還真是突然呢。」

「好像是有原因的。畢竟都有一位嬪妃帶著五十名以上的傭人入宮了，其他嬪妃怎能吃悶虧嘛。」

「啊——妳說那件事呀。」

櫻花的臉色霎時沉了下來。

貓貓也聽出她們是在說誰了，就是大張旗鼓地入宮的樓蘭妃。相較之下，若是皇帝的寵妃只有五名侍女，講出去不好聽。

「她都不會努力試著減少幾個人嗎？」

「櫻花，妳要是再說這種話，又要挨紅娘侍女長的責罰嘍。」

愛藍這麼一說，櫻花慌忙搗起嘴。

貓貓一個勁兒地把不要的東西裝進箱籠裡搬到外頭。她們一邊這麼閒聊著一邊做事，不久夏季衣裳就減少到只剩一半。

「減少了這麼多衣物，之後怎麼辦呢？」

就連貓貓也不由得偏著頭詢問，不過愛藍笑著說「不要緊的」。

「衣裳這方面，已經請裁縫加製幾件了。」

「而且再過不久商隊就要來了，可以趁那時候買齊。」

櫻花接著這麼說。愛藍想講的話被搶走，露出一副生悶氣的表情。

「商隊嗎？」

「是呀，沒錯。」

櫻花一邊撫摸著衣服確認絲絹觸感，一邊說。

「這次的規模可不小喲。」

從聲音就能聽出她的滿心期盼。可能是一時太興奮，手邊工作都停擺了。

商隊本來是指穿越沙漠的商人集團，不過在這裡指的似乎是做生意的流動市集。由於經手的商品當中包括了異國的奇珍異寶，貓貓覺得說成商隊也不算錯，但聽著總覺得怪怪的。

上回商隊過來時，貓貓已被逐出後宮，更早之前則是忙著打雜，沒時間參加那種熱鬧活動。貓貓在煙花巷曾經接待過這類商人，因此並不覺得特別稀奇，但在缺乏娛樂的後宮想必是勝過一切的樂趣。

「我們會安排空檔，貓貓妳也去逛逛吧。玉葉娘娘每逢這種活動總會給大家零用錢。」

櫻花咧嘴一笑的瞬間，貓貓與愛藍的動作停住了。由於櫻花不明就裡地偏頭，於是貓貓指向了她身後。

櫻花慢慢地回頭一看，只見背後烏雲密布的紅娘擺出一張僵硬緊繃的笑臉。

「！」

櫻花嚇得身子後仰，臉上擠出苦澀的乾笑。

「妳好像只顧著聊天，忘了做事啊。」

「咦，咦？」

櫻花正在慌張時，就看到貓貓與愛藍手腳俐落地正在摺衣服。櫻花張大了嘴，像是在說「妳們背叛我」！

（因為我還想要零用錢嘛。）

就這樣，聽說櫻花的零用錢減少了一點。

後宮很大，比隨便一處城邑都要大得多。

這裡的宮女只為了侍奉嬪妃，為了維護後宮樓宇的整潔，以及雖然可能性微乎其微，但也是為了成為皇帝的妾室而存在。

由於環境特殊，其生活樣貌也與平常城裡的百姓大有不同。宮女會分擔打掃、洗衣與炊事等職務，因此與其說是城邑，想成同住一幢巨大宅第或許比較貼切。

但是偌大的一個地方，原本該有的某種設施卻一個也沒有。

也就是沒有店肆。

「好像很開心。」

「有嗎？」

聽稚氣未脫的宮女小蘭這麼說，貓貓回以疑問。

廣場上有許多宮女喜眉笑眼地走在帳篷前。那裡搭起了成排的大型帳篷，但後宮畢竟有多達兩千名宮女，下級宮女沒有參與的餘地，連參觀商品都不行，只能旁觀上級宮女開心的模樣。

貓貓與小蘭也從下級宮女居住的樓房欄杆眺望這片景況。今天由於身居高位的嬪妃或侍女都在玩樂，下人下女等於是開店停業狀態。

「好好喔，我好想要新衣服什麼的。」

小蘭把下巴擱在欄杆上，噘著嘴唇說。

「又不能穿去哪裡。」

「我知道啊，可是就是想要嘛！」

下級宮女的衣著基本上只有領到的當差用衣服，夏天三件，冬天兩件。只有在實在穿舊了的時候，才會重新領到一件。除此之外，髮繩、褻衣或日用品之類也都是公家配給品。伙食則是食堂每日供應。

若是家境較好的宮女，家鄉會隨信寄來包裹。嬪妃的貼身侍女除了可以得到嬪妃賞賜的衣服或飾品，還能拿到點心。愛藍在製作抄本時，也是向玉葉妃領取紙張。

沒有店家，這些物品都不容易入手。

毫無後盾的小蘭沒什麼機會增加私人物品，就算有機會，也會像是現在這種情況。要等到其他宮女買剩了，她才能找找有什麼能用手裡的零錢勉強入手。

後宮平時是沒有店家的，但現在卻像這樣攤販林立，給人一種不可思議的感覺。
貓貓親身體會到這種空間的奇異之處。
（而且醫師也只有個庸醫。）
這麼個大家庭要是有人生病，感覺似乎會眨眼間爆發流行，實則不然。
後宮在衛生管理方面相當嚴謹，宮女的差事有很大一部分是打掃，而且穢物的處理措施做得很完善。穢物每當累積到一定程度，就會排放到地下水道。這樣似乎會導致溝渠發臭，但據說地下水道不會經過溝渠，而是通往大河。
據說這是運用傳自西方的輸水技術做的建設，是在先帝時期，利用原有的地下水道建成的。聽別人說，後宮的所在位置曾經有過一座城邑，後來才改建成後宮。無論外牆或是溝渠都是以原有的設備為基礎，因此雖然占地廣大，建設費卻節省了不少。不愧是人稱才高氣傲的女皇。
只要衛生方面有所注重，就足以預防疾病的發生。如果即使如此仍然有人患病，會按照規定遣返回鄉。
難怪庸醫雖然醫術低劣，卻還不至於影響後宮運作。
「貓貓，聽說到了最後一天會給我們一點時間喔。」
小蘭兩眼閃閃發亮地說，看來她是在邀貓貓一起逛。能得到她的邀約，貓貓心裡也滿高興的，於是拍拍小蘭的頭當作答覆。

一回到翡翠宮，貓貓就跟滿面春光的侍女對上了目光。

貓貓在偷懶……更正，在開店停業時，似乎有幾名商人來到了宮殿。上級妃不用特地親赴帳篷，商人自會直接來拜訪嬪妃。

畢竟要踏入後宮，商人全是女子。即使如此，為了以防萬一，宮殿裡仍然配置了比平素更多的護衛宦官，他們此時正在喝茶休息。眾護衛盡是些熟面孔，都很習慣翡翠宮這種一家和樂的氛圍。

「皇上說娘娘可以挑選自己喜歡的買。」

櫻花說得簡直像自己的事情一樣高興。她雖然零用錢減半，但好像已經從打擊中振作起來了。

宛如玉葉妃眼眸顏色般美麗的翡翠首飾擺設在桌子上，其他還有玻璃杯以及螺鈿寶盒。鈴麗公主拿到美麗絹布做的繡球，開開心心的。除了嬪妃的服飾之外，公主用的衣裳也一字排開掛在牆上。

「會不會狠下心買得太多了？」

玉葉妃微微偏著頭說。

「不會，其實再多買點也行的。」

侍女長紅娘顯得有點氣勢洶洶。

「竊以為其他宮殿必定買得更多。」

紅娘遣詞用字有稍作收斂，但貓貓很容易就能想像那個場面。

在水晶宮，梨花妃那些只會出一張嘴的侍女一定是大買特買。梨花妃說來說去終究是個大方的人，想當然會選購不少物品。

貓貓又想，金剛宮那些侍女八成會向里樹妃拍馬屁，騙她幫自己買些喜歡的東西。只希望她們不要盜用公款就好。

至於石榴宮的樓蘭妃本來就行事招搖，不用說也知道。

這樣想來，玉葉妃買的東西一個房間就夠放，貓貓覺得以一位寵妃來說算是節儉了。

眾嬪妃各自都能領月例銀子，是將嬪妃算作一種「職業」，在後宮內穿著的衣服或日常用品，自然都能申請必需經費。嬪妃上級、中級與下級加起來有一百餘人，貓貓忍不住擔心起國庫肥瘦這種輪不到她操心的事來。

「總而言之，明日還會有其他店家過來，今日這些我就先收起來了。」

紅娘把掛在牆上的衣裳一件件拿下來，貓貓也一件件接過。每一件無不觸感柔滑，染色也絢麗多彩。

（奇怪？）

貓貓無意間察覺到一件事。這些衣裳與玉葉妃平素愛穿的那些，剪裁上似乎有些差別。娘娘向來愛穿吊帶（無袖）長裙搭配大袖罩衫，但這次卻多為附有袖子的齊胸襦裙。

貓貓不是不能猜出原因。對玉葉妃而言，用衣帶勒住下腹部的服裝應該漸漸有點緊了。

「……除了這種式樣之外，沒有其他衣服了嗎？」

「咦？商人說這是流行款式呀。」

「都是這類衣裳呢。」侍女面面相覷，一臉狐疑。

翡翠宮的侍女是為了玉葉妃好才買這些衣服。可是若換成平時，她們應該會選購其他不同的式樣。

假如商人是了解這一點，而帶來這些衣服的話——

會是貓貓多心了嗎？

（希望是我多心了。）

假如推測商人是故意盡挑選這類式樣送到玉葉妃這兒來，貓貓會懷疑她們是不是想刺探什麼。

「小女子認為明日還是問問有沒有繫緊衣帶的式樣比較妥當。」

貓貓覺得自己這麼做逾越本分，不過玉葉妃與紅娘似乎都聽出了話中之意。三名侍女面面相覷，偏著頭一臉不解。

「說得也是，也得買點不同式樣的衣裳才行。」

說完，玉葉妃把寬鬆連身的衣裳放到箱子上。她那目光一瞬間顯得銳利，應該不是貓貓的心理作用。

商隊會在後宮逗留五天，這段期間，後宮宮女都在享受平素無緣消受的購物樂趣。

由於上級妃沒必要親自外出，因此起初是中級妃、下級妃與她們的侍女，然後是有職稱的宮女逛帳篷，各自購買自己看上眼的物品。低階宮女至多只能在最後一天看賣剩的東西，但看起來還是很開心，可見這個地方有多缺乏娛樂。

這次前來的商隊是穿越沙漠而來的隊伍，帶來許多異國的奇珍異寶。他們似乎也曾經過玉葉妃的故鄉，聽說翡翠宮的侍女都懷念地看著工藝品。

比起這些東西，貓貓比較想看看藥品，但那類東西好像很難直接帶進後宮，頂多只有附帶賣些茶葉或香辛料罷了。

由於貓貓從玉葉妃那兒領到了零用錢，因此最後一天就按照約定，跟小蘭一起走走看看。

「好棒喔，好棒喔～」

阮囊羞澀的小蘭只能用看的，但還是兩眼發亮地欣賞著西方的玻璃藝品。貓貓並不討厭小蘭這種天真無邪的模樣。

「我要買這個。」

貓貓買下一條顏色漂亮的髮繩，偷偷綁在小蘭的頭上。深桃紅色非常適合活潑開朗的小蘭。小蘭很快就在不經意間發現到頭上有東西，冷不防抱住貓貓，差點沒害她摔倒。

貓貓心想自己若是有妹妹，大概就會是像這樣的生物吧。

「貓貓不買衣服嗎？」

「我不需要。」

貓貓不願在小蘭面前炫耀似的買衣服，更何況她根本沒興趣。比起衣服，她對茶葉或香辛料比較感興趣。收到髮繩心情大好的小蘭，陪著貓貓一起買東西。她可能光是看看用運貨馬車改裝而成的簡易店鋪就夠開心了，自始至終都笑咪咪的。

貓貓決定買點茶葉與香辛料。翡翠宮的宮女已經在第三天輪流逛過店鋪，但貓貓客氣表示她最後一天再逛就好。

原因就在這裡。

（最後一天應該會降價販賣。）

貓貓想要的東西既不是流行服飾，也不是珠寶。她要的是服飾之外順帶著賣的茶葉或香辛料，並不是大家搶著要的東西，想必一定會賣剩。再說後宮本來就是個特殊的地方，她不認為商品會用合理價錢售出。

（別以為能輕易撈我的油水。）

貓貓就是這種生物，都不知道看老鴇的背影多少年了。

貓貓在賣茶的店舖駐足，繡球形的美麗蓓蕾放在玻璃製金魚缸裡。這是茉莉花茶，用熱水浸泡，蓓蕾就會綻放。茶香迷人，又有視覺上的樂趣。只可惜已經所剩不多，剩下三朵蓓蕾了。

「我要買這個。」

「我要買這個——」

有人的聲音跟貓貓重疊了。往旁邊一看，有人跟貓貓一樣手指著金魚缸。對方是個比貓貓高半個頭的宮女，個頭雖大，卻有著稚嫩的五官與嗓音。

互相矛盾的印象讓貓貓不解地偏頭，她總覺得好像在哪裡見過此人。同樣地，宮女也像在模仿貓貓般偏了偏頭，接著忽然「啊——！」大叫起來。

「小貓咪還好嗎？」

這一句話就讓貓貓想起來了，她就是日前發現就任「捕快」一職的小貓時幫過忙的，未聞芳名的宮女。

「牠很好，現在待在尚藥局。」

貓貓如此告訴宮女後，她頓時綻放出大大的笑臉。真是個表情豐富到好懂的姑娘。

「啊！這不是子翠嗎？人家讓妳休假呀？」

貓貓正在跟宮女說話時，小蘭動作輕快地探出頭來，看來這兩人似乎認識。這時貓貓才發現這個名叫子翠的宮女跟小蘭一樣穿著尚服的服裝。大概是在平素那個洗衣場洗衣的宮女之一，只是貓貓正好沒見過罷了。

「嗯，這點要求不被允許就划不來了。」

「嗯嗯，就是啊。」

兩個純真氣質的姑娘似乎很合得來。

貓貓注意到賣茶的姑娘在看著她們。貓貓姑且把剩下所有茉莉花茶全買下，請姑娘包成三份。起初姑娘還一臉不情願，但貓貓請她把賣剩的另一份茶葉也包起來後，她就答應了。

貓貓將個別包好的茶分別給了小蘭與子翠一份。

「會擋到別人的，就別在這兒站著說話了吧。」

說完，貓貓指向了尚藥局那邊。

尚藥局還是老樣子，看起來很閒的庸醫一副羨煞的神情看著臨時市集。畢竟職務如此，即使沒人會來也不能離開崗位，真是辛苦。他幫小貓梳毛以打發時間。
這種時候如果有人上門來訪，他會盡最大的誠意招待客人；這位庸醫人實在很好。
「我都不知道小姑娘還有朋友啊。」
庸醫說出了極其失禮的話來，但事實如此，無可厚非。
小蘭有點侷促不安地走進尚藥局。「喵——」小貓叫了一聲，小蘭看到牠，眼睛都亮了。子翠也同樣地兩眼閃閃發亮。
「好可愛喔～這孩子叫什麼名字？」
「……捕快。」
「咦？好怪的名字喔。」
「叫小貓就行了。」
「毛毛」這種名字才叫古怪，叫小貓就夠了。
兩人平素都得當差，想必沒什麼機會造訪此處。今天大家都為了這場熱鬧活動而心浮氣躁，算是特殊情況。安全起見，貓貓替收藏重要藥物的倉庫上了鎖。雖說貓貓這個局外人知道倉庫鑰匙放哪也是個問題，但如果被人家聽到這話把鑰匙藏起來，她就傷腦筋了，所以她什麼也不說。
趁著庸醫準備茶點時，貓貓煮了茶水。

貓貓準備玻璃器代替茶壺。其實這並非餐具，而是備藥之際使用的器具，但是在飲用茉莉花茶這種工藝茶時，用陶器太可惜了。貓貓用溫水先把冰涼的容器溫過，把裡面的溫水倒掉，放進繡球般的蓓蕾後，再緩緩注入接近沸騰的熱水。

「呼哦哦！」

小蘭發出了怪叫。蓓蕾綻放的同時，濃郁的香氣往四面飄散。

「貓貓，這就是方才那種茶？」

貓貓點頭回答小蘭的問題。反觀子翠卻意外地平靜，大概是以前看過吧。

「熱水不能太熱。雖然可能沒什麼機會泡到這種茶就是了。」

因為是茶葉，所以應該能保存一段時間。庸醫輕鬆大方地端了煎餅與月餅過來。月餅是較大的那種，貓貓用鐵板開孔做成的簡單菜刀將它切成八等份。小蘭兩眼發亮，用眼睛測量哪一塊最大。

起初小蘭還一臉不可思議，擔心進尚藥局會不會不妥當，但她可能因為年紀小，適應力也強，現在已經能跟庸醫正常講話了。子翠也一派自然地與庸醫相處。

庸醫對於兩人的反應似乎由衷感到高興。很多宮女只要是宦官一律冷眼相待，所以像小蘭這樣的人，光是存在就能療癒人心了。

「各位小姑娘，這裡可不是供人遊玩的地方喔，下不為例喔。」

庸醫一再重申。這樣講等於是在拐彎抹角地說「下次要再來喔」。但老實說，這樣是不行的。

「話說回來，每回都是像這樣嗎？好熱鬧啊。」

子翠邊吃月餅邊說。這句話讓貓貓發現她是最近才剛進來的宮女。隨著樓蘭妃入宮，後宮追加了一群宮女。子翠來到這兒，應該差不多才半年。

「嗯——這次的比以往久喔。」

小蘭將小貓放在大腿上，把月餅塞了滿嘴。看到小貓企圖吃掉下來的碎屑，貓貓把小貓搶走，餵牠吃小魚。

「這是因為啊，聽說再過不久，會有來自異國的使節蒞臨喔。」

庸醫八字鬍沾著點心碎屑，得意洋洋地說。

（這事講出來妥當嗎？）

貓貓一邊將茶倒進茶杯，一邊做如此想。她是想燒熱水才會來尚藥局，但把她們倆帶來或許是做錯了。貓貓自我反省。

「原來是有貴人要來呀。」

小蘭兩眼有點發亮，但貓貓再拿一塊月餅放到她盤子裡，她的目光就移到月餅上了。貓貓思索著有沒有什麼不同的話題，結果子翠代替她聊起了另一件事。

「對了，最近北邊有奇怪的臭味，你們知不知道是怎麼回事？」
「奇怪的臭味啊……那邊都荒廢了，所以或許是水道什麼的堵塞了吧？」
庸醫說了。假如排放穢物的地下水道堵塞，臭味確實可能飄到地上來。
「我不去北邊的，所以不清楚耶～妳有差事得去那邊嗎？」
小蘭邊吃第二塊月餅邊問。
「嘿嘿，那邊有很多草叢喔。」
子翠笑嘻嘻地從懷裡掏出一疊紙張。應該是包點心用的紙，上面用墨水畫了很多圖畫。
貓貓興味盎然地湊過去看，小蘭與庸醫則是有點被嚇著了。紙上畫滿了精細的昆蟲畫，還用圭筆勾勒出細節，右上方寫出昆蟲的名稱。
「畫得真好。」
貓貓是真心這麼覺得。筆致沒有多餘線條，猶如圖鑑中刊載的圖畫。甚至精細到連蟲子翻過來露出蟲腳的模樣都畫了出來。
「嗯，這兒有很多蟲子，所以可以畫好多圖，真好。」
子翠看到貓貓似乎是同道中人，高興地說。反觀庸醫與小蘭則是看寫實的昆蟲畫看得倒胃口，都把視線別開。
昆蟲也能入藥。雖然煙花巷的娼妓不喜歡，所以很少拿出來賣，但很多昆蟲具有良好的藥效。蝗螂的卵鞘可益氣固精，蚯蚓具有解熱功效。

「像南邊的果園之類的地方，因為有仔細照料所以不多，但北邊的廢墟等地方就不錯，有很多大隻的蜘蛛喔。」

「蜘蛛？」

聽聞蜘蛛絲具有止血效果，但很難收集，所以貓貓還沒試過。聽到這番話，貓貓的眼睛變得炯炯有神。

「要去嗎？去看看嗎？」

「要去！去看看！」

小蘭與庸醫用冷淡的目光，看著莫名其妙談得來的兩人。

只有小貓可能是吃飽了，用後腳搔著耳後。

四話　精油

商隊離去後，精油在後宮內掀起了一大風潮。

每當宮女經過，就有種種異香異氣飄來。即使每一種本身都是蘭麝之香，但是她們身上擦著種類繁多的各式香精，讓嗅覺靈敏的貓貓有點吃不消。

而且還不是焚香薰衣般的幽香，西方貨的特色就是香氣濃烈，更讓她受不了。

似乎不只是貓貓一個人這麼覺得，一到洗衣場，就看到沾滿精油的衣裳疊在一塊，負責洗衣的宦官皺著臉把水裝進盆子裡。

流行趨勢總是來得急，去得也快。

由於塗指甲漸漸退了流行，所以大家才會急於追求新穎的事物。小說的話題至今仍未退燒，大概是因為書籍與精油屬於完全不同的類別吧。

小蘭跟貓貓同樣屬於飽受精油所害的立場，對此厭煩透頂；不過為了閱讀別人新抄寫的小說，在用功這件事上倒是不曾懈怠。

坦白講，貓貓本以為她只有三分鐘熱度，現在由衷感到佩服。

「真的臭死了。」

貓貓煩不勝煩，邊忍不住自言自語，邊放下洗衣籃。光是待在這裡就快把她薰昏了。

貓貓懶洋洋地站在原地，結果可能是擋到人了，一個抱著整籃待洗衣物的下女撞上她，搞得髒衣服蓋到貓貓身上。

「對不起！」

一名嗓音還很高亢的下女把衣服拿開。

這件衣服的主人似乎又是位對流行趨勢很敏感的人物，衣服吸滿了薔薇香味。

（薔薇啊……）

貓貓想到日前製作的薔薇水若是現在拿出來銷售，說不定可以大賺一筆——這麼想不知是否很不應該。她那時盡可能做了許多薔薇水，但其實沒有使用，都保存起來了，因為薔薇精油會對孕婦造成不良影響。

她認為只要不讓玉葉妃大量塗抹就不會有事，但不怕一萬只怕萬一，還是當心點好。

事情就是這樣，貓貓是打算趁著東西還沒壞，找機會到煙花巷銷售脫手……

唔唔？貓貓一邊拈起待洗衣物，眼睛一邊眨啊眨的。她抽動幾下鼻子，嗅嗅待洗衣物的氣味。

下女見狀，慌張得不知所措。

貓貓無視於下女的反應，把掉出來的待洗衣物扔進籃子，然後把臉塞進了另一個洗衣籃裡。

這次就連待在附近的宦官或其他下女也睜圓了眼，但她才管不著。

貓貓接連不斷地把臉塞進洗衣籃，然後往下一個籃子前進，就這樣重複了好幾遍。差不多都聞過一遍後，她前往某個地方，連洗衣籃都忘了拿走。

最容易受到流行風潮影響的地方在哪？貓貓清楚得很。

這日，水晶宮侍女的尖叫響徹了整座後宮。

貓貓心想那人八成會來，果不其然，當日夜晚，神采俊俏的宦官就來到了翡翠宮，手裡拿著像是投書的抗議信。

「我本以為妳是個更有節操的人。」

壬氏傻眼的神情中夾雜了些許怒氣。

在他的身後，還有傻眼表情中流露出勞累神色的高順，雖然困擾卻又期待看好戲的玉葉妃，以及勉強用臉皮掩飾惡鬼表情的紅娘。由於鈴麗公主昏昏欲睡，因此其他侍女正在哄她睡覺。

（嗯，說得沒錯。）

貓貓做如此想，但為時已晚。

想讓推測化作確信，需要足夠的實證。為達這個目的，水晶宮是最適合的地點，可以說貓貓是一時輸給了好奇心。

「非常抱歉，小女子一時興奮過頭，沒徵求對方的允許就動手動腳。」

「妳這是什麼狎褻老頭會找的藉口？」

真正的狎褻之徒沒資格說我。貓貓雖如此想，但姑且先低下頭去，裝出反省的態度。

「下次小女子會好好徵求允許後再聞。」

「幹麼非得要聞啊！」

口氣很粗魯。「哎呀呀。」玉葉妃眨巴著眼睛。壬氏似乎也發現這樣不妥，把有些上翹的眼角變回了平素的柔和表情。

總之貓貓有在反省，反省點在於沒徵求對方允許就強行嗅聞身上的氣味；有點激動過頭，把對方衣服扒了一半這點也得反省反省；而且也不該選水晶宮的侍女下手。

多虧於此，貓貓以往被她們當成鬼怪或妖孽，現在等級好像更高了。

但貓貓是覺得非確認清楚不可，才會做出那種事來。

（就反省到這裡吧。）

貓貓抬起頭，目不轉睛地盯著壬氏。她必須將壬氏接到抗議而火速前來當成因禍得福。貓貓認為此事必須當機立斷。

「小女子這麼做是有理由的。」

她目不轉睛地注視著壬氏，過了幾秒鐘。

壬氏維持著面無表情，動口說道：

「是夠充分的理由嗎？」

「自不待言。」

貓貓斬釘截鐵地斷言，然後詢問有沒有紙，玉葉妃給紅娘使了個眼色，請她立刻準備。

貓貓開始在紙上仔仔細細地寫下一些文字。由於是玉葉妃賜的紙，老實說品質太好了。

（其實廢紙的背面就可以了。）

在場只有貓貓一人會有這種窮酸念頭。眾人圍著坐在桌前的貓貓，看著她寫下的整串文字。

「薔薇、安息香、青桐、乳香與桂皮？這些好像全都是香料之類的？」

對於玉葉妃給的答案，貓貓點點頭。

「此乃今日小女子從宮女身上嗅出的香料或精油之名。」

「這又怎麼了？」

壬氏將手揣在袖子裡偏偏頭。貓貓停筆，將毛筆擱在硯上。

「回總管，雖然每種份量極微，但都是對孕婦有害之物。」

聽到貓貓這麼說，所有人陷入沉默。

「再說……」貓貓接著道。

「商隊除了精油之外，也有販賣香辛料以及茶葉等等。」

貓貓拿出自己買下的茶葉與香辛料。茶葉是茉莉花茶，香辛料配合嗜辣的貓貓，有芥末、稍貴一點的胡椒以及岩鹽，還有能兼作香料的桂皮。由於有零用錢的關係，一不小心就買得太多了。其實貓貓當時就該注意到了，大概她本身也受到了花天錦地的氣氛影響。

「茉莉花具有加強子宮收縮的功效，我想少量的話應該無礙，但為了避免流產的可能性，孕婦還是別碰為妙。」

日前貓貓與小蘭她們在尚藥局飲的就是這種茶。

「再來是香辛料。芥末常用來作為妓女的墮胎藥。」

貓貓瞄了玉葉妃一眼。玉葉妃似乎覺得這事開不了玩笑，神情嚴肅地點頭道：「繼續說。」在她身旁的紅娘並不想讓玉葉妃聽見這種太過可怕的事情，但她似乎選擇尊重玉葉妃的意見，沒說什麼。

「換言之，使用這些東西會提高流產的可能性嗎？」

對於壬氏的詢問，貓貓表情曖昧。這話可以說對，也可以說不對。

「每一樣物品都只是會提高可能性，並不是確實有效。除非誤飲精油，或是大量攝取。」

每一樣物品在日常生活中使用幾乎都很安全，所以才能帶進後宮。而任何東西都有各種不同的用途。

東西放在那裡，也許會出某些差錯，讓某些人不慎喝下。而如果喝下的，不巧是懷有身孕的嬪妃……

貓貓後悔自己沒能早點發現。

「總管能否清查出入的販子？」

「查是能查，但品項恐怕沒有記錄得太詳細。」

他說香料就分類為香料，香辛料就是香辛料，茶葉就是茶葉罷了，恐怕沒有連每一項貨品的種類都記錄下來。但壬氏表示貨品全都經過檢驗，貓貓認為他作為管理者已經夠盡職了，不好再說什麼。

另外還有一事，讓貓貓感到在意。

「這事跟那事是不是有點相似？」

「那事是哪件事？」

壬氏對貓貓含混不清的話語起了反應。

以前有件東西，作為商品夠格在後宮中販賣，但其中含有不為人知的副作用。

「毒白粉。」

貓貓一說，眾人皆露出猛然一驚的表情。

在去年夏天，鈴麗公主曾因原因不明的疾病而臥病在床。同時，當時貴為東宮的梨花妃之子也病倒了，最後幼年早逝。

目前眾人使用的白粉都不含鉛，那種毒白粉不會進入後宮。反過來說，也許大家會認為其他東西都很安全。

「換言之，可以認為有人刻意試圖將毒物帶進後宮內，是吧？」

壬氏確認性地說。貓貓不點頭也不搖頭。

現在有的只是推測，而非確證。因為雖然極端接近事實，但也無法捨棄不是的可能性。

這事與過去發生的某個案件有雷同之處。復活的女官翠苓至今下落不明，其背景關係也依然成謎。說不定壬氏已經掌握到了某些事實，只是覺得沒必要告訴貓貓。

「小女子只是看出帶進後宮的貨品當中，有這麼多可以成為毒藥罷了。其中任何一件商品，都不會被單獨當成毒藥。」

這種說法實在狡猾，只因貓貓不願自己的一句話導致出入的販子受罰。所以她只純粹陳述意見，然後交由上級做判斷。

「只是，小女子認為最好也提醒一下其他嬪妃。」

她只能這麼說。

談話結束後，貓貓一下子變得好累。

她回想起阿爹說的話。他那老婦般年邁嗓音說過的「不可以用臆測論事」這句話重回腦海。

貓貓說過的話有哪些是臆測，哪些是確信？想到這裡，讓她感到有點不舒服。

貓貓走進廚房燒熱水。燒開後稍微放涼，然後將熱水注入放了茉莉花茶的玻璃器。雖然玻璃器價格昂貴，但她晚點會好好洗乾淨的，就先借她用用吧。

貓貓的茉莉花茶已經飲完了，但子翠把她那份還給了貓貓，說是能淺嚐一口就滿足了。貓貓比較希望她能大大方方地拿去，但既然本人這麼說，貓貓也沒辦法，就收下了。一方面也是因為貓貓喜歡這種茶。店裡那些小姐在客人沒上門時，曾經偷偷讓她飲過這種茶，讓她感到有點懷念。

花苞在熱水裡泡開，蓓蕾逐漸綻放。貓貓漫不經心地坐在一旁觀賞。滿室盡是芬芳的茶香。

「那不是毒物嗎？」

頭頂上傳來了人間少有的美妙嗓音。抬頭一看，又是張人間少有的玉容。外頭天色已經暗下不少，只餘一盞燈籠照亮廚房。

被閃爍火光照得殷紅的臉龐，實在美到讓人氣惱。

「少量的毒物可以入藥。更何況不過是一杯茶，不會造成什麼效用的。這兒是廚房，不是壬總管該進來的地方。」

「別這麼斤斤計較的。」

「高侍衛怎麼了？」

「傳令去了。」

宦官大爺目中無物的態度，讓貓貓微微噘起了嘴。

貓貓舉起燈籠看看蓓蕾完全綻放的花茶。她觀賞著在熱水中搖曳的花朵，啜飲一口。她心想連個茶都沒端給壬氏似乎有失禮數，但已經過了當差時間，壬氏最好也早早回去算了。

「況且小女子並非孕婦。」

「這倒也是。」

壬氏不知為何，把臉扭到一邊說。不知不覺間，他坐到了貓貓的斜前方。

「也為孤上杯茶吧？」

壬氏看著玻璃器裡的花朵說。
「總管要什麼茶？」
貓貓一邊心想「這傢伙真會找麻煩」一邊從椅子上站起來。架子上擺放著待客用的各種茶葉。白茶應該是最不會出錯的選擇。
壬氏目不轉睛地看著玻璃器。
「我跟這個一樣的。」
「那是最後一壺了。」
因為已經倒入茶杯，所以沒了，再沖一次熱水只會變淡。
「這壺就好。這種茶其他還有何種作用？」
壬氏坐到椅子上，望著茶葉。
「它能理氣安神，又能改善失眠症狀，還具有提神的效果。除此之外，雖然在懷孕時不好，不過聽說在待產時可以促進分娩。」
「好處比較多呢。」
「是的，所以副作用才容易被忽視。」
是只有這回運了這麼多進來，還是之前就有類似的商品進來？貓貓不是很清楚。可能是偶然也可能是必然，就連這她都不清楚。

說不定包括衣服那事在內，都是有心人刻意刺探，想知道這後宮裡是否有人懷孕。

貓貓在前次商隊到來時，在壬氏的居處當差，又在水晶宮照料患病的梨花妃，而在她成為玉葉妃的貼身侍女之前，她沒有錢也沒有半點興趣，所以沒買過東西。

這次若不是精油蔚為風潮，貓貓很可能還是沒察覺。每種商品如果只看其中一面，都是些上好的東西。

「總管喝白茶就行了吧。」

「……」

壬氏不滿地看著貓貓，但沒有的東西就是沒轍。

貓貓重新將煮水壺放在火上，把茶葉加進茶壺裡。她覺得用略溫的熱水就夠了，不待水燒開就把煮水壺拿起來，倒進茶壺裡慢慢帶出香氣，最後將茶水注入茶杯，放到壬氏面前。

壬氏不滿地端起了茶杯。

貓貓炫耀似的晃動玻璃器，故意讓他看到花茶。

「除此之外還有其他效用。」

「何種效用？」

「治療不孕，主要是男子方面。」

「……」

陰森森的視線刺到了貓貓身上。

（這可不好。）

以挖苦話來說講得太嗆了——貓貓心想。她背上微冒冷汗，為了討好壬氏而在櫥櫃裡翻找點心。

她先是聽到啜茶的聲音，然後一句：

「不怎麼合口味。孤回去了。」

說完，壬氏就迅速走人了。

貓貓把嘴唇歪扭成奇怪的形狀，心想：

（我搞砸了！）

她自我反省。

不得已，貓貓打算把茶杯收拾起來，發現替壬氏斟的白茶原封不動地剩在那兒。

取而代之地……

貓貓那才喝了一口的茉莉花茶，只剩下了一半。

貓貓一臉傻眼表情，把原封不動的白茶喝乾了。

五話　冬人夏草　上篇

貓貓在洗衣場教小蘭寫字已經成了每日慣例。而且似乎還有其他下女也想學讀書寫字，有越來越多人開始學著探頭旁觀寫在地上的字。即使如此，連小蘭算進去也差不多就五個人，其他人都跟平素一樣聊些流言蜚語聊得起勁。

最近由於小蘭完全成了個認真的好學生，貓貓變得不太有機會聽到小道消息。因此，這項傳聞是從庸醫那兒聽來的。

「您說宮女失蹤？」

「是啊，真是傷腦筋啊。」

庸醫一邊撫摸細長稀薄的鬍鬚一邊說。貓貓邊喝雜茶邊聽。

「好不容易期滿可退宮了，明明聽說聘金存夠了要主動出宮，真不知是怎麼了。」

據他所說，失蹤的宮女似乎是在前年的遊園會受到某位官人一見鍾情，後來互傳了幾封書信。就是用那種送簪子給對方的方法。能幹的宮女就算不是上級妃的侍女，有時也會到後宮外幫忙做事。這麼一位優秀的宮女失去蹤跡，實在是件怪事。

「好吧，雖然也不是從沒發生過就是了。」

庸醫言詞閃爍地說。聽到他那語氣，讓貓貓無意中感覺到了後宮這種地方的黑暗面。畢竟是三千佳麗伺機而動的百花園，自然也有它該有的黑暗層面。貓貓的周遭是沒有，但偶爾有些人會不堪宮女之間的人際關係所擾而選擇自盡，也有人會毫無前兆地因為**家務事**而離宮。

大家都有默契，對於沒打聲招呼就消失的人不會去多問。但由於此番失蹤的是即將以婚嫁為由離宮的宮女，因此似乎引來了奇怪的臆測。

「聽說那位姑娘原本很受到宮官長賞識，還挽留過她呢。」

庸醫呼地吁一口氣，咬著煎餅。

「那可真是……」

貓貓覺得這不關自己的事，她只要照常當差就是了。

本來應該是這樣的。

貓貓回到翡翠宮時，發現中庭有一群雍容華貴的貴人。外頭擺了家具，一面醞釀出顯貴階級的氛圍，一面舉辦茶會。桌子的另一頭坐著玉葉妃。雖然肚子明顯地大了不少，但周遭的園林樹木遮蔽了視線，也穿著掩飾體型的衣裳，因此旁人想必不會看出她是孕婦。身旁有紅娘神情嚴謹地聽候差遣。

說是成天窩在屋子裡反而會引人懷疑，所以偶爾要像這樣出來露面。

即使如此，貓貓覺得眼尖的人還是會發現。問題在於發現的人是有害還是無害。

「換個地方吧。」玉葉妃發現貓貓回來了，就從椅子上站了起來。紅娘走在玉葉妃的身側以擋住她的身體。她一定很清楚從哪個方向會看到玉葉妃。

壬氏對貓貓偷使了個眼色。

（出了什麼事嗎？）

貓貓跟在壬氏等人後面，進入宮內的迎賓室。

「失禮了。」

玉葉妃還是一如既往，用一種靜不下心，興奮雀躍的神情看著貓貓，一旁的紅娘則是一臉疲倦。

而傳召貓貓的人，自己倒是坐在椅子上優雅地啜茶。貼身侍衛高順怏怏不樂地站在他旁邊。

「有小女子能夠效勞的事嗎？」

貓貓看著玉葉妃與壬氏的中間位置詢問道。

「是呀，這一位有事找妳。」

玉葉妃朝壬氏伸出了手掌。差不多就是平常那一套流程。

「是，那麼容我換個地方。」

壬氏畢恭畢敬地對玉葉妃說完，紅髮嬪妃不開心地噘起了嘴。

「不會有什麼差錯的，總管就在這兒說話吧。」

「不，萬萬不可。我不便在此處久留，況且公主似乎快開始哭鬧了。」

房間外頭傳來孩童的哭聲。就快到鈴麗公主睡午覺的時間了，但在那之前她總是要吃玉葉妃的奶。雖然差不多是該考慮斷奶的年紀了，但看樣子還需要點時日。

玉葉妃露出有些稚氣的表情。儘管嬪妃已懷上了第二胎，但終究是個年方二十的姑娘。異國混血的成熟容貌與不好惹的為人性格，讓她看起來總是比較年長，但其實好奇心還旺盛得很。

「玉葉娘娘，請您還是放棄吧。」

以差事為第一優先的紅娘覺得正合己意，打開房門。一臉傷腦筋的貴園站在外頭，正抱著公主。紅娘從貴園手裡接過公主後，抱到了玉葉妃面前。公主伸手要抓嬪妃的衣襟。

娘娘仍是一副不開心的暗沉表情，但總不能讓可愛的親生娃兒餓著，這才總算作罷。

離開翡翠宮後，一行人照常來到宮官長的房間。

（你乾脆替自己安排個房間算了。）

有了，可以把尚藥局的倉庫改裝一下。這樣一來，庸醫自然會貼心地奉上茶水，貓貓安心，宮官長也省得麻煩，豈不是一舉三得？

宮官長的樸素房間雖然寬敞，但沒什麼看頭，而且因為得屏退旁人，也沒人上茶。

貓貓在高順的催促下，坐在樸素的椅子上。

「總管有何吩咐？」

「最近皇上在分賜小說給眾嬪妃，這事妳知道吧？」

壬氏以貓貓知道此事為前提問道。貓貓自然是知道的，因此點點頭。

「是，好像是各位嬪妃看完，輪到侍女看，然後再講給下級宮女聽。而且也開始有抄本流傳了，其中有些宮女還有心學習認字。」

聽到貓貓的回答，壬氏的表情稍稍和緩了點。事情發展果然如壬氏所料。

高順不動聲色地將一捲卷軸交給壬氏，壬氏將它在桌面上攤開來。

「這是？」

「這還只是初期階段，不過我打算試著開辦這樣的設施。」

卷軸原來是後宮的草圖，但在原為廣場的空間畫上了某種建物。

「這在市井之中似乎稱為私塾？」

也就是學堂。

貓貓驚嘆地睜圓了眼。雖然她想過壬氏應該早有此意，沒想到動作如此之快。平素她常把壬氏當成蟲蟻或穢物看待，但這次提昇到了馬匹的層次。

換言之，她是感到欽佩，然而——

不知怎地，壬氏與高順的身體都往後仰倒。

「兩位大人為何有如此反應？」

「沒有，只是覺得心裡不踏實。」

「是啊，妳素日那種眼神上哪去了？身體不舒服嗎？」

竟然連高順都講這種話。

貓貓慵懶地讓眼皮往下低垂，壬氏這才放心地呼了口氣，恢復成原本的姿勢，不知為何還一臉滿足。這個宦官搞不好打從骨子裡真的是個被虐狂。

「妳有何見解？」

壬氏重新打起精神，向貓貓尋求意見。

貓貓撫摸著下巴沉吟。這算是個不錯的主意，不如說貓貓覺得很欽佩。他先經由皇帝在後宮推廣小說，探探情形，而且用心挑選能夠引起年輕姑娘興趣的故事，可見不是一時心血來潮的魯莽之舉。

「小女子以為甚好。事實上的確有人有心向學，最大的一點是，這對她們期滿退宮之後也有幫助。」

「是嗎。」

壬氏露出了些許微笑。若不是早已屏退旁人，想必會有人被迷得神魂顛倒。

只是，有件事令貓貓在意。她目不轉睛地看著卷軸草圖。

「怎麼了？」

壬氏湊過來，想看看有哪裡不對。

貓貓指向了草圖。圖上先將後宮南側，也就是鄰近正門的廣場選為預定地點。

此處地方夠寬廣，也有利於搬運物資等等。雖然修建期間有礙皇帝的觀瞻，但應該可將此事想成皇帝原本就有參與，因此這點或許不是問題。

然而，世間並沒有和平到誰都會贊成新事物。

貓貓目不轉睛地看著壬氏。由於壬氏准她進諫，她決定開口。

「南側多為上級與中級妃的住處。雖不能一概而論，但嬪妃大多自尊心強。」

在這些嬪妃的面前，而且是會映入皇帝眼簾的頭等地，一群不會讀書寫字的婢女聚在一塊兒接受教育。整體嬪妃之中，不知有幾成會欣然接受。

「……」

壬氏陷入沉默。壬氏雖為宦官，但想必也很清楚這座後宮的特性，貓貓認為他應該明白自己的話中之意。

表面上擺出好臉色的嬪妃當中，搞不好有些人會背地裡找麻煩。就算本人不下手，難保她們不會使喚侍女或下女做些糟糕事。而且不是找學堂屋舍下手，而是專挑開始上學堂的宮女對付。

「……看來最好改成北側。」

北側是最無人管理的區域，沒幾個嬪妃喜歡往那兒跑。

「是。還有，小女子認為不用特地建造一棟建物。此處有很多樓房，改裝一下就堪用了。」

應該說，貓貓覺得新建一棟房舍太浪費了。雖說壬氏或許多少也得顧及顏面，但為了節省開銷，他那形狀優美的鼻子還是碰點灰比較好。

「還有……」

貓貓又補充了一點。

「小女子認為表面上還是別採取學堂的形式，不妨以設立新部門所需的技能教習為名做個嘗試。說成學堂會讓人覺得是要讀死書，不如用能夠成為生財工具當成誘餌，或許能夠引來更多人求學。」

「是這樣嗎？」
「是的，尤其農家女更會擔心將來的出路。此外，建議總管可嘗試於休息時間分發點心。」
「點心是吧，天天都給就是了吧？」
壬氏了然於胸地點點頭。
「不，偶爾就行了。不可每日。」
「為什麼？」
假如天天都供點心，想必會有些貪小便宜之人只在想吃的時候上學。若是有時供應有時不供，由於不能保證隨時都能吃到，學生就會天天來。
「是這樣嗎？」
「沒有人會沉迷於每次都贏的賭博。」
「……」
壬氏的想法大致上而言不錯，但可能畢竟是好人家子弟，做得總是有點不夠徹底。本人想必也是明白這點，才會像這樣向貓貓尋求意見吧。
「這些不過是小女子的一己之見，還請總管再問問其他人的意見。」
如果問貓貓，她還有更多意見可以提，但她決定姑且就講到這裡，以免壬氏一不小心全面採用貓貓說的話。

貓貓心想，若只是談這種事情，似乎沒有換地方的必要。她觀察壬氏的神色，想看看能不能退下了，但高順接著拿出了不同的文書。

「我還有一事相問。妳對蕈類熟悉嗎？」

貓貓不懂是怎麼回事，歪著眉毛。

「由於蕈類可以食用也可入藥，小女子每年會上山幾次。」

雖然很多蕈類有毒，但也有不少種類可成為珍貴藥材。

「蕈類怎麼了嗎？」

貓貓按捺住險些沒喜笑顏開的臉部表情問道。

「每年到了這個時節，總有宮女會吃壞肚子。我們有在叮嚀，卻有些人就是不聽勸。」

「貪吃的人到處都有。」

貓貓邊點頭邊說。雖說在後宮度日不會挨餓，但對一些人而言，光吃食堂配給的伙食還是不夠飽。只有眾嬪妃的貼身侍女或有幸得到分享的人，才有福氣吃到點心。

「去年還有某個小賊，在尚藥局跟醫官一起吃過。」

「……」

「還有，果園的果子據說也常常不翼而飛。」

「……」

貓貓變得啞口無言。那不是毒菇，是一種非常美味的蕈類。至於果園，她只是幫忙摘掉一點幼果罷了。貓貓在心中找藉口。

「事情就是這樣，我希望妳事先檢查有哪些蕈類可能會讓宮女誤食，盡可能處理掉。同時，也請告訴我這些蕈類有何種毒性。妳在翡翠宮的差事，除了試毒等等之外都暫時休息。」

（哦～）

貓貓一邊點頭，一邊覺得有點兒不對勁。若是談這件事的話，就算讓玉葉妃在場似乎也並無不妥。她甚至覺得既然要花時間做調查差事，當著嬪妃的面說明清楚似乎更好。

（或許有什麼內情。）

貓貓沒有不識相到會去問這種問題，更何況壬氏的要求讓她開心得很。除了有趣之外，她找不到其他形容詞了。

「遵命。」

貓貓稍稍歪著嘴巴，只回了這麼一句。

話說雖然範圍只限後宮之內，但蕈類可能生長的地方還是很多。即使此處盡是月貌花容的女子，但當然也有賞玩尋常花草樹木用的園林，果園或松林也不會少。由於到了不冷不熱的季節，天氣也變得潮溼，今後想必會長出滿坑滿谷的蕈類。

蕈類令人煩惱之處，就是可食用的蕈類與毒菇經常長得很像。最常被弄錯的是秀珍菇與月夜茸，煙花巷也曾發生過幾次娼妓吃了客人贈送的蕈類，導致食物中毒的病例。

蕈類也有分會長與不會長的地方。秀珍菇比較算是隨處可見，月夜茸則是多長在山上。後宮內大概是不會有月夜茸的。

假如要偷採蕈類，想必不會來到園丁頻繁出入的地方。

皇帝偶爾蒞臨賞花的地方也剔除在外。真要說起來，這類場所都集中於南側。上級或中級妃的宮殿樓房都在南側，宮女大多也是自命清高。貓貓認為可以第一個剔除不礙事。其他還有些零星的果園或樹林，若是找起蕈類，恐怕是要多少有多少。

（好了，該從哪裡找起好呢？）

貓貓一邊看著壬氏給她的草圖，一邊感到滿心雀躍。

「哦，妳回來啦。」

櫻花有點退縮地出來迎接貓貓。

「我回來了。」

「啊！不要直接進來啦。」

櫻花用力拍打貓貓的頭以及衣服。她滿頭的樹葉，衣服還插著小樹枝。大概是稍微爬了一下樹害的。

「我是不知道妳是奉命行事還是怎的，但是不可以髒兮兮地跑進宮殿喔。」

（……髒兮兮。）

櫻花講話就是乾脆爽快。貓貓點點頭，覺得有小孩子與孕婦在的宮殿保持清潔是件好事。櫻花啪啪打掉她身上的灰塵，催她快去換衣服。

今天一整天真是過得太充實了，她採了滿滿一籃子的蕈類，裡面還包括了很多能入藥的種類。由於實在不便帶回宮裡，她把蕈類放在庸醫那兒。貓貓告訴庸醫那是毒菇，這樣就算是庸醫想必也不會拿來吃。雖然他含著手指看了半天，但貓貓決定在這方面信任他。

關於這點，小貓毛毛倒比他聰明，看都不看一眼。

由於找到了稀有蕈類的群生處，貓貓個人感到相當滿意。

「貓貓，妳怎麼好像有點臭？」

「會嗎？」

這讓貓貓想起來，在採菇時曾經聞到一股刺鼻的臭味。可能是她在那附近到處跑來跑去，沾到味道了。那兒或許就是子翠之前說過的地點，蕈類正好就在那裡叢生著。也許是滲

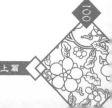

透的汙水變成了肥料。

「等換過衣服就要伺候玉葉娘娘用晚膳了，妳行嗎？」

這提醒了貓貓，今日的差事還沒結束。雖然時間似乎比平素早了點，但還是不能耽擱。

「小女子立刻就過去。」

貓貓快步返回自己的房間。

進入玉葉妃的房間後，只見嬪妃手腕上繫著黑繩。這是後宮內有身分高貴之人過世時的禮儀規範，不過比之前東宮逝世時的做法簡略一些。

玉葉妃的穿著一如平常，取而代之地，由紅娘穿著比平時更樸素的裝扮。

「有勞妳了，時刻似乎比平常早了點。」

「娘娘快別這麼說，不礙事的。」

可能是看出貓貓的表情在問發生了什麼事，紅娘開口：

「今日晚膳過後我必須外出，抱歉，妳也得一起來。」

「是。」

她知道紅娘為何打扮樸素了。貓貓也拿到了一條黑繩。

晚點可能是要舉辦喪禮了。這種儀式本來並不適合在天子誕生的後宮舉行，他們會另換一個名義，舉行類似的儀式。

既然是由紅娘代替玉葉妃出席，很可能是下級或中級妃亡故了。

「妳穿這身衣裳就行了，不過髮飾必須拿掉喔。」

「是。」貓貓接過了試毒用的碟子。

紅娘帶著貓貓來到位於北側的祭場。出於喜愛各種節慶禮儀的國情，後宮也蓋了一處小規模的相關設施。平素不常維修整理的祭場，可以看出宦官臨時努力整頓過的痕跡。

玉葉妃每年也會擔任個一次祭司，不過在貓貓來到這裡的期間，她還沒負責過這份差事。這事本來應由男子執行，然而基於後宮環境特殊，女子也能主持祭典。這份職務由上級妃輪流執行。

參加者在祭壇前排成兩排獻花。鮮花由像是嬪妃侍女的幾名宮女拿著籠子分送。貓貓排在紅娘後頭，從宮女手中接過鮮花。鮮花除了本身的花香，還沾上了別種香味。不知這是否也是後宮的獨特做法之一。

（嗯？）

貓貓發現宮女遞花的手皮膚發紅。

（是感染發炎了嗎？）

但紅腫得還真厲害。貓貓看了看自己的左臂，那症狀跟她手臂上的傷痕很相似。

貓貓一邊思考這些事，一邊將花獻上祭壇。壇上放了一口大棺，上頭蓋著白布。可能是晚點才要移至別處，她看見棺材底部隔著白布浮現出一個人影。

聽紅娘告訴她，過世的嬪妃乃是高官之女，在中級妃當中身分地位較高。只是從紅娘的語氣推測，此人並不是什麼好性情的人物。

據說嬪妃從大約一年前就開始身體不適，閉門不出，但沒有回到娘家。紅娘半惡罵地說，皇帝又沒有臨幸她，她要是想回去，明明隨時都能回去。

說是在身子虛弱時，又因為天氣轉暖而吃壞了肚子。

紅娘平素不會這樣浮躁，她對一名死者講話如此之重，讓貓貓覺得有點不尋常。貓貓趁偶然離開隊伍時，稍稍湊到她耳邊問道：

「這位嬪妃是不是做過什麼不好的事？」

貓貓只是隨口問問，如果紅娘不願告訴她也就罷了。雖然身為侍女不該這樣追問，但很意外地，紅娘偷偷告訴了貓貓。

「以前不是有人對玉葉娘娘下過毒嗎？雖然沒找到犯人……」

講到這兒，紅娘瞄了棺材一眼。

原來如此，貓貓明白她的意思了。赤膽忠心遠勝他人的紅娘，對於有加害於玉葉妃嫌疑的嬪妃，心裡不可能不記恨。不如說對方在如今此種狀況下過世，也許還讓紅娘鬆了口氣。

（嗯？）

貓貓發現其中有點蹊蹺。

食物中毒而死的中級妃，曾經想要玉葉妃的命。現在玉葉妃懷有身孕，她在這方面會比平素更提防其他嬪妃或宮女。

而昨日壬氏帶來的命令，是要貓貓把毒菇清查一遍，而且還不將詳細內容告訴玉葉妃她們。

若是排除掉自己對玉葉妃她們的感情，貓貓無法斷言玉葉妃不會先下手為強，趁死去的中級妃用毒之前先下毒。雖然說是食物中毒，但如果是吃了毒菇而死就說得通了。

假若翡翠宮之人發現壬氏有這種想法，貓貓很容易就能想像事情會如何發展。她們的態度想必會有所改變，縱然對方是美若天仙的宦官也一樣。

貓貓原以為壬氏似乎有點太偏袒玉葉妃了，但看來他處事上還是很公正的。

（我看不會是玉葉妃。）

此人對娘娘而言或許是個眼中刺，但是要重挫對方銳氣讓她不敢再撒野，方法多的是。就算會被再度下毒，趁早毒死對方反而費事，也可能穿幫。紅娘或是三位姑娘恐怕都不適合要這種陰謀。

這樣想來，翡翠宮最適於毒殺他人的就是貓貓了。

（哦哦。）

假如毒菇那事是為了刺探貓貓的反應才做的，她非但不會對壬氏失望，反倒還會覺得佩服。

不過不用說也知道，貓貓沒有做那種骯髒事。

（不曉得嬪妃起了什麼中毒症狀？）

若是有人願意告訴貓貓就好了，但恐怕很難。她嘆一口氣，正打算隨紅娘回宮時，事情發生了。

只聽見好大的匡啷一聲，貓貓回頭一看，發現一名臉上纏著白布條的女子把祭壇推翻了開來。祭拜用的米或酒都灑了一地。

女子從繃帶隙縫間露出紅腫的皮膚。服裝不是下女穿的那種，雖然樸素，但很雅致。

這人不會是一介宮女，大概也不是侍女。

女子被宮女拉住了。她甩開嚷著「娘娘別這樣」勸阻的宮女，站到棺材前面，啪沙一聲掀掉了蓋在上頭的白布。

列隊的宮女大聲慘叫，作鳥獸散。「噫！」就連個性堅強的紅娘都不由得叫了一聲。

棺材裡躺著身穿白衣的女子。她臉上的皮膚發紅潰爛，頭髮有一半都脫落了。簡直就像是被潑了油點火似的，以後宮的嬌花來說，這模樣實在是太悽慘了。

在白布條的隙縫間，一張嘴大大地裂開笑著。

「啊哈哈哈哈哈，真是罪有應得啊。」

女子高聲狂笑，被趕來的宦官押住了。

「妳比我，比我醜上百倍！」

女子的笑聲在薄暮之中，高亢地迴盪四下。

貓貓凝目注視這一幕，交互觀察屍體與女子從白布條間露出的臉龐。她對那種燒傷般的疤痕有印象。

後來有人告訴貓貓，昨日鬧事的女子乃是下級妃。

據說她是富裕的商家出身，脾氣又好，皇帝也臨幸過幾次。然而在前年的這個時期，據說她罹患了臉部紅腫潰爛、頭髮脫落的怪病。雖然有提過讓她離宮，但她模樣變得那般醜陋，就算離開後宮回娘家也無法改嫁。

繼續讓她當下級妃領俸祿，是出於皇帝的一份好意。

問題來了，這名下級妃為何會對死去的中級妃口吐詛咒之言呢？

答案很簡單，只要想到臉部潰爛的疾病可能是中級妃所為，就能理解了。

下級妃是在前年的這個時期患病，而中級妃也是在這個時節死亡。

貓貓對此種症狀有印象。而當她前去心裡猜測的地方時，果不其然，那兒有她猜想的東西，於是猜測變成了確信。她在找的東西，是一種為濃豔紅色，一看就覺得有毒的毒菇。貓貓用布將它層層包起，摘取起來。

她幾乎可以確定，壬氏在找的蕈類就是這個了。

貓貓請宦官捎信給高順之後，翌日壬氏也一起來了。畢竟帶來的東西特殊，這回眾人決定待在尚藥局。庸醫興奮雀躍又坐立不安地為眾人備茶。毛毛梳完毛，窩在牠的小床裡。

庸醫雖然配藥一塌糊塗，但沖得一手好茶。不過貓貓不便讓他笑吟吟地在毒菇旁邊擺下茶點，所以婉拒了。庸醫沮喪地垂著鬍鬚走出房間。很抱歉，但這是理所當然的。由於庸醫一臉寂寞地頻頻偷瞧，貓貓把門好好關緊。「啊！」他露出一副傷心的表情，但貓貓才懶得理他。

「壬總管，請用這個將手包好。還有，嘴巴要用這個覆蓋住。」

貓貓將三角巾與束口荷包拿給壬氏與高順。她用三角巾遮住嘴巴，把手放進束口荷包裡。其實她比較想準備手套，但很難找到夠厚的。壬氏他們雖一臉狐疑，但仍仿效貓貓的裝扮，然後貓貓才拿出了木盒。

「這是……」

壬氏的嗓音隔著三角巾模糊地傳來。

「是，此乃毒性極強的蕈類。」

貓貓打開盒蓋，剝開層層包覆的布，露出濃豔赤紅的蕈類。此種形似紅腫指尖的蕈類，呈現讓人絕對不敢品嚐的顏色與外形。

只要吃上小小一塊碎丁，就能達到致人於死的份量。這種蕈類生長於枯萎的闊葉樹上，麻煩的是光碰到都會發揮其毒性。

「這是在北邊雜樹林找到的。」

不同於後宮的南側，皇帝很少臨幸北側。因此該處景觀缺乏細心管理，可以稀稀落落地看見幾棟荒廢破敗的建物。

原本保有園林景觀的樹林，如今遭到棄置，成了令人不忍卒睹的景象。或許是這樣正適合生長，此種紅色蕈類如雨後春筍般紛紛冒出頭來。

只能說運氣不好，貓貓也有在後宮內到處探索，但並沒有涵蓋到所有範圍。如果她發現了，最起碼會向壬氏進言，因為此種蕈類危險性實在太高。

此種蕈類本來相當少見，若不是有此次案件，貓貓想都沒想過它會長在後宮裡。這回能找到算是運氣好。

「此種蕈類光是摸到，就能導致手皮潰爛，請兩位不要將臉湊近。」

貓貓掀起自己的左手衣袖，讓他們看看摸到會變成怎樣。她稍微解開白布條，暴露出手腕，該處有著紅腫而永遠無法撫平的傷疤。沒錯，就像那名下級妃的臉一樣，而且——

也跟分送鮮花的侍女手臂上的傷痕一樣。

「只不過是出於好奇心一碰，就變成這樣了。」

那時貓貓一如平素地試了試毒物。她在每年數次與阿爹上山採藥時，發現了這種蕈類。糟就糟在這裡，貓貓只是輕輕一碰，皮膚就發紅潰爛了。阿爹一發現，急忙用流水清洗貓貓的手，但紅腫痕跡再也不曾消失。

「難怪看妳總是纏著白布條……底下還有同樣的傷疤嗎？」

壬氏定睛注視著貓貓，神情莫名地僵硬。這時貓貓才想到，她這是頭一次讓這名宦官看她的傷痕。

「沒有，其他就只是小女子自己弄出來的實驗痕跡罷了。」

貓貓重新纏好白布條，然後小心翼翼地把雞冠般的蕈類重新包好，收進盒子裡。晚點得仔細處理掉才行。

「呃，妳說實驗是什麼意思？」

「興趣使然。」

「什麼叫做興趣啊！」

壬氏鐵青著臉逼問，但貓貓很想早早結束這個話題。她裝作沒聽見，繼續說下去：

「棺中的遺體臉部潰爛，而且頭髮脫落。依小女子來看，恐怕就是這種蕈類的毒素所致。壬總管想查的就是此種毒物吧？」

「……妳還是一樣機靈。」

高順代替壬氏，露出有點苦澀的神情說。也許他並不想讓貓貓知道中級妃的死因是蕈類中毒。

但這讓貓貓覺得很不自然。

「可否將詳細內容告訴小女子？」

或許不問比較好，但貓貓就是無法釋懷，無可奈何。

壬氏歪扭著柳眉，瞄了高順一眼。高順依然面無表情。壬氏大嘆一口氣。

「大約從一年前起，靜妃便臥病在床。妃子罹患了臉部潰爛的病症，連聲音都發不出來。」

壬氏每月會拜訪一次中級妃，也有去探望患病的女子——單名一個靜字的妃子。壬氏說每次去見她，看到的總是靜妃輾轉病榻，見了令人心痛的模樣。

另一名下級妃也出現了同樣症狀，在皇帝的恩澤下，靜妃與那名妃子同樣留在後宮。儘管該名妃子有著許多傳聞，但若是因為相貌變醜而放回娘家，她那高官爹爹不知道會說些什麼。

也許是患病導致心灰意冷，據說後來靜妃變得文靜許多。聽說在那之前，她常仗著父親位高權重作威作福，個性頗為引人非議。

（哦——）

壬氏想必相當注意這名人物。再加上玉葉妃以及葬禮之際那名下級妃的事情，不能對她有一點疏忽。

也許是她想用毒害過下級妃的毒物再去害人，卻不慎碰到了。結果毀了自己的容，成了無法期望皇帝臨幸的模樣。

今後只要不引發任何問題，養著等死對後宮來說應該是最簡單的做法。雖然說來惡劣，但為政有時就是得這麼做才行得通。

然而，靜妃是個自視甚高的嬪妃。

「侍女作證表示，嬪妃無法容忍自己的存在，終於服毒自盡了。」

靜妃總共有五名侍女，據說所有人證詞一致。

乍看之下，前後並不矛盾。

但壬氏基於立場，有必要從各方面觀察事情。之所以沒告訴玉葉妃也是因為如此。

「於是總管就想知道毒物的來源，是吧？」

對於貓貓的詢問，壬氏承認了。

雖不知道靜妃的雙親對女兒之死會有何反應，但假若有這類見不得人的虧心事，他們就算有怨言恐怕也只能閉嘴。

貓貓取下綁在臉上的三角巾，撫摸下巴沉吟。

「小女子有個問題，嬪妃是吃了毒菇而死，對吧？」
「正是。」
那就怪了。嬪妃的臉發紅潰爛。假如之前就爛了還能理解，但腫脹的痕跡還很新。
「這種蕈類的確是只要摸到就會發炎，但是在誤食之時，小女子只知道嘴裡會發炎，卻不知道會蔓延至臉部。」
「妳此話當真？」
「是的。此種蕈類是會引起腹痛、嘔吐或麻痺等症狀。但妃子的臉爛成那樣，小女子會認為是拿毒菇在臉上磨擦了。」
而且，貓貓察覺到了一件事。躺在棺中的妃子雙手並沒有潰爛。假若是自暴自棄而拿劇毒往臉上抹，應該不會像此時的貓貓這樣特地戴上手套才是。
貓貓又以手扶額，發出呻吟。到底是什麼？答案已經呼之欲出，卻沒有明確的證據。如果沒有證據，貓貓就不能再繼續向壬氏進言。
「我看妳話中有話。」
壬氏目不轉睛地看著煩惱的貓貓。臉湊得很近，額頭之間靠近到只剩一寸的距離。
「有話想說就說來聽聽。」
壬氏如此說道，但貓貓無法輕易啟齒。她視線悄悄低垂。

「可否請總管給小女子幾日時間？還有，若是可以，小女子想借用幾位孔武有力的宦官，要口風緊且膽子大的。」

「知道了，如果這樣能讓真相大白，我就準備吧。」

壬氏雖然對奇怪的要求偏頭不解，但仍然答應下來。

「小女子不敢確定。」

「妳做就是了。」

他用明確的命令口吻對貓貓說道。

（對，這樣比較好。）

貓貓是個卑微的宮女。壬氏願意這樣看待她，她也比較輕鬆。

「遵命。」

貓貓緩緩低下了頭。

後來貓貓參照後宮草圖，搜索了足足三日。她確認過靜妃居住的樓房位置，然後以列出的候補地點為中心徹底搜查，尋找某個東西。

這弄得她一身的泥巴，每當回到翡翠宮總是讓其他侍女發出慘叫，最後她把衣服放在尚藥局，在那兒換衣服。

後來，庸醫以及素日那個聊天地點——也就是洗衣場的宮女告訴了貓貓一件事。這件事與日前眾人之間流傳的某件消息有關。

貓貓還不怎麼確定，但比起靜妃侍女的證詞，她有了更合情合理的推測。

準備齊全後的翌日，三名宦官前來迎接貓貓。

三人當中包括了高順。貓貓是說過想要孔武有力的宦官，而她也覺得高順的確符合條件。此次壬氏似乎另有要事，沒有過來。貓貓知道那名宦官看起來很閒，其實公務繁忙。她深深覺得看起來太優雅有時還真吃虧。

「那就勞煩各位了。」

貓貓低頭道謝，分給每人一把鏟子。宦官一臉狐疑，但既然高順沒說什麼，其他人也沒特別提問。貓貓很佩服他們有仔細挑選識大體的人來。

接著，貓貓前往北側的樹林。此處跟找到毒菇的樹林不是同個地點，但同樣也是堆滿落葉無人清掃的處所。風中夾帶著刺鼻的臭味。

貓貓指著其中一處。蕈類從落葉隙縫間冒了出來。

「可否請各位挖這個地方？」

貓貓在後宮草圖上加畫了三個圈，她從中選出此處頭一個造訪，是因為她認為這裡可能性最大。

宦官用鏟子撥開落葉，沙沙有聲地挖洞。潮溼的柔軟泥土很容易就挖開了。貓貓有想過要不要幫忙，但高順擔心她的腳傷而回絕了，貓貓恭敬不如從命。順便一提，這次真的已經治好了。

不久，一名宦官忽然皺起了臉，摀住了鼻子。不只是他，在場所有人都摀住了鼻子。

一股難以形容的嗆鼻惡臭，從挖開的洞穴深處飄了出來。臭味重到跟方才混雜於風中的氣味完全不能比。

高順凝目而視。可以看到土裡有塊像碎布的東西。

「……妳說要膽子大的人，原來是這個意思啊。」

高順眉頭皺得比平素更緊，把鏟子插進地面。他用鞋子把鏟子深深踩進地下，然後把泥土翻了起來。

（真會選人。）

一名宦官面無表情，另一名宦官則是臉上浮現苦笑，看著跟翻開的泥土一起出現的東西。

幸好周圍沒有任何人在，不然要麼引來一陣尖叫，要麼嚇得癱坐在地動彈不得，反正都會很麻煩。

那是人類的手骨，各處黏著幾塊本來該有的肉。這個埋在地下頗有一段時日的東西——是死人的屍骸。

「這就是證據了嗎？」

聽高順這麼問，貓貓低頭回答：

「其實小女子真沒想到會一挖就中。」

她另外還挑出了幾個可疑地點。

貓貓一面產生一種難以形容的不適感受，一面看著埋在地下的遺體被挖出來。

挖出來的遺體是誰，已經不用貓貓講了。遺體身上配戴的飾品全都精緻華美，其中一件附有分賜每位嬪妃的紋飾。

那是靜妃的紋飾。

靜妃早於一年前就死去了。

高順將遺體放進代替棺木的木箱之後，一臉疲倦地聽貓貓說明。兩名宦官反正差事已經辦完，就都回去了。他們必定很想早點洗個熱水澡。高順說他們絕不會說出去，貓貓決定相信他。

「一年前，靜妃就死了。小女子不知道是他殺或是意外，不過，靜妃的侍女想必知道此事。」

貓貓借用尚藥局的房間跟高順說話。高順端著茶杯，但一口也不喝。他一臉若有所思的僵硬表情，向貓貓問道：

「那麼，前日葬禮的遺體又是何人？」

「除了各位侍女之外，還有一人曾經知道答案。」

貓貓從懷裡掏出一張紙，上面繪有年輕女子的肖像。這是她向聚集於洗衣場的宮女問話，統整傳聞中失蹤的宮女的相貌特徵畫成的。

「高侍衛看這相貌特徵，是不是跟靜妃有幾分相似？」

高順瞪著肖像畫，輕輕地點了個頭。

「您知道有位宮女下落不明嗎？」

「知道。」

失蹤的宮女大多在幾天後，會被人發現自盡身亡。沒人能逃出這座深溝堅壁的花園，而逃亡意味著死亡。

「我想一旦毀容之後，恐怕除了貼身侍女之外，沒人能認出她是誰。」

而她只要臉上纏著白布條又不說話，要瞞過每月一次的訪客想必不難。而且來者不能在嬪妃的床邊逗留太久，這一點也反過來為她們所利用。

「換言之，失蹤的宮女也跟她們是同夥？」

「詳細情形小女子不知，只是，竊以為這樣想比較合理。」

若是用個人猜測更進一步地說，貓貓可以想到還算說得通的理由，但她不打算說出口。

善妒的靜妃，因為自己沒受到皇帝臨幸，身材與自己相仿的宮女卻得到官員的求愛，讓她心有不甘。她平素處處找機會刁難宮女，後來演變成了爭端，不知是蓄意還是意外，嬪妃死了。

原本就對嬪妃心有不滿的貼身侍女一方面為了自保，一方面也同情宮女，於是想到可以佯嬪妃有疾掩飾過去。宮女出於罪惡感，不得不狼狽為奸。

然而隨著宮女漸漸論及婚嫁，事情再也隱瞞不下去了。一旦宮女期滿退宮，就沒人能扮演替身出現在壬氏面前了。

侍女情急之下——

（嗯，別想了。）

動機這玩意，之後讓大官們隨便找一個就是了。

貓貓一邊做如此想，一邊啜飲了一口茶。

高順或許也明白貓貓的此種心思，便不再追問。不過他看著貓貓，表示只想再問一個問題。

「妳怎麼知道嬪妃埋在那個地方？」

地上沒有貓貓重新挖掘過的痕跡。一個弄不好，貓貓可能被懷疑成掩埋屍體的凶手。

「不需要挖開看看，那兒已經留下了證據讓小女子知道。」

掩埋屍體的地方，有著群生的蕈類。蕈類依種類不同，生長的環境也不同。

「是養父教導小女子的，他說那種蕈類，喜歡生長在動物的屍體或糞尿附近。」

反過來說，在其他地方則不容易看到。

貓貓之所以興奮地發現到稀奇蕈類的群生處，就是因為如此。她還以為一定是滲透的汗水成了肥料。當然那樣也是個問題，但沒想到實際上她是蹲在屍體上頭享受賞蕈之樂。

「難怪小女子覺得有聞到一種獨特的腐臭。請侍衛恕罪，小女子向來不碰屍體，所以沒察覺。」

原來並非水道壞了，而是天氣轉暖，腐敗加速的臭味外洩到地上來了。怪不得櫻花聞到臭味，會露出那麼難看的表情。

「……」

高順的臉孔歪扭，眉頭之間形成了深深的溪谷。貓貓總覺得他好像在狠狠瞪她。

「可以再問一個問題嗎？」

高順用一種讓人產生不祥預感的口吻接著說道。

「妳接連數日摘取的大量蕈類，究竟打算拿來做什麼？」

「……」

這次換貓貓無言了。在偷瞄一眼的視線前方，她打算晚點再做分類的大量蕈類一籃一籃地擺在那兒。

「那裡面有很多非常有趣的蕈類。」

「妳說從屍體身上長出來的蕈類嗎？」

「不，小女子沒發現那種有如冬蟲夏草的蕈類。」

不曉得是否真有此物，若是有的話真想親眼瞧個一次，不知究竟會有何種藥效。

貓貓純粹是一片好奇心。

但大多數人都不懂她的心，這個平素勤懇又體貼的高順也一樣。

蕈類全數無情地被處理掉了。

七話　鏡子

在一個熱天午後，人家告訴貓貓有異國的奇珍異寶送到了翡翠宮，叫她來看。

大廳裡有面大型穿衣鏡，玉葉妃站在它前面，拿著日前買下的新衣對著鏡子看得正高興。紅娘正在仔細收好包穿衣鏡的布。雖說不過就是一面穿衣鏡，但可不只如此。別說鏡子大到足以映照全身，最令貓貓驚訝的是它的表面。

（原來如此，的確稀奇——）

一般講到鏡子都是銅鏡，貓貓的鏡子是把銅片表面細細磨亮而成。然而放在這裡的鏡子表面並非金屬，比磨過的銅鏡更清楚地映照出玉葉妃的身姿。

「呵呵，妳知道這是用什麼做的嗎？」

玉葉妃好玩地向貓貓問道。

「是玻璃做的嗎？」

貓貓如此回答後，玉葉妃悶悶地皺起眉頭。看來是被貓貓猜中了。

「好厲害喔——！真的，就好像有兩位玉葉娘娘似的！」

「真的耶～」

櫻花與貴園興奮地嚷嚷。

「之前還有過一面手鏡，可惜被櫻花摔破了～」

「討厭，不要再提了嘛！」

玻璃製的鏡子雖然稀奇，但不是完全沒有。只是由於製作技術困難，只有來自西方的舶來品，因此是珍品中的珍品。侍女若是打破了這種珍品，就算丟掉差事也怪不得人。幸好玉葉妃溫柔善良，櫻花才能保住她的飯碗。

貓貓看看鏡子，心想「原來如此」。使用銅鏡的話，無論如何都無法清楚照出顏色，但這面鏡子就沒這問題了。它是用玻璃拉引成薄板製成，但表面毫無凹凸，平整光滑地照出人物原有的樣貌。

看到貓貓目不轉睛地探頭看著鏡子，櫻花不懷好意地笑起來。

「貓貓妳也對這類物品有興趣呀。」

「是的，我很想知道這用的是什麼構造。若是自己可以量產的話，就能做一筆不小的生意了。」

「……嗯，我想也是。」

聽到貓貓這麼說，櫻花輕輕拍了她幾下肩膀。看來她想聽到的似乎不是出於這種觀點的感想。

「是皇上賞賜的嗎？」

「不是，是異國使節的禮物。」

玉葉妃將衣裳交給貴園，然後在羅漢床上坐下。

「原來是使節大人啊。」

這讓貓貓想起，庸醫曾經稍微提及一件事。他說日前商隊的規模那樣大，是為了迎接異國使節而派來的開路隊伍。

「是呀，不過其他嬪妃好像也都有一份就是了。」

櫻花有點不高興地說道。紅娘雖然規勸她不要用這種口氣說話，但心裡大概跟櫻花是一樣的想法。

由於玉葉妃名義上跟其他三位上級妃位階相同，因此使節也必須公平對待。不過話說回來，這麼氣派的鏡子竟然足足帶了四面來，貓貓覺得一定很不容易。無論是要穿越沙漠還是渡海，玻璃總是容易破。那些人必須小心翼翼地照顧這些鏡子，不能讓它們碰撞到一下。

既然對眾妃嬪都這般禮數周到了，也許是帶來了什麼大宗交易要談吧。貓貓一邊心想，一邊注視著鏡子。

隔了一日，高順帶了件事來找她商量。

「侍衛有何貴事？」

貓貓一邊奉茶一邊說了。房裡除了他倆，還有侍女長紅娘也在。這是顧慮到縱然是宦官，男子與宮女獨處一室也未免不妥。

紅娘用有些慵懶的神情看著高順。這位年過三十的侍女，原先似乎有意追求這個勤奮能幹的男人，然而前日她好像得知了高順已有妻兒。紅娘也沒巴望到寧可為妾，便徹底失去了興趣。優秀侍女長的婚期依然遙遙無期。

高順似乎並不在意紅娘待在屋裡，貓貓心想或許不是什麼重要的案件。

「有點事情想問問小貓的看法。」

今日此事似乎與壬氏無關，是高順受到熟人請託的問題。可能是之前高順也曾拿熟人的奇妙食物中毒事件請教過貓貓，這次才會再找上她。

「小女子不知能否幫上侍衛的忙。」

貓貓事先聲明，然後坐到了椅子上。

紅娘為貓貓也備了一份茶。所謂薑是老的辣，紅娘沖的茶比其他侍女都來得香，但貓貓一說就挨罵了。不可說出暗示年齡之語，貓貓記住了。

「那麼……」高順開始談起。

在一戶豪富之家，有兩位千金。兩位年紀相貌相仿的千金備受雙親疼愛，但略嫌保護過頭。兩位千金到了黛綠年華，便不再獲准獨自外出，自此兩人整日深居閨中。據說不只如此，還安排了侍女監視兩人。

可能是覺得可憐，侍女似乎對兩位千金寬容相待，屢屢趁著老爺與夫人不注意時帶她們外出。但這沒持續多久，東窗事發後，這次連閨房外都安排了下人監視。兩位千金原本就內向，據說可能因為如此，後來終日以刺繡為樂。她們不再接觸父親以外的男子，負責監視的男僕必須與千金居住的宅第廂房隨時保持半引（五十公尺）以上的距離。據說入夜後，父親會將兩個女兒的房間上鎖，不讓她們出來。

就這樣過了一段時日，有一天，發生了一件不得了的事。

其中一個女兒——作妹妹的懷孕了。父親氣急敗壞，覺得明明都讓她們絲毫碰不到男人了，怎麼還會有這種事？母親為了女兒尚未出嫁就失了身悲嘆不已。唯獨另一個女兒——作姊姊的替妹妹說話，而且說出了驚世駭俗的事來。

「妹妹是懷了仙人的孩子。」

雙親覺得豈有此理，怒氣衝天，但監視的下人從沒偷懶，以前讓女兒外出的侍女也全都攆走了。他們還盡量不讓新來的侍女接近兩個女兒，以免侍女心生同情。

若不是使了仙術，想溜進閨房是不可能的，雙親皆茫然不得其解。

○●○

「那可真是件怪事。」

貓貓一邊啜茶，一邊對高順說。紅娘也讓高順勸著在椅子上坐下，把茶點分切成幾塊。把一個大月餅切成八等分後，只見裡面塞滿了核桃餡。她似乎對話題的內容也感興趣，聽到千金有了身孕時叫道：「成何體統啊！」

「我的熟人看來相當頭痛，問我覺得該如何是好。」

「這的確教人頭痛，但似乎並不在小女子的專業範疇內。」

貓貓老實地回答。

「若是問是否曾有人不與郎君私通就懷上身孕，小女子倒還略知一二。」

「真有此事？」

「不，並非真的懷上身孕，而是身體產生懷孕的錯覺。」

人體奧妙無窮，偶爾有人會因為深信某事而出現症狀。例如心裡想著「不想當差，想休息」，有時到了該去當差的時刻，肚子就會疼起來；曾經有個年輕娼妓說懷上了心儀男子的娃兒並出現懷孕初期的徵兆，但結果好像只是身體深信如此而產生的錯覺。照阿爹的說法，不只是人類，動物偶而也會出現類似症狀。

聽貓貓這麼解釋，高順露出了模稜兩可的表情。

「那位千金是真的懷孕了嗎？」

「呃，算是吧。」

他不清不楚的講話方式讓貓貓覺得怪怪的，但決定先不予深究。

「那麼，兩位千金是如何受到監視的呢？」

若是監視的目光有漏洞，答案就水落石出了。

高順從懷裡掏出了一張紙，可能是準備來給貓貓看的，上面繪有簡略的宅子草圖。以西側遊廊與正房相連的廂房，簡略地畫成了長方形。北邊與東邊有圍繞宅第的圍牆，南側則是庭院。

「小解時怎麼辦呢？」

「廂房裡有茅廁。」

一般來說，茅廁應該規劃在居住區域之外。寧可做到這種地步也不想讓女兒離開房間？

貓貓臉上浮現苦笑。

「既然是從外頭監視，窗戶在哪邊呢？」

「廂房只有西側可供出入，窗戶在東側與南側各有一扇。除此之外，沒有其他地方可讓人出入。」

高順拿出隨身攜帶的寫字用具，輕快流暢地在紙上畫了兩個圈。這應該就是窗戶的位置了。

「那麼下人是在這附近進行監視嗎？」

貓貓指了指正房。從正房能看見窗戶的位置有限，下人想必是從能夠看見整個室內的高處進行監視。

高順就像同意貓貓的說法，這次打上了兩個叉。只是他補充說明，南側是從正房的三樓，東側則是從正房的一樓進行監視。東側似乎有牆壁形成許多死角，必須從一樓才能看見。

貓貓試著用手指連起叉叉與圈圈。

「從這扇窗戶可以看見的範圍很有限呢。」

「是，不過，她們白天經常都是一直待在這兒刺繡。」

也就是說因為無事可做，所以就埋頭於興趣了。與其大白天就點燈，不如倚窗刺繡。這樣負責監視的人也比較輕鬆。
貓貓歪著頭沉吟良久。
她偷瞄高順一眼，看起來表情沒什麼奇怪之處。但貓貓總覺得他似乎在迴避自己的視線。
貓貓之所以會這麼想，是因為整件事裡有個部分令她莫名介意。而身旁的侍女長也察覺到了同一個疑問點。
「竟然喜歡刺繡，這興趣還真奇特。」
不同於貓貓，本身屬於上層階級的紅娘這麼說。
「是的，據聞原是遊牧民族。」
貓貓總感覺聽起來用詞有點硬，不知是不是她多心了。感覺他好像只是把預備好的臺詞說出來。
「是這樣呀。」
刺繡在少數民族當中，常常具有特殊的意義。這樣就算不上是什麼奇特的興趣了。
即使如此，還是有些地方讓貓貓在意。
貓貓重新仔細看過一遍草圖。圖上也畫出了房間的分配，南側與東側的窗戶似乎是屬於同一個房間，另有兩間寢室。

「廂房原本是否為了迎賓而建造？」

「真佩服妳看出來了。」

高順表示貓貓說得沒錯。

「當時有幾人負責監視？」

「兩人。」

高順回答得很仔細。想到他還準備了簡圖，貓貓心想此人必定知道很多內情。但同時她也覺得好像遺漏了某個重點。

這樣一來，貓貓也只能交出模糊不清的答案。

（嗯——）

貓貓摸摸下巴，又想說又不想說，心情搖擺不定。像是要推這樣的貓貓一把，高順不動聲色地拿出了某件物品。

「對了，壬總管要我帶話給妳，說是牛黃恐怕會延遲點時日，以此向妳賠個不是。」

這提醒了貓貓，壬氏還沒把牛黃給她呢。貓貓怕再吃鐵頭功所以一直沒吭聲，但也拖太久了。

「非常抱歉，據說是不知怎地，需求量忽然提高了。」

「怎麼這麼突然？」

「……」

高順悄悄調離了視線。

「聽說最近啊，有很多人帶著珍貴的仙丹靈藥前去拜訪壬總管，因為風聞總管非常積極地在找這類藥材。」

紅娘一邊啜茶，一邊脫口而出。一旦對方是已婚男子，紅娘的態度也就嚴格起來了。也許她是想說「請勿用誘餌引誘我們這兒的侍女」。無論是與否，總之高順的臉部肌肉變得僵硬了起來。

「就去赴個一次宴又有何不可呢？」

反正他那個人一定是男女都搶著邀請，而且貓貓不認為赴個宴就能了事。真是天生麗質難自棄。

「因為如此……」

貓貓一頭霧水地打開對方輕輕遞給自己的紙包，裡面出現一個像是柿乾的東西。紅娘叫了一聲，蹙額顰眉。

「……」

貓貓不常使用的淚腺開始不爭氣了。她頻頻眨眼，輕輕看向高順。

「很高興妳喜歡。」

看樣子他是看出貓貓眼色都變了。

「此乃熊膽。總管原本似乎是想親手交給妳。」

畢竟那個人好像很忙，無可奈何。至於貓貓只要能拿到珍稀生藥，東西是誰給的都行。

熊膽正如其名，乃是熊的膽囊風乾而成。雖然味苦，卻是肝膽腸胃方面的珍貴藥材。

高順目不轉睛地看著神采奕奕的貓貓，唇間稍稍展露了點微笑。這個看似耿直的宦官，似乎也學會了點使喚貓貓的方法。

「妳有察覺出什麼嗎？」

貓貓被他這麼一講，就覺得不說點什麼好像過意不去似的。她極其寶貝地把紙包收進懷裡後，輕輕從椅子上站了起來。

「可否請侍衛稍候片刻？」

說完，貓貓去房間拿來了需要的東西。她在桌上擺好一小塊銅片與兩顆乾果。若有兩個人偶會更好，只可惜貓貓沒那種可愛的喜好。

貓貓把乾果放在草圖的窗前位置。

「請問負責監視的都是同一個人嗎？」

「是的，基本上是如此。」

「位置也是固定的？」

「是的。」
「那麼，那人記得兩位千金繡的是何種花樣嗎？」
「聽說兩人繡的都是動物，記得是獅子與兔子。」
貓貓一邊心想「果然知之甚詳」，一邊把銅片立在東側窗戶近旁。銅片是貓貓平時使用的鏡子。
取而代之地，貓貓拿開了乾果，視線朝下盯著鏡子瞧。等把鏡子挪到既定位置後，她對高順說：
「可否請侍衛從這個位置看看鏡子？」
高順略為欠身，照貓貓所說的看了鏡子。鏡中應該有映照出另一顆乾果。
「我想從這個位置來看的話，鏡中至多只能看見牆壁。若是從近處看姑且不論，從遠處看應該是看不出差異的。當然前提條件是該處廂房有夠大的鏡子，而且鏡緣被窗戶擋住了看不到。」
這麼大的鏡子可是珍品，而且如若能讓對方錯看成本人，想必不會只是面銅鏡。貓貓最近才剛有機會看過如此氣派的鏡子。
「……換言之，房間裡只有一人，另一人則是鏡中倒影？」
貓貓輕輕點點頭。姊妹若是相貌神似，必然很難辨認。假如她們佩帶著同款但不同色的飾物，他人將會以此區別兩人。只要左右兩邊戴上不同顏色的花結，別人也許會把鏡中倒影與窗邊真人看成不同的人物。

但紅娘一聽，偏了偏頭。她對這話題似乎意外地感興趣，今天非常喜歡插話。

「可是這樣的話，刺繡怎麼解決？她們繡的不是不同花樣嗎？」

「關於這點，如果是這種圖案的話……」

貓貓向高順借筆，刷刷幾下畫出了人的笑臉。然後，她將畫倒過來給兩人看。只見笑臉不見，出現了一張生氣的臉。

「！」

這叫做錯視圖，從不同角度可以看到不同的圖畫。

「因為是鏡中影像，所以可能會看反。」

「……原來如此。」

如果窗邊有兩個人影，看守會只顧著注意她們。另一人也許能趁機從西側偷偷溜出去。

高順與紅娘恍然大悟，但一旁的貓貓又思考起另一件事來。

上層階級的婦女喜愛刺繡，其實不是什麼新鮮事。只是在這個國家並不常見，據說是遙遠西方國度的一種修養。聽說昔日阿爹留學過的國家就是如此。

此外，貓貓又想起了異國使節帶來大鏡一事。那般平整美麗的鏡面，遠遠看上去的確十分可能看錯。

高順說是良家女子溜出家門而暗結珠胎，但貓貓很懷疑這話有幾分真實。實際上懷的是娃兒還是完全不同的祕密，貓貓不得而知。朝廷很多時候會將有細作（間諜）之嫌的外賓當成貴客應對。

不過，貓貓可沒不知趣到會去追問這種事情，她緊緊按住了胸前，熊膽就在裡面。

（好，要怎麼運用這個寶貝呢……）

貓貓雖然想到這當中或許也含有封口費的意味，但她只是滿心歡喜，想著之後可以調製的藥方。

八話 月精

傳聞這玩意總是會加油添醋，而且傳播得越廣越遠，與現實的差距就越大。有時這個傳聞會變得不再只是傳聞，人們似乎會將此種誇大不實的故事稱為傳說或神話。

貓貓之所以現在產生此種體悟，是有原因的。

照例來訪翡翠宮的壬氏問貓貓一個問題。內容是關於一個從傳聞變成傳說的故事——

「妳有聽說過一位淚滴如珍珠的絕世美女嗎？」

他竟敢一臉不苟言笑地講出這種話來。玉葉妃聽了憋住笑。還以為他忽然開口要說什麼呢，沒想到竟然是這種事。

（你要絕世美人的話，這兒就有一個啊。）

貓貓很想裝傻這樣告訴他，但閉上了嘴。風姿綽約的宦官對貓貓說了一個頗為古老的故事。昔日在煙花巷，有過一位豔冠群芳，宛如月精的美女，問貓貓知不知道此人是誰。

至於他為何這樣問，有著如下的理由：

「是目前來到我國的使節再三要求。」

據說使節在孩提時期，聽過曾祖父一遍又一遍地訴說異國美女的故事。都說小時候的習慣大了也改不了，使節長大成人後，也變得想會一會這位美女。

雖然徹頭徹尾是個無理要求，但壬氏必須盡力款待外國使節。所以他才會來問在煙花巷長大的貓貓知不知道這麼個人物。

「當然，這都是幾十年前的事了，美女想必早已年華老去，連是否還活著都不知道。」

「她還活著。」

貓貓若無其事的講話口氣，讓壬氏張著嘴笨笨地合不起來。高順也是同一種表情，玉葉妃則是眼睛大放光彩。不用說也知道，紅娘看到娘娘好奇心如此旺盛，深深地嘆著氣。

貓貓有聽過淚滴如珍珠的絕世美女傳說，她跟那人熟得很。

「此話當真？」

「怎麼會是假話呢，總管也見過她啊。」

壬氏曾經造訪過算得上貓貓老家的綠青館，在那裡應該見過一個叼著煙管，用一種精明眼光對別人品頭論足的狡猾老婦——

「……」

壬氏與高順露出了古怪的表情。在他們的記憶當中，只有一人符合這些條件。

就是老鴇。

常言道歲月不饒人，無論何等國色天香，終有一日人老珠黃，心如死水，見錢眼開。

玉葉妃兩眼還在閃閃發亮，看來有些事情還是不知道為妙。

「只要重金禮聘，小女子想她立刻就會趕來了，總管以為如何？」

「……不，我看不太好。」

豈止幻想破滅一句話能形容，搞不好還會演變成國交問題。對方想看的是美人魚，可不能端出一盤魚乾。

壬氏想必也不認為把本人帶去會讓對方滿意，只是仍然有什麼想法，才會來找貓貓商量。

「小女子以為貴客應該也明白年紀的問題。況且總管至今想必已盛情款待對方了。」

「不，這個嘛……」

據壬氏所說，他已經召集天下美女宴請過貴客了。但對方似乎一點也不領情，甚至還嗤之以鼻。

（到底是何方神聖啊。）

儘管東西兩方對美醜的感覺不同，但召集到的應該都是天姿國色才對。

「恕小女子失禮，不妨找些美女侍寢如何？」

貓貓說得太露骨，讓紅娘蹙額顰眉。但這也是一種邦交手段。

「這恐怕行不通。」
壬氏輕輕搔了搔脖子後面，然後垂下了眼睫。
「因為使節乃是女兒身。」
貓貓好像能明白為什麼此事不好辦了。

後來簡單扼要地得知，似乎是負責接待的高官跑來向壬氏哭訴。的確，光是追尋往日美女的身影就已經難如登天，對方還是女子。用同性的眼光去看，判定標準難免比較嚴苛。就這點而論，壬氏無論是誰見著都會神魂顛倒，而且好歹算是男兒身。就各方面來說，堪為動之以情的傑出人選。甚至還會給人一種錯覺，以為壬氏就是為了這一刻而出生的。
但是因為這種事情而平白遭殃的卻是壬氏本人。
例如說對方可能迷上壬氏並開出一些條件，別人說這話是自大的妄想，以這位宦官來說卻不能一笑置之。假若一個弄不好對方要求春宵一刻，壬氏可沒有東西可用。
當然，對方以女子身分當上使節，定然不會做出如此輕慮淺謀之事，但還是能避則避。
「這位使節大人真是如此重要的人物？」
「只要告訴妳那個國家據有西方與北方的貿易中繼站，妳就懂了吧？」
原來如此，貓貓點點頭。難怪此番商隊的規模那麼大，原因原來出在這裡。兩國必定是想商酌新的貿易事宜。

順便還能觀察觀察雙方的國勢。這個國家的疆土內部資源豐富，偶有邊疆民族進犯疆域，也曾聽說是他國所唆使的。而在這情況當中，使節的國家可說如履薄冰。但該國長達數百年不曾附庸於他國，自然有它的理由在。

不只如此，這個與他國長久互相通婚的國家，據說滿城盡是俊男美女。貓貓曾聽周遊各國的貿易商人說過，那裡常常連個滿身泥巴挖番薯的農民，都是宛如當紅名伶的美男子。

（那個老太婆，究竟是如何誆騙人家的？）

如果連那個國家的人都說美若月精，那一定很不得了。

「會不會是焚香時摻入了迷魂藥？」

「……她會做出那種事嗎？」

「是不會，但小女子以為這是最簡便的法子。」

聽貓貓淡然地說，壬氏搖了搖頭。

（我想也是。）

做出那種事情可是會變成國交問題的。

「我現在是慌不擇路了，妳有無任何有助於了解當年狀況的線索？」

看樣子他是真的苦無辦法，總覺得跟以往遇到問題束手無策的樣子不大一樣。玉葉妃用團扇遮嘴，輕聲笑著，也許是知道些什麼內情。
「那麼，就姑且試試這條路吧。」
貓貓決定寫一封信送到綠松館。

數日後，老鴇偕同壬氏的宦官部下一起來到了後宮。縱使是女子，老鴇身為外人一樣進不了後宮。不得已，貓貓便借用平時與武官李白見面時使用的房間。
「現在是發生了什麼事啊？拿這麼件怪事來找上我。」
老鴇還是老樣子，一副倨傲怠慢的態度打量著房間。她的表情在說：就沒有更氣派點的房間嗎？這位老婦雖然年過七旬，動作卻敏捷靈活得好像隨便都能活到一百歲。
「聽說嬤嬤以前接待過異國使節？」
「是啊，差不多在五十多年前吧，是太太上皇在位時的事了。」
老鴇歪唇咧嘴而笑，開始說起那件事情。
那個時候，當時的皇上遷都至此地還沒過多久。這座都城是以原有的遺跡改建而成，鄰近大河與海洋，兼具地利之便。由於臨時要將原本作為遊覽勝地，遊客絡繹不絕的這座城邑改建成都城，據說曾有過一段糾紛，但最後還是斷然動工了。
由於此地原本就是人潮聚集之處，因此早已有了煙花巷。聽說老鴇在那當中，特別被當成最高級的名妓看待。雖然看她現在這模樣，不像好花倒像枯枝就是了。

「因為那時候沒有現在這樣氣派的宮闕，上頭那些大人物在各方面似乎也煩惱了老半天。到了最後，他們選上了剩下的遺跡當作接待場所。那時有個地方一部分被拿來當作果園，附近有處漂亮的池子與建物。原先好像是某種祭儀場，是著名景點之一。」

然後聽說作為舞者，年輕時期的老鴇就被人從煙花巷叫來了。其他好像還找了十數名娼妓過來，只是主角是老鴇。除了作為娼妓的才藝之外，聽說最主要的理由是體格。在民族融合的使節祖國，很多人的體格高大健壯。必須要個頭高且凹凸有致的身材，否則即使是成年人，看在異國之人眼裡有時仍像孩童。要站上舞臺就更不用說了。

「該怎麼說呢，畢竟是那方面的即興場子，準備上費了很多工夫。」

說是因為要在果園舉行夜宴，驅蟲成了一大難題。據說他們把葉子上的幼蟲抓得一隻不剩，周圍的飛蟲也都趕走了。

他們除去障礙物，連月亮的陰晴圓缺都計算過，好讓赴宴賓客能夠看見最風雅的景觀。

為了彌補不足之處，多少工夫都下了。

官吏這麼努力，但人世間就是不管到哪，總有人喜歡破壞好事。

「氣人的是，當天有幾個傢伙，對老娘的衣裳動了手腳。」

她說有人把死蟲擦在她的衣服上。當然即使老鴇當時年紀尚輕，也不可能為了這種事就氣餒，她說她用飾品與羽衣等等巧妙遮住弄髒的部位，成功完成了使命。旁人讚美有加，那些打壞主意的人則咬著手帕懊惱不已。

「嗯，嬤嬤，這事妳講過千百遍了，有沒有其他沒講過的部分？」

貓貓昏昏欲睡地邊打呵欠邊說，老鴇當場賞她一拳。

「妳這孩子真是一點也不可愛。」

老鴇用鼻子哼了一聲後，拿起了放在腳邊的布包。她攤開布包，裡面出現了一幅畫。

這是一塊貼在木架上的厚布，畫框相當豪華，布上繪有與水墨截然不同，色彩繽紛的畫像。此乃西方的畫技，不用水，而是用油調和顏料繪成。

畫像在淺淡藏青的漸層背景下，勾勒出看似朦朧，其實清晰的滿月以及映照它的水面，中心有個舞著披帛的女子。女子周圍可能有月光反射，纖細地描繪著點點清光。

老鴇想必也將此畫視為珍寶，貓貓是第一次看見這幅畫。

貓貓看了看畫中主角美女的容顏，再看看眼前枯枝般的老鴇。

她嘆了口氣。

貓貓又看看宛若月精的美女，然後再度看看歷經歲月磨難而淪為守財奴的魚乾。

「妳想說什麼？」

「沒什麼。」

不用說她應該也知道。真是歲月不饒人。

老鴇重新打起精神，接著說道：

「說是那位使節回國後特地請畫師畫的。雖然他本人不曾再踏上這塊疆土，但還是交給商隊帶來給我。」

（原來如此，是被美化了。）

「妳有說什麼嗎？」

「沒有啊。」

老鴇不但耳朵靈，連直覺都很準，真傷腦筋。

「嬤嬤不就只是照常賣妳的藝嗎？那人就這麼喜歡妳啊？」

「是啊，我也不是很清楚，但是聽譯官的說法，使節好像稱我為『月神』啊。」

「……」

「妳這眼神到底是什麼意思啊！」

老鴇是能夠客觀看事情的人，她的確曾是當紅名妓，但對於有沒有美到能讓對方這樣讚譽有加，心裡卻還存疑。

貓貓一邊抓頭髮，一邊噘起嘴唇。

就算塑造出一名跟這畫像一模一樣的娼妓與使節見面，她也不認為對方會滿意。這樣做漏掉了某個重大的部分，況且考慮到對方是女子，難度必定比上次更高。

「……嬤嬤，使節在那場筵席上有沒有稱讚過妳什麼？」

「這我哪裡知道啊。」

「什麼都好，妳就想想嘛～」

貓貓一不小心用平素那種隨便的樣子講起話來，老鴇啪地拍打了她一下。周圍雖說都是宦官，但畢竟是男人。老鴇似乎是在告訴她，不要在這種場合一副隨隨便便的樣子。

「我記不太清楚了，又被欺侮，蟲子又往我身上飛，真是糟透了。」

「蟲子？」

「是啊，雖說驅除過了，但是在野外點火炬，飛蟲之類的還是會靠近過來啦。」

老鴇一臉敬謝不敏的神情說了。

後來貓貓又聽了一會兒，但還是沒聽到什麼重大線索就結束了。

在宮官長的房間，貓貓把老鴇帶來的畫拿給壬氏他們看過後，兩人只能發出呻吟。

「是否該先找個神貌相似的人來？」

高順對壬氏說了。

「那就先有勞了。」

其他也想不著什麼好法子，兩人如此交談。貓貓姑且補充：

「據說當時那名娼妓的身高，有五尺八寸（一百七十五公分）。」

「個頭還挺大的嘛。」

「是的，說是擅長舞蹈，手腳修長跳起來比較好看。」

雖然現在縮水了不少，但昔日似乎頗有個頭。的確，即使如今已經縮水，還是比貓貓高。老實講，要找到這麼高大又跟畫中人夠相像的女子恐怕很難。

「不如像貌相似擺第二，先找位個頭高大的女子如何？」

「但是，這樣的女子好找嗎？」

既要身材高大又得是美女，門檻很高。

「使節大人她們也差不多是這個個頭，竊以為太嬌小的女子擺不上檯面。」

高順說道，贊同貓貓的意見。

貓貓心想不愧是異國女子，個頭真大。像貓貓這麼個小不點，說不定會被誤認為女童。

不過，高順方才說了「使節大人她們」。這是什麼意思？

「但看她們那樣，恐怕也會挑剔長相。」

聽這語氣，使節本身似乎也是相當美麗的女子。貓貓想像既然是異國美女，或許有著如同玉葉妃那般的美貌。

兩位宦官在貓貓面前呻吟。

「……」

貓貓目不轉睛地看著兩人。

「怎麼了？」

壬氏用納悶的目光看著貓貓。

「沒有，只是覺得有位人物再適合不過了。」

「是誰？是妳那家青樓的娼妓嗎？」

「不，很遺憾地，綠青館沒有那樣高大的女子。」

不過講到身高超過五尺八寸的美人，她倒是心裡有底。

貓貓目不轉睛地看著壬氏。高順見狀也看著壬氏，然後「**啊！**」恍然大悟地叫了起來。

「……」

「你們想說什麼？」

壬氏用煩躁不堪的聲調說。

講到身高超過五尺八寸的**美人**，她心裡有底。

有意思的是，以前設下筵席的地點就在後宮內。當年後宮還沒如今這樣的規模，如今

使用的後宮是日後才增建的部分。貓貓不太清楚，只聽別人說昔日居於這塊土地的是另一民族，但因為傳染病而滅絕了。擁有高度建築文化的該民族留下了部分建設，如今依然留存，作為外牆或地下水道使用。

有種說法認為是現在的人民自遠處遷徙至此時帶來了病原菌，導致原住民的滅絕。這事是阿爹告訴她的，但阿爹也教她不可以說出去。大概是因為這不過是一種假設，況且誰聽了都不會高興吧。

地點在北側桃園近旁。的確，這裡有著彷彿古廟的建物與池子。即使到了現在，仍然適合作為宴飲之地。

貓貓在它的周圍信步躑躂時，背後傳來了精神飽滿的腳步聲。回頭一看，一名姑娘張開雙臂跳了起來，遮住了貓貓的視野。她就這樣咚的一聲，壓到了貓貓身上。

「哈哈，貓貓，妳在這兒做什麼呀——？」

「我才想問呢，妳在做什麼？」

貓貓認得這姑娘。聽這傻呼呼的講話方式，原來是子翠。不愧是小蘭的閒扯淡朋友，個性非常愛親近人。雖然貓貓沒資格說別人，不過這位姑娘也跟她一樣，奔放不羈地享受著後宮生活。

「我到這兒有點事。」

她說完甜甜一笑，指向了桃園那邊。有些荒蕪的桃園裡，結著小顆的桃子。

「來偷吃的？」

「不是啦，是這個，這個。」

說完，子翠跑去桃園拿了某個東西過來。

「妳看！」

她朝氣十足地，把一團像是枯葉的東西放在貓貓手心裡。但裡面似乎裝了什麼，沉甸甸的。貓貓啪地把葉片掀起來。

「……」

裡面是一隻幼蟲，肥嘟嘟的，以蠋蟲來說外觀算比較可愛，但蟲子就是蟲子。貓貓用陰森森的目光看著子翠。

「妳這樣做，一般人會當妳是存心嚇人，勸妳還是不要這樣吧。」

「為什麼？明明很可愛啊。」

貓貓把幼蟲還給子翠。子翠用一種活像在疼愛小寶寶的動作把幼蟲放進了昆蟲籠。貓貓不知道她是從哪弄來這籠子的，外觀頗為精緻脫俗，看得出來經過長久使用。

「這裡真的好棒喔，有好多沒看過的蟲子。」

「這樣啊。」

貓貓語調平板地回答。貓貓對蟲子不像對藥草有那麼大的興趣，所以就只有這種反應。假如換成藥材，她回話應該會回得更熱絡一點。

「這種蟲子也是，我是來到這裡才第一次看到，讓我吃了一驚呢。我以前只有在圖鑑上看過，是從異國飄洋過海而來的蟲子喔。」

這塊土地自古以來就與異邦進行貿易，在來自異國的貿易品當中，難免會混入一兩隻蟲子。大概是這些蟲子正巧適應此地水土，就落地生根了吧。

聽到子翠這麼說，貓貓產生了點興趣。貓貓探頭看看昆蟲籠，發現除了方才放進去的幼蟲之外，還有幾顆蟲蛹。

「這是蝶蛹對吧？」

「是蛾啦。成蟲晝伏夜出，所以現在應該躲起來了吧。」

說完，子翠蹲到了地上。她拾起掉在一旁的小樹枝，畫出了一隻具有大型觸角的蛾。

「這種蛾很漂亮喔，翅膀白白的，夜裡飛起來煞是好看。」

「是喔。」

說到這個，貓貓想起老鴇說過，以前此地大張筵席之際，官吏曾驅除過害蟲。說不定這種蛾也遭到驅除了，畢竟再怎麼漂亮，蟲子就是蟲子。

「貓貓晚上也來這兒看看嘛，牠們輕柔地受到月光的照耀，真的很漂亮喔。會讓人有種誤闖桃源鄉的心情呢。」
「哪有那麼誇張……」
貓貓講到一半，不禁停住了。
她猛地站起來，目不轉睛地盯著子翠的昆蟲籠瞧。
「我問妳，這種蛾羽化之後會立刻交配嗎？」
「貓貓，妳講話好露骨喔。應該會吧？因為變為成蟲之後好像就不能吃東西了，很快就會死掉。」
這話讓貓貓大吞了一口口水。她看向子翠，露出嚴肅的表情。
「我問妳，妳能分辨這種蛾的雌雄嗎？」
「大致上應該行吧。」
（說不定這下……）
行得通。貓貓好像知道當年使節為何那般仰慕老鴇了。
為了重現當時情景，需要一番繁瑣的準備以及一位犧牲者。
「子翠！」
「咦？怎麼了？」
貓貓一把抓住子翠肩膀，表示有事想請她幫忙。貓貓覺得自己一定是一副邪惡的臉孔。

筵席決定於五日後舉行。其實本來是想更早舉行的，但由於地點臨時改至後宮北側，必須花些時日準備。畢竟地點特殊，雖然也有人持反對意見，但他們聲稱這是為了達到使節的要求，對方也就心不甘情不願地同意了。

原本後宮是禁止男子入內的，不過此次決定破例只開放北側。那裡原本就沒住幾個宮女，又只限數天時日，只要用無人使用的講堂充當臨時宿舍就萬事無礙了。

至於不久之前於北側發現屍體一事，幸好有保密。要是形成奇怪的流言，不曉得會有多麻煩。

難得有這機會，他們也邀請了上級妃列席，但貓貓請官吏做了點特別措施。她拜託官吏將筵席座位安排為內部經過改造的馬車，讓眾人在拉下竹簾的馬車中各自飲酒作樂。不只是上級妃，列席者一律比照辦理。馬車圍繞著池子一輛輛排開。

如此一來點蚊香方便，在車上姿勢又比較不拘束，有些官員還說這比平常的宴席更好。雖然基本上竹簾是拉起的，不過三面有車牆擋著，自然比較不用在意他人的目光。

眾嬪妃待在車內，貼身侍女則待在車外。貓貓能夠清楚地看出她們都心神不定地看著主賓的席位。

主賓的席位有兩輛車，車上坐著兩位髮色金黃的美女。她們眼睛的色素較淡，呈現清澄晴空的色彩。貓貓以為既是使節理當只有一人，但看來並非如此。兩位美女容貌十分神似，但既非孿生子也非姊妹，據說是擁有相同祖父的堂姊妹。

皇上坐在較遠處，上級妃的馬車集中於皇帝的席位兩側。

（哦，我懂了。）

貓貓想起日前高順帶來的話題，這才恍然大悟。由於是參加筵席，兩位使節皆穿著西方的禮服。貓貓本以為她們必然會穿著胡服之類的服裝列席，想不到是來自更遙遠西方的服裝，就是腰肢勒緊，裙裳蓬起的那種。這樣的話，用改造馬車擺下的宴席的確較為適當。

古今中外衡量美女的標準不同，但此兩位女子堪稱絕世佳人。一些官員看著那強調雙峰的服裝，都一臉色瞇瞇的模樣，兩位使節的侍衛嚴加監視著他們。

（果然不能隨便找個人演這場戲。）

就美醜而論，後宮的上級妃想必也足以與之媲美。但就稀奇少見這點而論，兩位使節擁有色彩難得一見的頭髮與眼睛。玉葉妃雖身為胡姬，擁有充滿異國情調的紅髮碧眼，但比起已經見過的玉葉妃，還是初次瞧見的兩位使節比較能引起官員的興趣。

況且壬氏等人絕不會想讓嬪妃在眾人面前拋頭露面，因此貓貓也無意利用娘娘做牽制。之所以替馬車掛上竹簾，除了隱藏玉葉妃的體型，也具有這一層用意。

女子成為使節，讓貓貓感覺到政治意圖。她不會認為女性使節能力較差，只是其中一位使節散發的獨特氛圍，讓貓貓感到很受不了。當今聖上的寵妃，正是流有異國血統的胡姬。

（之所以贈送鏡子給嬪妃，或許也兼具了挑釁意味呢。）

表面上採用國交使者形式與皇帝見面，也極具挑戰色彩。大概是真的對自己的美貌很有自信吧。

而且甚至還聽說對方不只對皇上，同時也在打御弟的主意，才會兩人一同前來。兄弟迎娶姊妹並非什麼稀奇事，難怪官員會這麼著急了。

很遺憾地，深居簡出的皇弟表示不參加今宵筵席。

貓貓並未待在玉葉妃左右，而是在稍遠處做各種準備。試毒差事已經做完，眾人都在一邊享用美酒佳餚一邊欣賞樂舞。

時為陰曆十六，月夜清朗無雲，天上明月與池中玉盤交相輝映。由於舞臺以此池塘為背景搭起，大放光明的篝火反倒顯得不太知趣了。

演奏的樂器有胡琴、二胡、揚琴與簫，還用上了雲鑼等打擊樂器。除此之外，還有許多貓貓所不知道的樂器。平常筵席使用的樂器會比這再少一點，貓貓感覺此次是配合貴賓，而把場面安排得較為華麗盛大。

配合著樂音，舞臺上演著劍舞或短劇。貓貓偷瞄一眼兩位使節，看到兩人皆面帶笑容，像是同一張臉，但右邊使節的表情看起來略帶嘲笑。

（是想說讓妳大失所望了嗎？）

貓貓認為她並非追尋曾祖父仰慕的美女昔日風采而來。這位美女自認為無人能比得上自己的美貌，才會來到這裡。實際上她也說過，上級妃在馬車裡被竹簾遮著，讓她感到很「遺憾」。至於這遺憾二字有著何種意涵，就別說破了。反觀另一位使節，貓貓看出她的表情鬱鬱寡歡。

兩人都懂也會說這個國家的語言，不過貌似文靜乖巧的那一位使節口音較少。貓貓覺得她看起來像在提心吊膽，怕另一位使節講出一些多餘的話來。

方才看起來心高氣傲的使節，從馬車當中探出了身子。周遭的隨從急忙伸手去扶步下臺階的使節。使節加以拒絕，然後下了馬車。

使節穿著高跟鞋，以手拎著長長裙襬步行。眾人交頭接耳，不知所措，但使節毫不介懷，堂而皇之地走著。她很習慣這種場合，每個步履好像都考慮到別人的眼光。

「拜見皇上。」

在眾口喧嘩之中，令人吃驚的是，使節竟然在皇上的馬車前緩緩地彎下了腰。五官分明的面龐在月光下格外鮮明。肌膚白皙透亮，金色秀髮散發光輝。

「難得有這麼好的宴會，皇上卻離妾身這麼遙遠。妾身想再靠近點跟皇上說話。」

雖然有著些微的口音，但講話相當流暢，以使節來說語文能力無可挑剔。

皇上的御前侍衛看似舉棋不定。貓貓看到侍衛後退了一步，可能是皇帝判斷使節的行為不具惡意，命侍衛退下了。

（哇啊，這可真是……）

貓貓看看皇帝周圍的四輛馬車，覺得彷彿看見了裊裊上升的瘴氣。里樹妃姑且不論，玉葉妃與梨花妃不知會做何感想。貓貓是不知道樓蘭妃會怎麼想，但是如此堂而皇之地靠近皇帝，就算被認為大不敬也無可奈何。

（好可怕，這下子可怕了。）

待在馬車外的紅娘表情變得很僵硬。她以身為侍女長的尊嚴勉強保持平靜，但其實一定很想咬牙切齒，揮舞拳頭。

使節故作嬌態，慢慢接近皇帝的馬車。但阻止她的既非侍衛、皇上，也不是嬪妃，而是另一位使節。

「妳該回馬車了，難得有這麼好的舞臺，應該好好享受才對。」

使節委婉地說。雖然兩人穿著打扮相似，不過文靜的使節戴著藍色髮飾，另一位則戴著紅色髮飾。

戴紅色髮飾的使節一臉不悅，但藍色髮飾的使節在她耳邊呢喃幾句後，她就乖乖回原本的馬車去了。

（不知道她說了什麼。）

總之，貓貓提心吊膽了一下。她好像知道使節為何有兩人了。

對貓貓而言，不管使節是女子，是兩人，或是為了何種理由來到國內都跟她無關。完成使命才是她的首要任務。

貓貓進入建物之中，對裡面的某人開口：

「如何？」

「我已經盡力了。」

代替貓貓問話的對象，高順如此回答。總覺得他兩眼空洞，面無血色，簡直像是看到了人世間不該有的東西。

「……」

貓貓悄悄看了看屋裡後頭，看到那裡的一位人物後，頓時嚇得臉色鐵青。她徹底明白高順為何這樣面無人色了。

人世間不該有的物類就在那裡。若是膽小之人，恐怕已經心殞膽破，直接一命嗚呼了。

「筵席就快結束了。」

「知道了。」

高順說完，替屋裡後頭的人物輕輕蓋上一塊黑布。這是貓貓的指示。貓貓聽完鈴鐺發出的鐺啷聲後，握住了黑布人的手。

「那麼請隨小女子來。」

貓貓如此說完後，就走向了舞臺。

筵席結束後，主賓先起身。由於此次是以馬車為宴會席位，她們直接駕馬車離開。隨著眾人離席，樂師開始奏樂。在主賓起身離開，消失蹤影之前，其他人不能夠離席。

車輪轆轆作響。貓貓領著黑布人前往桃園與池子之間。其他馬車由於面朝池子那邊，搖曳的柳樹形成了死角，讓他們看不到貓貓等人。此時只有兩位使節能夠看見貓貓他們。

兩人並不擋路，只是待在使節通過的路旁。他們就只是站在桃園近旁，不會有任何問題。

兩位使節注意到了貓貓他們，就在她們以為只是下女，輕瞥一眼而已時……

貓貓掀開了黑布。

黑髮如流泉灑落，在頭頂綰成雙環的青絲，戴著鑲嵌珍珠的寶冠。髮簪與步搖左右對稱地熠熠閃亮，其餘髮絲垂落在背後。

只見那薄唇紅潤明豔，一雙鳳眼有著纖長睫毛鑲邊，柳條般的兩眉之間點綴著嫣紅花鈿。

長長披帛於風中飛舞，伊人身穿衣襟緊閉的曲裾素白深衣。四下只有月光為燈，看起來必然像是此人憑空出現。

貓貓盡可能不抬起頭，但仍偷看了一下使節。

使節睜大了雙眼。即使在淡淡月光下，仍能看清那明亮的眼眸顏色。

看在她的眼裡，恐怕就只是個平凡無奇的黑髮黑眼之人。然而這位人物，明明只具有在這國內隨處可見的色彩，卻美得讓人無法調離視線。

貓貓低垂著頭，啪沙一聲把掀開的黑布扔到地上。同時，她握緊了原本就握著的手。

雖然貓貓無法確認，但馬車裡的人影看起來似乎跳動了一下。正後方馬車裡的人也同樣無法確認，不過若能看見，想必也是同一種反應。

光是看著心臟就會被一把揪住，產生一種撕心裂肺的感覺，簡直有如穿腸毒藥。

侍衛似乎也看見了此人的身姿，全都僵在原地，只有馬車緩緩離開現場。因為車夫是貓貓這邊事先安排，對某種事物具有抵抗力的人，而且事前好說歹說，要求車夫絕不能看此人一眼。若是在筆直而沒有障礙物的路上，閉眼前進個數十秒想必也不成問題。

貓貓雖然覺得侍衛的反應不太恰當，但若是發生了什麼萬一，他們已經講好讓高順等人即刻現身應付。

事情在這場面下斷然實行。

披帛輕柔地飄起，就在此時，淡淡閃爍的白色物體翩翩飛向伊人。白衣美人輕逸柔和地搖晃著披帛步行。貓貓想放開握著的手，但被緊緊握住不放。

（……這傢伙……）

不得已，貓貓在美人身側縮起身子走路。第二輛馬車已經通過了他們身邊。如同前一輛馬車，相貌神似的使節目不轉睛地看著他們。

每當披帛飄飛舞動，淡淡白光也越來越多。它們有時停留於寶冠之上，有時棲息於肩上，不停增加其數量。

馬車沒有停下來，貓貓知道侍衛正一臉呆愣地偷看他們這邊。但由於兩位使節坐在馬車上，他們只能乾瞪眼。

幾十幾百的淡光包圍著貓貓以及美貌只應天上有的佳人。馬車在駛至池子前面時停了下來，兩位使節從馬車探出身子，朝向他們這邊。

到了這時候，握住的手才終於放開了。貓貓慢慢往後退。

在滿月與水面的輝映下，淡雅光彩翩翩起舞。柳枝款擺，美人在此良辰美景之中舞弄披帛。

遠在數十年前，使節的曾祖父看見的光景或許就是這個了。眼前之人無論怎麼看都不像是塵世凡人。就好像是天女一時不慎墜入了凡間，使得遠處傳來的絲竹管絃之音，都猶如天

界仙曲。

眾目睽睽之下，超然絕俗的美人緩緩抬起手來。紅豔嬌唇彎成新月，露出妖豔的絕世笑靨。

披帛輕盈地迎風搖曳，柳枝也像要遮住天女身姿般款款搖擺。淡淡光芒紛亂飛起。

就在那一剎那。

伴隨著宣告樂聲終止的銅鑼聲響，風中雪花零落分散。先是不知從何處飄來了花瓣，接著忽然發現天女不見了。白色披帛飄落於地面，淡淡光華五零四散。

使節下了馬車，想看看究竟是怎麼回事。這一位似乎是比較爭強好勝的那個。

（所以才傷腦筋。）

要是能趁一開始時開溜就好了。

使節一發現到貓貓，馬上逼近了過來。她比嬌小的貓貓高出一個頭，五官分明的美女真是魄力十足。她比手畫腳，急促地一連串講了些什麼。不用說也知道，自然是在問那個消失的天女是何方神聖。她心慌意亂，用異國語言連珠炮地說個沒完。

貓貓只是豎起食指，指向了陰曆十六的月亮。

然後——

「……」

貓貓輕聲說出了傳自遙遠西方的女神名諱。她不知道發音準不準確，但對方似乎聽懂了。

使節愣怔地張著嘴，她心中某種閃亮耀眼的事物似乎被砸了個粉碎。

另一位使節，抓住了滔滔不絕的使節的肩膀。

貓貓見狀後，慢慢低頭致意，然後就若無其事地離開了現場。

「似乎是成功了。」

高順在池子另一側的建物裡等著貓貓。他跟幾名官吏手上都拿著昆蟲籠。

籠子裡裝著許多大隻的蛾。這種蛾具有難以界定是淡綠或淡藍的翅膀，正是日前子翠搜集的蟲子的成蟲。

貓貓這數日來，在子翠的幫助下一個勁兒地捉這種蛾。不只是成蟲，即將羽化的蛹也盡量收集了來。無人整理的桃園沒有人驅除害蟲，捉到的蛾比想像中還多。

她想起以老鴇為主角的那幅肖像畫，畫中繪有淡淡光團。

光團的真相就是這個。

（真是太湊巧了。）

老鴇說當時有人故意整她，又說有一大堆飛蟲聚集過來。還說整人的方式是把死蟲擦在衣裳上。

有些蟲子會散發出吸引異性的某種氣味，貓貓以前也用這種方式捉過蟲子。

當時被擦在衣裳上的死蟲，很可能就是這種蛾的雌蟲。而簇擁而來的就是雄蟲了。

老鴇只是為了趕蟲子才走到池邊，用披帛驅散牠們罷了。然而看在不同的人眼裡，卻像是身纏光華翩翩起舞的神祕美女。

（偶然真是可怕。）

多虧於此，老鴇在煙花巷的地位變得不可撼動。誰會想到惡作劇反而收到反效果呢？

事情就是這樣，於是貓貓替衣裳沾上了雌蛾的氣味。她請子翠幫忙分辨雄雌。這次讓子翠幫了很多忙，改日得另外酬謝才行。

在雌性氣味撲鼻的狀況下放出大量雄蛾，會有什麼情況不言自明。

原本已經是個讓人屏息的美人了，若是再加上這種神祕的效果會引來什麼狀況？而且還是在陰曆十六的月亮下。貓貓想起了四個字——月下芙蓉。

「是。這樣做就行了嗎？」

貓貓看了看停在池子對面的馬車。使節早已離去，其他人也陸陸續續離開。為了不讓他們看見，高順等人似乎費了很大的工夫布置場面。

那不是能讓眾人目睹的光景，搞不好還會有人失魂落魄，再也無心處理公務。

當中有著傾國傾城的破壞力。

「都照妳說的做了。」

某人老大不高興地說了，原來是變成落湯雞，用布裹著身子的壬氏。他似乎強行拆掉了綰起的髮型，留下了奇怪的髮痕。

他已經做到盡善盡美了，穿著沉重的衣裳，沿著池底爬到了對岸。如若沒有充足的體力，是不可能辦到的。

至於做了什麼，就請別再追問下去了。

「之後怎樣我管不著，我已經盡我所能了。」

壬氏頻頻擦臉，手絹上沾著紅色胭脂。

「我頭髮還溼著耶！」

壬氏口氣有點粗魯地說。平常會有老嬤子水蓮任勞任怨地幫他擦乾，但她人不在這兒。

高順盯著貓貓瞧。這個宦官老是用這種方式拜託貓貓做事，實在很傷腦筋。這次在場的其他官吏也一樣看著貓貓。這是怎樣？請你們不要用哀憐的眼神看我好嗎？

（自己不會擦啊？）

貓貓拿起一條新的手絹，開始慢慢幫壬氏擦乾頭髮。

九話　病坊

人世間總是充滿了沉重的話題。

貓貓坐在洗衣場後頭的木箱上，如此心想。

今天小蘭好像不會來，貓貓就算回翡翠宮也沒多少差事好做，於是決定在這裡混混時間。看樣子學堂好像一點一點在慢慢起步，小蘭也恭逢其盛，成了值得記念的第一屆學生。

貓貓本來想過要不要去尚藥局跟庸醫討點心吃，但庸醫受到日前的糾紛纏身，好像很忙碌，所以算了。

所謂的糾紛，就是那起精油案。由於後來又是使節來訪又是什麼的，貓貓幾乎把那事給忘了，但那個案子其實還沒辦完。

為了調查日前的案子，壬氏去拜訪過其他嬪妃。結果得知侍女都跟商隊買了一大堆的精油。

（不是不能諒解啦。）

畢竟是自遙遠他方穿越沙漠，飄洋過海，翻山越嶺而來的貿易品。這樣的東西拿來賣，被關在鳥籠裡的年輕姑娘當然會兩眼發亮，想要得發瘋了。貓貓也一樣，要是傳自西方的藥物擺在帳篷裡賣，她寧可向老鴇借錢也要買。

怪不了購買的那些宮女，就連翡翠宮的侍女都買了幾瓶。

並不是每種精油都有危險。只是即使劑量極微，有毒之物仍然不能放在宮殿裡，雖然很浪費，但還是處理掉了。

縱然每一種都僅有些微毒性，組合搭配起來有時仍會成為猛毒劇藥。

問題來了，那麼究竟是「誰」企圖將此種物品帶入宮中？

（香料或香辛料之類的我是不知道，不過……）

貓貓明白商人為何向上級妃推薦適合孕婦的服裝。兩位使節來到這個國家的一個目的，想必就是伺機坐上嬪妃之位。貓貓不認為這是使節祖國的真正目的，但那位心高氣傲的使節似乎很有自信。很遺憾地，聽說她的自尊已被破壞得體無完膚，在那場筵席之後，連人家說話也很少插嘴了。

雖然可以猜想香料也是出於她們的安排，但不可以急於做出單一結論。

目前這座後宮裡有四位上級妃，分別是玉葉妃、梨花妃、里樹妃，以及樓蘭妃。

在這當中，最受皇上寵愛的是玉葉妃，其次想必是梨花妃。除此之外，聽說還有幾位中級妃也成了皇帝的妾室。下級妃由於從前曾遭醋意大發的其他嬪妃處以私刑，傳聞是說皇帝目前暫時打消此念頭。

但是以家長的權勢這層背景去想，樓蘭妃應當是皇上最無法等閒視之的存在。

（唔嗯唔嗯。）

貓貓拾起枯枝，在地上畫出蘭花的圖案。

家世地位第二高的是梨花妃，但這是因為嬪妃家族乃是皇上外戚，娘家本身倒不那麼汲汲於名利。

貓貓在蘭花旁邊畫顆果子。

相反地，里樹妃的娘家是在這幾代平步青雲，看他們曾試著將年幼女兒獻給先帝，就知其野心勃勃。

貓貓又在旁邊畫棵樹。

玉葉妃的娘家位於西方的貿易樞紐之地，容易給人一種做買賣賺大錢的印象，但實際上土地鄰近國境，據說必須繳納巨額稅金以應國防費用所需。不只如此，水土又不適合農耕，因此也說不上是富庶豐饒。

最後貓貓畫片葉子。

去年，在遊園會發生過毒殺未遂一案，那是前嬪妃阿多侍女的獨斷專行。動機並非貪戀權力，而是充滿人性的原因。

這點是查明了，但是……

更久以前發生的玉葉妃毒殺未遂案，犯人又是誰？

很可能是日前毒菇案的中級妃所為，但她是從哪裡得到毒物的知識？既然是使用銀製食器，必然不是砒霜一類。

結果玉葉妃的侍女減少了一半，代替嬪妃中毒的人，據說直至今日仍受後遺症所苦。

貓貓總覺得不太舒服。她想起以前有過的此種感受。

她想起了翠苓，那個不惜將自己變成假死狀態以逃出宮廷的難纏宮女。她的詳細來歷至今仍然不明。

她有何目的？為何要對壬氏下手？

貓貓一邊畫圈圈把四個圖案圈起來，一邊直呻吟。

最後，她放棄了思考。

（想這些有什麼用？）

貓貓只是個侍女，是負責試毒的棄子。

於是貓貓決定去散散心。這後宮之中為了供皇上遊樂，有著許多園林。有松林，也有竹林與果園。

（櫻桃的季節就快過了呢。）

要是再早三個月就能採到筍子了，但都怪某個單片眼鏡害她當時窩在水晶宮裡種薔薇，錯過了時節。

真是令人不悅，光是想起那個生物的長相都讓她不愉快。

（啊——得了，別想這些了。）

一想到要散心，腳步頓時也輕盈起來，貓貓一路前往櫻桃園，卻在半路上遇到了水晶宮的侍女。

由於是熟人，貓貓稍微打了個招呼，但宮女卻嚇得花容失色，拔腿就跑。其中一人有纏足，腳那麼小卻跑得那麼快，讓貓貓都不禁佩服起來了。

（只不過是扒了一點衣服罷了，這麼大驚小怪的。）

那在青樓是司空見慣的光景。當有了一定年紀的女子踏進煙花巷的大門時，都得先扒掉衣服看看品質如何。

一般可能會以為妙齡姑娘的價值比較高，其實時下的主流不是年輕而是修養。很意外地，身敗名裂的官員妻室之類特別值錢。她們不但受過某種程度的良好教育，可節省初期資本，而且據說世間的文人雅士反而容易受到他人之妻這點所吸引。真是沒品。

貓貓也並不是喜歡扒人的衣服。是因為她以為喜愛追逐潮流的水晶宮眾宮女，想必所有人都會擦上買來的精油，結果有個宮女例外。貓貓只是覺得不可思議，想確認一下是否真的沒擦罷了。

多虧於此，害得貓貓被她們在美貌的宦官大爺面前告上了一狀。

（好吧，總會有一個例外吧。）

水晶宮有很多宮女，光是侍女就有十人以上，若把專屬下女也算進去，差不多有三十人。

貓貓沒多想，就去採櫻桃了。

當日傍晚，貓貓她們正在吃較早的晚飯時，事情發生了。

「我身體好像有點沉重。」

愛藍把下巴擱在桌子上，眼皮下垂了一半說。

貓貓把手放到她的額頭上。似乎有點發燒。

「拜託別得風寒啊，要是傳染給玉葉娘娘她們，那該如何是好？」

櫻花一邊用手拿飯後水果的櫻桃吃一邊說。櫻花雖然很好奇櫻桃是從哪兒來的，但因為自己愛吃，就沒特別追問了。順便一提，這事沒讓紅娘知道。

「我有在小心啊。」

愛藍不太高興地抬起懶倦的臉來。

貓貓想回房間煎點風寒藥，但被櫻花留住了。

「抱歉，妳幫她配了藥之後，可以帶她去病坊嗎？」

「病坊？」

貓貓偏偏頭。莫非她說的是尚藥局？如果是的話，貓貓認為帶她去只會白費力氣，但櫻花猜到了她的想法，搖搖頭。

「不是尚藥局啦，該怎麼說才好？就是雖然沒有醫官，但是有別人管事。總之愛藍知道在哪裡，妳就陪她去吧。」

「是。」貓貓點了個頭。

所謂的病坊，位於後宮的北側。洗衣場後頭有間廂房，裡面有幾名身穿白衣的宮女。

（對耶，人家好像有提過。）

貓貓老是往林子或樹叢跑，沒來過北側的房舍。愛藍邊咳嗽邊對她苦笑。

「剛到這兒時，我想人家應該有跟妳簡單做過說明，妳不記得了？」

很遺憾地，貓貓因為是一肚子悶氣進來這兒的，所以沒仔細聽人家說話。在被帶到這附近聽人家解釋時，她一定是正在觀察路邊生長的魁蒿。

她天性如此。

在旁邊的洗衣場，宮女正在手腳俐落地洗衣服。手裡抱著的似乎是床單。

（很實際。）

鄰近洗衣場，可以立刻清洗衣服或被褥。以一個重視身邊清潔的醫療環境來說，地理條件很好。

「抱歉，我好像得了風寒。」

愛藍對一位宮女出聲說道。看起來很忙碌的宮女雖一瞬間露出納悶表情，但擱下了洗衣籃，把手放到了愛藍的額頭上。

「小發燒，舌頭伸出來讓我看看。」

嗓音聽起來有點年紀了，宮女的臉頰上刻著深深的皺紋。後宮內很少見到此種中年的宮女。

宮女瞇起眼睛之後，翻開愛藍的下眼皮瞧瞧。動作比庸醫熟練多了。

「嗯——看起來不是很嚴重，只要兩三天不要太勞累就會好了。妳看呢？」

宮女向愛藍問道。診斷也做得很確實。

「我不能傳染給娘娘，所以能否讓我在這住個一夜，以防萬一？」

「也好。」

宮女拿起洗衣籃，三步併兩步地走進病坊，放下籃子之後對兩人招手。

病坊內部毫無華美裝飾，房裡陳設素淨。光溜溜的柱子毫無彩飾，走廊只鋪了木板，窗戶也就只是等間隔裝設的方窗罷了。不過，雖然沒有雕梁畫棟，但也因此給人易於清掃的感覺，實際上也打掃得十分乾淨。窗戶多，所以也通風。在接下來的季節裡，應該會是相當舒適的環境。

室內沒有藥物的獨特氣味，但有股撲鼻的酒精氣味。

愛藍蹙額顰眉。看來她不想來，就是因為不喜歡這股味道。但貓貓只覺得消毒做得徹底，大感佩服。濃烈的酒精可以殺死傷口表面的毒素，含在嘴裡噴向傷口，是眾人皆知的消毒方法。

貓貓之前曾經覺得好奇，後宮裡只有那麼個庸醫，怎麼都不會爆發流行病，原來還有個這麼樣的地方。

「那麼，麻煩貓貓跟她們說，我明天就回去了。」

「是。」

愛藍向中年宮女領了木札後，就走向木札數字所示的房間了。

貓貓興味盎然地參觀病坊，但被人一把揪住了脖頸。尚藥局裡的小貓每次都是這麼被人抓住的。

「好了，妳回去當差吧。別以為陪著病人就能偷懶。」

「……」

「怎麼？還是說妳要幫我洗這所有的待洗衣物？」

看到這位大娘咧嘴一笑，貓貓搖頭表示否定。

貓貓不得已，只好回翡翠宮去。

老鴇也是，看來貓貓總是敵不過這些老大娘。

貓貓很想再多看一會兒，但看來是辦不到了，只好死了心一路踏上歸途。貓貓走得悠閒自在，周圍則有一群拿著洗衣籃的宮女急急忙忙地走去。

聽說由於時節多雨，宮女每當偶爾放晴就得洗滌堆積如山的待洗衣物，相當辛苦。這時貓貓才想起來，自己晚點也得去取待洗衣物才行。

（不過話說回來……）

那兒除了那位大娘之外，還有幾位宮女，但全都是上了年紀的人。

由於後宮性質使然，宮女在到了某個年紀時，會半強制地進行新舊交替，差不多在步入三十大關之前就會被辭退了。留下來的盡是宮官長等職位較高之人，或是嬪妃的貼身侍女。

侍女長紅娘早就過了該離宮的年齡，不過這話要是說出口鐵定挨揍。

看病坊的宮女動作那樣熟練，貓貓覺得必定是後宮需要她，才會讓她留下。

只是，有一件事讓貓貓在意。

就是那裡完全沒有藥味。莫非是被酒精氣味蓋過了？

不，還是說——

貓貓撫摸著下巴邊走邊想事情，結果輕輕撞上了某個東西。她以為是撞著柱子了，一看，卻發現一張天女的容顏像熠熠太陽似的出現在頭頂上方。

「別邊走路邊喃喃自語，會摔倒的。」

「小女子說了什麼嗎？」

壬氏大嘆一口氣張開雙臂，搖了搖頭。他那一副「受不了妳」的表情，讓貓貓不由得有點生氣，險些沒露出看水窪裡泡脹蚯蚓的眼神，但好巧不巧跟一臉菩薩面容的高順對上了目光。貓貓姑且硬是撐開快要垂下一半的眼皮。

「總管有何貴事？」

「不，沒什麼特別的事，但偶然遇到講個話不行嗎？」

壬氏露出有點受到打擊的神情。高順試著向貓貓表達些什麼，但實在很抱歉，她看不懂。

「妳上哪兒去了？」

壬氏有點頹喪地說。

「去了病坊。小女子都不知道那兒有那麼個地方。」

「……我有吩咐宮女一開始時帶路看看，莫非是漏了？」

「不，並非如此。」

看到壬氏的神情好像把這事看得挺嚴重的，貓貓心裡想著該如何是好。這個宦官似乎偶爾會對自己的政務能力失去信心，平素明明那樣一副不可一世的神態。

壬氏慢慢把交談的地方換到較少有人經過的路上。畢竟貌美如玉的宦官大爺光是呆站在大路上就會妨礙到公務了，這是很明智的判斷。

「只是覺得那地方比想像中做得更好，吃了一驚罷了。不如將該處改為尚藥局，或許更好……」

不，這樣的話庸醫就要丟官了。這麼一來，貓貓的打混去處就少了一個，會很傷腦筋。

貓貓正想趕緊修正前言，但壬氏又再度愁眉不展。

「妳說把那裡改成尚藥局啊，要是辦得到的話就不用辛苦了。」

「這是何故？」

「因為只有男子能成為醫官。」

貓貓正偏頭不解時，高順代為解釋給她聽。

「原則上，只有醫官才能煎藥。醫治傷患也是，一點擦傷的話是還好，但嚴重傷勢只能由醫官處理。」

（是這麼回事啊。）

貓貓恍然大悟。難怪沒聞到藥味，大概就是這個原因了。

但這樣一來，還有一個問題。

「那小女子呢？」

貓貓總是愛煎多少藥就煎多少。當然，她不能從後宮之外把藥材帶進來，但她會使用後宮內生長的植物或尚藥局的藥物。

「所以我們對妳是睜一隻眼，閉一隻眼。有不少嬪妃會留個熟習藥理的侍女在身邊。但是在那種地方反而太明顯，不能常備藥石。」

就壬氏的口氣聽來，貓貓覺得其中似乎牽扯到某些複雜的問題。如同後宮宮女的薪俸制度一樣，也許其中有些莫名其妙的制度或法律，但貓貓不怎麼感興趣，所以一概不知。

不能用藥，但是可以用酒消毒，所以她們想必是下了些工夫拿來運用。

只要能在清幽潔淨之處靜養，疾病就很容易不藥而癒。若是病勢沉重時，也可以送回老家。

（真是麻煩。）

但是制度一旦決定，改動起來可能會更麻煩。世上很多人都覺得多一事不如少一事。

「為了今後著想，若能以別種形式調來醫官就好了。」

壬氏也不好說貓貓什麼。他像是在對貓貓說話，其實只是自言自語。

「讓後宮不再需要宦官也能運作。」

（宦官啊……）

後宮內的宦官約占了全體人口的三分之一。比起宮女，由於無法新舊交替，平均年齡頗高。

（都沒有年輕宦官呢。）

記得去勢手術已在數年前勒令禁止，就是在當今皇帝即位後頒布的。

貓貓不知道壬氏是在何時成為宦官的。但從壬氏的年齡來想，很可能正好就在即將頒布禁令的時候。

（真可憐，要是能再等等就好了。）

她不由得視線低垂，看向壬氏的胯下，悄悄合掌。

貓貓緩緩抬起頭來，正好跟壬氏四目交接。

壬氏臉上露出某種複雜的表情，嘴唇微微閉合成鋸齒狀，目不轉睛地回望著貓貓。

（我該不會又說出口了吧？）

貓貓心中大呼不妙，遮著嘴把視線別開，這次換成跟高順四目交接。他保持著菩薩般的神情，感覺似乎也像貓貓一樣，對壬氏投以悲憐的笑容。

高順緩緩搖了搖頭說：

「壬總管，再談下去就要延誤公務了。」

他如此催促壬氏。

「知道了。對了，我稍晚會去翡翠宮，請妳回去說一聲。」

壬氏如此說完，就帶著優雅的背影離去了。貓貓放下遮嘴的手，心想：

（如果調製出再生藥，不知道能不能賺一筆。）

她起了這種有失莊重的念頭。假若成功了，一定會是筆好買賣。

十話　三訪水晶宮　上篇

翌日，在愛藍回到翡翠宮的同時，有人傳喚貓貓。就是昨日抓著貓貓脖子的那位中年宮女。

「所以她才想見見貓貓是吧。」

玉葉妃摸摸下頷對愛藍說。愛藍在起居室徵詢娘娘的同意，娘娘則躺在羅漢床上。她肚子大了不少，動作變得很慢。雖然穿著掩飾體型的衣服，但恐怕不適合再在外頭辦茶會了。

「請娘娘恕罪，早知道我就在這兒服藥了。」

愛藍昨日似乎在病坊服用了貓貓配的藥，結果被宮女看到，問她藥是從哪兒來的。

（的確。）

病坊因為沒有醫官所以不能用藥，當然也不能擅自把藥帶進去。若是不弄清楚藥的來處，她們那邊可能會被管事的盯上。

就在貓貓心想是不是只要自己趕快出去，好好挨頓罵就能了事時，愛藍的口中冒出了意外的一句話：

「她是希望能暫時借用一下貓貓。」

「哎呀哎呀，這可真是……」

玉葉妃偏著頭看向貓貓，愛藍也一臉傷腦筋的表情看向貓貓。

總之貓貓只覺得事情好像越變越麻煩了，但心裡還在想著新的藥材。

結果決定在派人監視下，讓貓貓再度跑一趟病坊。監視人不是愛藍，而是櫻花。她雖比愛藍嬌小，但大概是看她活潑，性格又黑白分明，適合做這份差事吧。

雖然同樣位於後宮內，但兩地之間頗有距離。聒噪的櫻花並沒乖到會在這段時間裡保持沉默。

「欸，貓貓。妳昨天送愛藍過去後，是不是在庭院裡的燈籠那兒做了什麼？」

「櫻花看到了啊。」

那是在貓貓已經從病坊回來，更正確來說是在半路上遇到壬氏等人之後。那時貓貓想到了新的藥方，所以立刻就去找材料了。

「小女子是去找了一下藥材。」

天色暗下來後，燈籠會點火。飛蟲會聚集到火光旁，接著某種生物就會靠近來抓牠們。

「找藥材？不會是蟲子什麼的吧？」

「並非蟲子。」

的確不是蟲子，但櫻花察覺到了不祥的預感，一張臉扭曲起來。

「貓貓，妳的房間最近增加太多東西了吧。藥味有點越來越重了，所以紅娘侍女長臉色已經不好看了喲。」

「那真可怕。」

「我怎麼看妳不像在害怕的樣子？」

貓貓心想「沒那種事」。那位侍女長打人動作還挺快的。不過若沒有那麼潑辣，在這後宮內恐怕混不下去。

「搞不好再過不久貓貓就會被趕出房間，搬到庭院裡的倉庫去嘍。」

櫻花不懷好意地笑著說。

「那倒是不錯呢。」

倉庫比現在的房間寬敞，最棒的是離眾人的寢室很遠，就算半夜發出聲響，說不定也不會穿幫。貓貓正愁難得在尚藥局挖出了一大堆無人使用的器具，卻不能拿來這邊使用，如此正好。

「那麼回去之後，小女子馬上去找紅娘侍女長商量。」

貓貓兩眼發亮。

「咦！等等，我是說……」

櫻花急著想跟貓貓說些什麼，但這時正好走到了病坊。

「那麼，總之我們先進去吧。」

「我跟妳說，我方才的意思是……等……等等啦～」

貓貓想著等搬到小屋之後能不能生火製藥之類的事情，心中充滿了期待。

中年宮女名喚深綠，仔細一瞧，她的眼睛跟玉葉妃一樣帶點綠色，也許流有部分的西方血統。名字或許也是取自她的眼睛顏色。

貓貓被帶到病坊裡像是迎賓室的地方。

在飄散微微酒精氣味的房間裡，深綠端來了茶。桌子很樸素，周遭的架子或椅子看起來也都很耐用，經得起歲月的考驗。

「我完全不知道各位是貴妃那兒的人，真是失禮了。」

「好說。」

翡翠宮以外的宮女常常用官名稱呼玉葉妃。附帶一提，其他的侍女也就罷了，貓貓的教養並沒有那麼好，擔待不起。

深綠的聲調很穩重，絲毫沒有昨日抱著大量待洗衣物的那種豪氣大媽感覺，想必有接受過後宮宮女的良好教育。

（我看鐵定是個有智慧的人。）

說是後宮宮女，但還是有些人目不識丁。此人能夠這樣長年留在後宮，想必是頗有智慧的人物。不過貓貓也會亂猜是不是有什麼特殊內情。

不知是否因為貓貓已經說過自己是玉葉妃那兒的宮女，深綠的神情感覺似乎帶點陰霾。想到這可能是種特別待遇，就讓貓貓有些過意不去。一講到上級妃，旁人常常連她侍女的所作所為都會睜一隻眼閉一隻眼。可是這次深綠卻在不知情的狀況下傳喚貓貓過來，心裡想必相當尷尬。

然而，深綠大嘆一口氣後，直勾勾地望向了貓貓。

「我有一事相求。」

「是什麼事呢？」

貓貓講得若無其事，讓深綠一瞬間露出了驚訝的神情。但她隨即變回平常的表情，接著說道：

「這件事或許會冒犯到您，您不介意嗎？」

「請說。」

貓貓早就習慣別人對她失禮了，反而還覺得搞不好自己更失禮。因此貓貓有自信不管對方說什麼，她大多都能聽聽就算了。

「那麼，若是我請您為賢妃那兒的宮女配藥呢？」

「什麼！」

對這話起了反應的不是貓貓，而是櫻花。她一掌拍在桌子上，身子向前傾。裝了茶的茶杯晃動了一下，水滴在桌上形成黑點。

「妳知道這話代表什麼意思嗎！」

櫻花對深綠說。

深綠再嘆一口氣說：

「我十分明白。」

說完，她定睛注視著貓貓她們。貓貓不認為深綠在開玩笑。

「妳似乎有所苦衷。」

「貓貓！」

「請櫻花見諒，能不能就聽聽她怎麼說呢？」

櫻花愁眉苦臉，坐到了椅子上。她飲一口涼掉的茶，讓心情平靜下來。

「可否請妳將事情說與小女子聽？」

「好。」

深綠一點一點開始娓娓道來。

「這下事情麻煩了。」

櫻花難得垂頭喪氣地說。

「是啊。」

貓貓也覺得麻煩，但偏偏就是聽到了一件無法置之不理的事。

深綠表示賢妃——也就是梨花妃那兒的一名下女患了重病，而這名病人目前似乎仍待在水晶宮裡。

該名下女以前就常來北邊的洗衣場，跟深綠也熟識。她從不久之前就咳嗽咳得不大對勁，深綠說過要她好好找個機會休息，但後來她就不再過來洗衣，說是已經過了五天。

貓貓她們說，她也許是換到了別的洗衣場，或者是換了一個下女洗衣。但深綠搖搖頭。

「就算是如此，也最好看個大夫。」

深綠是這麼說的。

她說那名下女的咳嗽很不對勁。

（咳嗽是吧……）

聽說她是從不再來到洗衣場的幾天前開始咳嗽，之前已經渾身痠軟並輕微發燒了一段時日。貓貓問那名下女為何不來病坊，結果很簡單，上面不准。

（她們那邊就是有這個弊病。）

地位卑微的下女，乞假的對象想必不會是梨花妃。很有可能是某個侍女，對下女的這種請求充耳不聞。

然後——

將這些症狀加起來一看，貓貓頓時心生不祥的預感。

「不過真的有這麼一個姑娘嗎？」

「小女子認為有必要查個清楚。」

假如此話當真，那就必須妥善加以治療。問題發展到最後，範圍有可能擴及水晶宮之外。

櫻花目不轉睛地注視著貓貓。

「我知道妳的個性就是對這種事無法放著不管，但那可不是尋常地方。要先徵求許可之後才可以去，這點小事妳好歹明白吧？妳偶爾會衝動行事，那樣不好喔。」

「……是。」

雖說貓貓跟梨花妃多少有點緣分，但那邊的宮殿還是不能說去就去。日前，她才剛在這件事上失敗過一次。

總之得先請壬氏代為轉達，事情才能繼續談下去。
貓貓巴不得能越早去越好，奈何有事牽制，不能如意。
（心急也沒用。）
就在貓貓打算想些其他事情，稍微忘記煩心事時，一個東西映入了她的視野。
貓貓不由得拔腿奔跑，衝向那個東西。她在地上像青蛙一樣蹦蹦跳，好不容易才捉住了那個東西。
「貓貓！我才剛跟妳說過的，妳在做什麼呀？」
櫻花拎著衣裳下襬，靠近過來。
貓貓露出些許苦澀的神情，一邊感受著合起的手心裡的存在感，一邊站起來。
「抱歉，因為看到小女子在找的東西，一時忍不住。」
「就是妳在找的那種蟲子？別這樣啦。」
「不是蟲子啦。」
不是蟲子。
而且，這個也不是本體。
很遺憾地讓本體溜了，但貓貓想要的東西總之是到手了，在手裡扭動。
「喏。」

貓貓打開手心，裡面有一條還在活蹦亂跳的蜥蜴尾巴。

蜥蜴的尾巴斷了還能再長出來，這就是牠的特點。

（任何事情都不能輕易死心。）

記得某位仙人曾經說過：如果現在放棄，一切就結束了。想調製未知的新藥，得先從試驗具有類似效用的東西做起。

（我要作出再生藥。）

所以，貓貓拿撲向燈籠的成群飛蛾當目標，觀察這附近有沒有棲息著蜥蜴。

「總之小女子想先試驗一下，看看斷掉的尾巴為何還能再長出來。」

貓貓有些喜孜孜地說，但沒得到回應。

往正面一看，只見櫻花臉色蒼白地張著嘴，接著就直接往後仰倒，昏死過去。

貓貓只得把捉到的尾巴用手絹包好放進懷裡，然後照顧昏倒的櫻花。

十一話　三訪水晶宮　下篇

周圍眾口喧譁，騷動不安。

她好奇發生了何事，往宮殿的玄關口走去。

雕梁畫柱的玄關，已經聚集了一群宮女。甚至有些下女忘了正在擦欄杆，拿著抹布站著發呆。

「事到如今，你還有什麼事？」

一名宮女皺著眉頭說。在她的視線前方，站著後宮唯一一名醫官。

真難得。

那個醫官很少離開尚藥局，大概也有將近一年沒出現在這宮殿了。

這個虛有其名的無能醫官，在年幼東宮早逝之後，應該羞愧得沒臉來這裡才是。只不過因為沒有替代人選，他才能不用受罰，悠哉地賴在這座女子的花園不走。

而這廝事到如今跑來這裡，到底還有什麼事？

醫官誇張地拿著個大包袱，後面帶著個宮女。

那是個消瘦的宮女，體態苗條，動作秀氣地跟在醫官後頭。緊閉的嘴唇塗著大紅胭脂，臉頰也敷了淺桃紅色的妝粉。

怎麼不記得有這麼個宮女？

她無意間有了這個疑問。閹宦醫官身旁的人，一般來說應該也是個宦官，但看來也有例外。

不，畢竟後宮有二千宮女，就算有一兩個生面孔也不奇怪。

所有人都在交頭接耳，不得已，她主動上前。

「太醫有何貴幹？」

注意到她的聲音，原本在講話的宮女都停住了動作。她不會漏看任何一個急忙回去做自己差事的下女。整座後宮也就罷了，在這宮殿裡服侍的人，她可是掌握得一清二楚。

這是她——杏的職分。

自從梨花確定成為嬪妃後，她便隨同入宮，為了得到皇帝寵愛而來到這裡。

「我想拜見賢妃。」

聽到宦官這麼說，杏瞇起眼睛。她不想聽到這個男的嘴裡說出「賢妃」二字。

「請公公見諒，小女子以為梨花夫人不會想見您。」

杏委婉但明確地開口拒絕後，留著窮酸鬍鬚的醫官眉毛垂了下去。果真是個早已失去男性功能的閹人，留那鬍鬚看了都替他害臊。與蓄著漂亮長髯的聖上真是有著雲泥之別。

宦官一臉不知所措地回過頭去，面無表情的宮女悄悄在宦官耳邊嘀咕了幾句。

宦官不情不願地從懷裡拿出了一件東西。

「我有書信在手。」

他攤開寫在羊皮紙上的書信，信中寫著流麗的文字，要求對醫官放行。最後簽下的名字是「壬氏」。

講到「那位貌美的宦官」，在這後宮內第一個會想到的就是此人。若是生為女子，美貌能傾國傾城，但他並非女子。而且也並非男子。

那人的確俊美到即使是杏也不禁嘆服，但她不像其他宮女，沒有更深的感情。只要想到自己是為何來到後宮，就不會有那多餘工夫去理會什麼宦官。

為了家族好，能得到皇帝的寵愛是件大事。這是杏與梨花自小聽到大的教誨。

杏的母親是梨花父親之姊。由於杏與梨花同歲，因此得以像這樣入宮，身居目前居住的水晶宮管事一職。

水晶宮的侍女皆為名門之女，都是配得上服侍皇帝的血統尊貴之人。

「……是。」

杏雖然不服，但無可奈何，只得帶領兩人前往宮殿深處。她本來可以交給其他宮女處理，但醫官是在後宮總管的命令下前來，情況有所不同。

不知是怎麼回事。

醫官頂多只有在嬪妃身體不適時，才會來到嬪妃的寢宮。

但梨花看起來不像身體不適。

杏常伴梨花左右，不可能沒察覺。她今天一樣健康，也吃了早膳。

就在她不知是怎麼回事，大惑不解時，隨後跟來的腳步聲消失了。杏回頭一看，只見醫官與隨行的宮女停下了腳步。

他們看著庭園前方的一間小屋。梨花的寢室很遠，位於宮殿最後面的最高樓層。那是半路上的其中一間小倉庫。

「怎麼了嗎？」

「沒有，只是在想那是做什麼的小屋。」

「只是間普通的小倉庫罷了。」

杏很想早點把他們帶走，不明白他為何要問這種問題。

水晶宮為了養育東宮之用，做過大幅修建，即使在正房之外設置浴堂或倉庫也沒什麼奇怪的。再說，去年來了個奇怪的雀斑小丫頭，在浴堂隔壁做了個奇怪的設施，說是叫作蒸氣浴（三溫暖），但杏不是很喜歡，至多就是梨花偶爾用用罷了。

都已經說過只是間倉庫了，那個宮女卻不知怎地，目不轉睛地盯著那兒瞧。有什麼好看的？只是窗邊栽了株黃花樹而已，應該不算是什麼特別的地方。
就只是間倉庫罷了，在這種地方久留無益。
宮女拈了拈宦官的袖子，又跟他竊竊私語了些什麼。
宦官再次垂下眉毛，對杏說了：
「最近這陣子，有沒有人動過這個庭園？」
「沒有，只有照慣例前來的園丁幫忙照料。」
「這樣啊。」
嗯？杏忽然覺得奇怪，說到這個，庭園裡原本有那麼株樹木嗎？
她都沒注意到，不曉得是不是園丁栽種的。
「……」
宦官陷入沉默後，宮女又戳了戳宦官。
宦官顯而易見地鼓起了臉頰，但宮女表情不變，轉向了杏。
黑眼睛目不轉睛地看著杏。杏無言以對，本想悄悄調離視線……
「侍女長今日有擦精油呢。」
她聽見一種耳熟的嗓音。

聲音發自秀氣宮女的嘴裡。

宮女咧嘴一笑，嘴唇歪扭。那以笑容來說太過邪惡，簡直就像野獸找到獵物時露出的猙獰笑臉。

「……」

「久疏問候，杏侍女長。小女子前日冒犯了。」

白粉抹得厚重，眼眸陰影線條分明，睫毛過分修長的臉孔湊近。

只注意到她濃妝豔抹，仔細一看才發現她生了一張渾圓而稚氣的臉蛋。

盯著自己瞧的眼睛，讓杏覺得眼熟。

杏的全身凍結了。杏從經驗上學到，跟這小妮子扯上關係大抵沒好事。

去年這個姑娘來過水晶宮。她不眠不休地照料染病的梨花，但過程中也突如其來地鬧過幾次事。

害得這座宮殿裡的宮女，有一半都變得不敢反抗這個姑娘。

杏屬於不怕她的那另外一半，然而日前這個姑娘跑來，冷不防地差點扒了她的衣服。

因此，杏不是很想跟這個人來往。

但姑娘目不轉睛地看著杏。杏忍不住慢慢地往後退。

就在這時候……

宦官突然衝進了庭園。他勉強移動著微胖身體，跑向那間小倉庫。

杏想去追，但眼前擋著她不擅應付的小丫頭。不過她還是把對方推開去追宦官，但為時已晚。

宦官拿著門閂，啞然無言地呆站在那兒。

在打開的門內，瀰漫著一股獨特的臭氣。那跟以前梨花身上散發過的一樣，是即將不久於人世的病人臭味。

姑娘可能是被杏推開時跌坐到了地上，在摩娑著臀部，但神情並不怎麼焦急。她只是皺著眉頭，抓住宦官拿在手裡的大包袱。

「小叔！熱水！請您去燒熱水。」

這次她不再講悄悄話，大聲說完，就進入了小屋。

屋裡有塊只以草蓆疊成的粗糙床鋪，上頭躺了個病人。是之前負責洗衣的下女。

「知道了，小姑娘。」

宦官晃動著下巴贅肉，又跑走了。

姑娘一邊餵下女喝不知道是水還是什麼的東西，一邊望向杏。

「侍女長為何這樣對她？」

「沒有為什麼，把病人隔離起來以免傳染給別人，不是常識嗎？」

姑娘沒回應，大概是有話想說，卻不便開口吧。

「侍女長說得是。可是……」

姑娘拿手絹摀住下女異常咳嗽的嘴，拿開之後，上面沾了紅色的斑點。

「這是會傳染的病，感染力很低，但是繼續這樣處置下去，最後是會致命的。當然，死了一個下女大概不會是什麼大問題吧。」

姑娘留下染病的下女，想往房間的更裡頭走。

杏不由得伸手去抓姑娘的肩膀想阻止她，但姑娘閃了開來。

不准過去，那裡面有……

杏一邊被箱籠絆住腳一邊想阻止那姑娘，但已經太遲了。

姑娘手裡拿著某個東西。是個小盒子。

「小女子進入這個房間時，想起了那時候的事。就是梨花妃臥病在床時的事情。」

「那又怎麼了？」

「那時為了掩飾病人特有的臭味，屋裡焚了香。」

那又怎樣？杏伸手過去，要她快快把東西還來。

「小女子進來這裡時，覺得情況很相似，只是這次恰恰相反。」

姑娘打開小盒子，裡面放著一排排的各色小瓶。

「感覺好像是為了掩飾芳香，才會把病人安置在這兒。」

姑娘喀的一聲打開小瓶瓶蓋，抽動幾下鼻子。

「水晶宮的侍女好愛藏東西啊，又要有可憐的宦官挨鞭子了。」

姑娘打開的是精油瓶，是日前她們向商隊買來的貿易品。這些東西幾乎都被宦官回收走了。

「即使每一瓶僅具微小毒性，混合在一起就難說了。」

姑娘像在唱童謠一樣，瞇起眼睛笑了。

「竟然想調製墮胎藥，侍女長是何居心？」

姑娘——名喚貓貓的下女，對杏如此說。

○●○

現在來想想該怎麼辦吧。貓貓一邊用手絹擦臉，一邊做如此想。

白粉塗在臉上實在不舒服。胭脂弄了半天都弄不掉，用精油定型的頭髮晚點也得洗乾淨才行。為了修飾毫無可看性的眼睛，她把髮梢剪得細細短短，編結起來用黏膠黏在眼睛上。

貓貓穿起比平素長的裙裳，底下再套上厚底鞋以掩飾身高，不過似乎是多此一舉了。

水晶宮那些傢伙，根本沒發現她就是貓貓。

貓貓一邊生悶氣，一邊脫掉墊高的鞋子。

衣服也換了一件。因為方才照顧重病患時，衣服上沾到了痰。雖說此病感染力低，但穿著這樣的衣服到處走動似乎也不太好，於是她請人幫忙準備替換衣物。由於是水晶宮準備的，穿起來有點礙手礙腳，但莫可奈何。

其實貓貓很想洗個澡，但辦不到只能死心。

換了身清爽的衣物後，貓貓前往眾人等待的房間。

水晶宮的迎賓室裡，聚集著鬱鬱不樂的諸位大人物。每個無不是金枝玉葉，與五彩繽紛的各類什器相映成趣；卸了妝的貓貓進來，總覺得好像配不上這個地方。

屋裡有梨花妃、壬氏與高順，以及身材苗條，五官端正的一位美女。貓貓請梨花妃屏退了其他侍女。雖然庸醫看起來也很想插一腳，但還有其他差事得做，因此貓貓請他以公務為先。坦白講，他就算待在這裡也幫不上忙。

美女是梨花妃的侍女長，單名一個杏字。她與梨花妃是堂姊妹，由於血統尊貴，自尊心似乎也很強，是位即使待在後宮也能吸引目光的美女。可能是血緣上的關係，面容與梨花妃有幾分相似。

雖說是侍女長，但從身分地位考量，就算當上個中級妃也不奇怪。
（是刻意停留在侍女長的地位嗎？）
不只有嬪妃能得到皇帝寵愛。只要能讓皇帝看上，有時即使是下女也能成為國母。這在歷史上並非沒有前例。
既然這樣，不如將好花全集結在一處，或許更能吸引聖上的目光。
服侍上級妃的侍女得到寵幸之時，如果身分堪為嬪妃，想必立刻就能獲得地位。
（對她們當事人來說不知是如何。）
貓貓對梨花妃娘家的事情一概不知，只覺得在她們當事人之間，必然有著錯綜複雜的感情。如果這種問題能有深厚的信賴蓋過一切，天底下就太平了。
（玉葉妃真是好命。）
侍女長紅娘不是為了那種目的送來的人才，一心只作為侍女為玉葉妃效力。可惜這讓她錯過了婚嫁的年齡，但願有朝一日玉葉妃能為她安排個好歸宿。
其他侍女也是，雖然大家的確都長得五官端正，惹人憐愛，但貓貓不認為她們會痴心妄想得到皇帝的寵幸。
反觀這邊梨花妃的侍女——
「這是怎麼一回事？」

壬氏瞇起眼睛，伸手往桌上一拍。桌上放著幾種精油與香辛料。

這些都是從方才安置病人的倉庫找到的，雖然每一種的香味都不明顯，好幾種混合起來仍形成了濃重的氣味。

名喚杏的侍女長身邊，散發著它們的殘香。

明明這位侍女長以前身上並沒有香味。

大概是因為這樣，才沒有像其他侍女一樣讓買來的東西遭到沒收。雖然就算不是如此，她大概也能藏得很好。

「……」

杏始終閉口不語，闔著眼睛。

（保持緘默是吧。）

她的罪名除了偷藏精油以及香辛料等禁品外，還有企圖使用此等物品調製某些東西。

至於將下女隔離至倉庫這點，想必無法問罪。

為了預防感染而將病人移出大房間，是適切的處置方式。後宮只有一名醫官，下女的診治總是往後延。

（只是尚藥局太閒，都變成宦官喝茶的地方了。）

就算帶去病坊，也不能將下女就交給那裡照料。有些人就是看不慣女子醫治病人。

最糟的是有人可能會因此喪命，但莫可奈何。

下女的性命就是如此低賤。

壬氏想必也是清楚這點，才會將證據物品擺在她眼前，能問什麼罪就問什麼罪。但名喚杏的侍女長擺出一副裝聾作啞的表情站著。由於她本身是皇親國戚，或許不管壬氏說什麼，以她的身分地位都能告狀吧。

讓貓貓感到不可思議的是梨花妃。她眉毛下垂，只是看著自己的侍女長，愁容滿面。

杏不低頭，一直線望向了質問自己的宦官。

（哦哦，挺有耐力的嘛。）

大多宮女要是被壬氏逼問起來，光是這樣就會身子骨一軟昏過去了。看來面對這位侍女長，用不了此種妖術邪法。

「我不懂你在說什麼。沒錯，是我叫人把下女搬到那兒去的。但比起我做的事，這兩人忽然跑來就說要見梨花夫人，還到倉庫去翻箱倒櫃，豈不是更大的罪過嗎？」

她講話語氣堅毅不拔。的確東西是在倉庫裡，但不能證明是杏的東西。

由於那裡有病人在，眾人應當只有在送飯時才會靠近那裡，但反過來說，誰進去那裡面都不奇怪。

「那麼，我就問問侍在那裡的下女。」

「一個發燒而神智不清的下女，講的話有多少可信度？」
「原來侍女長知道她發燒呀。」
貓貓即刻回嘴。
杏一瞬間變了臉色，大概是在想「妳少多嘴」。
「侍女長真是慈悲心腸啊，竟然特地來探望一個婢女。」
貓貓毫不在乎地補上一句。
「這樣的話，就算身上沾到精油的氣味也不奇怪呢。」
貓貓從桌上拿起一只小瓶子。
（不行，不要再強出頭了。）
貓貓雖這麼想，但身體自己動了起來。心裡不愉快到了極點。有些令人氣憤的事情，會讓人忘了自己的身分立場。
「侍女長身上有此種精油的氣味，這個瓶子明明仔仔細細地收在箱籠裡。難道說香味濃到會從箱籠滲出嗎？為謹慎起見，可否讓小女子做個確認？」
貓貓想抓住杏的衣袖，但杏甩開了她。揮手時，指甲抓破了貓貓的臉頰。她的指甲留得很長。
在旁人的騷動聲中，貓貓用拇指擦拭破皮的痕跡。沒出多少血，只是皮肉傷罷了。

「請侍女長恕罪，我一個下女萬萬不該觸碰您這樣的貴人，還是請別人來檢查吧。」

貓貓淡淡地說著時，房裡眾人視線都聚集到杏的身上。

杏咬牙切齒，眼中布滿血絲。一股令人不快的汗臭味飄來，她瞳孔都張開了。

人一緊張就會冒汗。不是運動造成的流汗，是黏滑的汗。聞起來很臭，流汗的人也會覺得不舒服。

眼睛也是。雖然不像貓那麼明顯，但人的瞳孔也會放大縮小。色素較淡的玉葉妃，在這方面比其他人好懂，因此在與其他嬪妃舉辦茶會時，經常輕輕闔著眼睛笑。

（就差臨門一腳了。）

就在貓貓往前踏出一步時……

「就到這裡為止，後面還是由我來吧。」

那嗓音帶著傲氣，但並不傲慢。

是坐在羅漢床上的梨花妃站了起來。她讓長長的裙裳拖在地上，走向貓貓……不，是更前面的杏。

（嗯？）

梨花妃穿著的衣裳與玉葉妃最近常穿的式樣很像。如果是她在商隊進宮時買下的就沒有問題，但是……

「你們要問她什麼罪名？」

「梨花夫人……」

杏開口。她那眼裡似乎含藏著各種不同的感情，但不知為何，就是感覺不到乞求的視線。

「假若侍女長有意調製墮胎藥，那就等同於謀害龍子。」

壬氏點到為止，闔起眼睛。

「是嗎？無論是哪個階級的嬪妃都一樣嗎？」

「不分上級或下級妃。」

梨花妃視線低垂，看著杏。

（對了……）

「梨」與「杏」就像是成雙成對的名字。

無意間，貓貓心想……

她不覺得這個單名一個杏字的侍女長腦筋不好，只是世間多得是聰明卻愚昧的人。

其中很多人都是感情用事，鑄下大錯。

貓貓覺得杏也是其中一人。

而最後，梨花妃也做出了這個結論。

「縱然只衝著我一人而來，也一樣嗎？」

「娘娘！您這是……！」

壬氏的身體向前傾。

高順也睜大了雙眼。

梨花妃這一句話，讓貓貓恍然大悟。她一直覺得奇怪，作為嬪妃，梨花妃的才智無可挑剔，卻找不到像樣的侍女。她身邊應該要聚集更好的人材才是。

原來，這並不是梨花妃所導致的。

這水晶宮的侍女集團盡是些三流人選，而網羅那種人選的，就是這名喚杏的女子。過去發生那場毒白粉案時，僅有一名侍女遭到解僱。然而在她上頭管事的人，卻悠哉地繼續當差。

而對於這個侍女長，梨花妃……

「杏，妳從沒有一次把我當成『嬪妃』看待，對吧。妳一直認為我配不上國母的地位，是不是？」

梨花妃所言點醒了貓貓。的確，杏從來不稱她為「娘娘」。

「畢竟妳與我是到最後一刻，才知道誰能當上嬪妃的。」

梨花妃的聲調彷彿悲從中來。

梨花妃對杏有感情，但杏就難說了。她咬緊嘴唇，目光憤恨地望著梨花妃。

「……妳在自鳴得意個什麼勁？」

侍女長嘴裡冒出了口氣輕蔑的話語。

「我從以前就討厭妳這種態度。我詩書讀得比妳好，其他也是，我多得是比妳出色的地方，為什麼大家都……」

（輸在胸圍上。）

貓貓為自己感到可恥，竟然有這種念頭。杏的胸圍也不小。不對，錯了，現在不是在說這個。

是心胸差太多了。

「因為妳是一家之主的女兒？我哪個地方不如妳？豈有此理。自小到大我都在接受嚴格管教，期望有朝一日能成為一國之母。」

杏暴露出野狼般的虎牙。貓貓怕她隨時有可能撲向嬪妃，急忙趕到梨花妃跟前，不過高順與壬氏已經介入兩人之間了。

「我可以當妳這是認罪了嗎？」

對於壬氏的問題，杏拿起桌上的精油瓶往梨花妃扔去。高順一揮手將它打落，小瓶子掉在地上摔破。

「妳就當個石女，在花園枯死吧。」

杏對著嬪妃口吐詛咒之言，高順抓住她的雙手押住她。

「卑賤宦官不准碰我！骯髒的東西！」

杏瘋狂掙扎，但就算是宦官，她還是贏不了一個男人。血統尊貴的嘴巴連聲不停地謾罵叫囂。

（就是有這種人呢。）

貓貓站到罵過一頓之後停下來喘口氣的杏面前，咧嘴笑了。

「妳想怎樣！」

「不，沒什麼。只是原來杏侍女長對皇上如此一往情深啊。」

「這還用說嗎！妳說這什麼廢話！」

「不，只是我以為您看起來像是愛著國母的地位，而不像梨花妃。」

貓貓再度露齒而笑。杏嘴巴都闔不起來了。

什麼是梨花妃有，而杏沒有的東西？

現在昭然若揭了。

「杏，原來妳是這麼想的嗎？」

梨花妃激動得雙眼顫動，仍凜然難犯地這麼說。

她繼而站到杏的面前，高高舉起手來，直接給了杏一巴掌。

（也是，生這點氣是應該的。）

貓貓正在這麼覺得時，梨花妃說出了超乎貓貓預料的一番話來：

「壬君，我要解僱這個侍女長。她對我這主子惡言相向，氣得我動手打她。」

壬氏目瞪口呆。

「這，娘娘……」

「壬君是覺得一巴掌還不夠是吧？」

梨花妃抓住挨了巴掌愣在原地的杏的衣襟，這次握緊了拳頭。

壬氏與高順急忙上前阻止，只有貓貓忍不住笑了出來。

（真有一套。）

梨花妃已不再是昔日的嬪妃，不再是靜待自己珠沉玉碎的脆弱女子。

「我要解僱此人。還有，希望壬君今後禁止此人踏進後宮。」

梨花妃英氣凜然，公然說道。

杏就算當上國母，她愛的也不是人民，而是自己高高在上的地位。她只要權力，不履行義務。誰也不要這樣的國母。

杏挨了揍，愣在原地。

不曉得這個女子究竟知不知道這是多大的恩情，只怕她會以怨報德。

（不，這不打緊。）

不管是如何尊貴的血統，鬧出醜聞從後宮被趕回老家的女子，不可能對嬪妃報仇。

貓貓覺得這樣做都太便宜她了，但像她這樣只有自尊心特別強的女子，受到此種待遇是何等的奇恥大辱，或許值得想想。

「可以問妳個問題嗎？」

「總管請說。」

壬氏一邊走在水晶宮的迴廊上一邊說。他的視線朝向關過下女的那間倉庫。

「雖說妳待過水晶宮，但也不可能立刻知道病人在哪兒吧。況且妳都特地喬裝易容，以便多造訪幾次而不會引起疑心了。」

正是，貓貓之所以做那種打扮，就是因為水晶宮的人認識貓貓，怕顯眼才特別做了處理。由於不見得一次就能找到，貓貓做了些措施不讓自己穿幫。雖然她充當醫官的隨身宮女，勢必還是會引人注目，但她認為總強過用貓貓的身分前去。

水晶宮的下女口風很緊，恐怕是上頭那些侍女堵了她們的嘴。也許有人在梨花妃看不到的地方受過罰。

「很快就找到了。」

以貓貓個人來說，她早已選出了病人可能待著的地方。她認為病人應該會放在與下女寢室有點距離的處所，或是不顯眼的地方。

因為貓貓待在這兒的期間，當有下女身體不適時，都會改變床位以免傳染給別人。宮殿內也有這方面的專用場所。

（沒想到竟然是倉庫。）

貓貓一直覺得杏身上的味道有些奇怪，但想不到竟然是這種情形。她只是正巧發現到罷了。

「就是那個。」

貓貓伸手指著的方向栽種了一株花，是白粉花。可能是移植過來時日尚淺，底下地面的顏色不太一樣。如果是園丁做的，栽種的位置未免太差了，就在倉庫旁邊。

莖枝結了黑色果實，裡面滿滿的都是可以製成妝粉的白粉末。

「那花怎麼了？」

「據說從風水角度而言，綠色之物對健康有益，又聽說適合搭配白色。」

開的都是白花。雖然名為白粉花，但記得開的應該幾乎都是紅花。貓貓發現這是特地選出開白花的植株種下的。

記得水晶宮裡原本並無此花。貓貓不知道這是誰種的，只知道一定是為了病人好才這麼做的。只要想到宮殿裡還有這樣的人，貓貓就覺得稍稍鬆了口氣。

（不過話說回來，居然是白粉花。）

貓貓想起與病人一起找到的東西，覺得有點諷刺。她大嘆了一口氣，這時感覺到了某人的視線。

她不經意地轉頭一看，只見那人把半個身子藏在柱子後頭，望向他們這邊。

「怎麼了？」

壬氏看向停下腳步的貓貓。

躲在柱子後頭的人，露出一種心神蕩漾，好像被什麼迷住了的神情。

「請壬總管先走。」

「為什麼？」

「您在會有所不便。」

貓貓清楚明白地一說，壬氏露出了有點不高興的表情。高順就像安撫一頭牛似的讓他平靜下來。

懂得察言觀色的人真的很了不起，貓貓雙手合十對高順表達謝意。

「怎麼了嗎？」

貓貓看向了躲在柱子後頭的姑娘。姑娘看起來比貓貓年長，但顯得有點戰戰兢兢的。不知道是只對貓貓這樣，還是對其他人也都是如此。

「請……請問，原本待在那裡頭的年輕姑娘……」

姑娘手上拿著簇新的白花。綠白相間，色彩分明。她雖然講話結巴又羞怯，但還滿有氣質的。

「她不在這兒了。雖然必須離開後宮，但是可以在更好的環境接受治療。」

梨花妃說自己有責任，表示願意提供醫藥費與目前的生活費用。

「……她離開了啊。」

下女低下了頭，但看起來也像是安心了。

姑娘摸摸臉龐以掩飾含淚的雙眸後，向貓貓低頭致謝，就回去做原本的差事了。

姑娘離去後，只有小小的白色花瓣飄落在地。

十二話　選定之廟

傳說在很久很久以前，這個國家曾有過別的民族安身。

該民族雖然壽命不長，但一位來自遙遠外地，血統尊貴的女子於此地落腳，並懷了天子。這就成了這個國家的第一位皇帝。

女子被喚作王母，人們說她乃是天仙下凡。她身懷無月之夜仍能眼觀千里之力，並以此種眼力統領了萬民。

年老的宦官用穩重柔和的嗓音誦讀經書。只有約莫一半的學生聽得專注，剩下一半要麼在睡覺，要麼就是在對抗瞌睡蟲。

貓貓也一邊吞下呵欠，一邊覺得會想睡覺也是無可厚非。她從迴廊上旁觀，看到學生大約有二十來人。若要問這算多還是少，貓貓覺得大概就是這個人數了；反觀身旁的宦官，則似乎不大滿足。

「壬總管，您的臉露出來了。」

貓貓對著臉快露出窗緣的壬氏說。學生難得在勤奮用功，要是這種生物在一旁偷窺，會害她們分神的。

「起初只有約莫十人，竊以為已經增加了些。」

高順語帶安慰地說。

這是壬氏主辦的後宮學堂。其實原本是很想高掛個某某書院的招牌，但貓貓之前說過那般大操大辦會平添麻煩，所以才辦得如此簡樸。

學堂似乎是以北邊建物中腐朽較少的樓房改建而成。由於日前異國使節蒞臨之際，曾經使用過這棟樓房，因此屋子乾淨漂亮。

小蘭也在學生之中，一邊揉著惺忪的眼睛，一邊輪流看著教本與夫子。

目前小蘭似乎學會了不少日常詞彙，如今已經進入閱讀簡單故事的階段。方才夫子誦讀的是這個國家的建國緣起，誰都至少聽過一次這個民間故事。

貓貓並不打算現在才來學這個，但壬氏找她一起來看看情形，她便忍不住跟來了。說沒興趣是騙人的，畢竟學生裡有小蘭以及幾名認識的宮女，最重要的是如果壬氏的計畫成功，今後，後宮的樣態也會慢慢有所轉變。

「壬總管，時刻到了。」

公務繁忙的宦官被貼身官吏這麼一說，不情不願地結束了偷窺。他大概很想再看一下教學情形，但還有其他差事得做。

「那妳呢？」

「可否讓小女子再看一下？」

「若有什麼在意的地方，晚點再向我呈報。」

貓貓緩緩低頭領命。

上課結束後，宦官現身，將烘焙點心發給學生。學生無不兩眼閃閃發亮。

貓貓前往她們當中的小蘭身邊。

「凹凹。」

小蘭因為把點心塞得滿嘴，講話聽起來模糊不清。貓貓看她快被噎到了，於是跟宦官要了點水。果不其然，貓貓回來時，小蘭正在用力拍胸口。

桌上擺放了幾本教本與沙盒。大家可以領到教本，但紙筆是消耗品，領到的份量很快就不夠用了。因此大家都以沙子代替紙來練習寫字認字。

從小蘭食指的髒汙，可以看出她一心向學的衝勁。至於上課上到一半打瞌睡嘛，好吧，就睜一隻眼閉一隻眼吧。

小蘭喝了口貓貓遞給她的水杯後，噗哈一聲呼了口氣。

「學會一點了嗎？」

「嘿嘿嘿，還差得遠了呢。晚點我要拿這個去問夫子。」

說完，她打開教本的書頁給貓貓看。

這比剛才夫子唸的部分超前了好幾頁。

「我啊，頭腦不好，不先預習一下，很可能會趕不上進度的。」

她這麼說完，把剩下的點心塞進嘴裡，用水和著嚥下。

貓貓沒多想，就決定跟小蘭一起去了。

她們走出充當講堂的房間，穿過遊廊。隔壁樓房裡似乎有夫子的房間。外頭可以看到夜宴時當成舞臺的池子，更後方有座古廟。據說這座廟早在後宮建成之前就已經有了，看起來跟貓貓所知的廟宇構造有些不同，往南北延伸得極細極長。

看那廟宇沒其他建物腐朽得嚴重，可以知道是有人定期修繕。

（還有在祭祀些什麼嗎？）

貓貓側眼瞧著它，逕自往前走，就來到了夫子的房間。

「抱歉～叨擾了～」

雖然小蘭慢條斯理的打招呼方式不值得稱讚，但年老宦官笑眯眯地迎接兩人進屋。真是敗給了小蘭容易親近人的個性。老宦官就像跟孫女相處似的，開始教小蘭讀書。

「這邊這位姑娘家是初次見面吧？」

「小女子只是陪她來罷了。」

「這樣啊，那麼妳就坐在這椅子上等吧。」

老宦官瞇起眼睛說。

貓貓恭敬不如從命，坐到椅子上。她望向窗外，看著方才那座廟。廟宇的柱子間隔很窄，裡頭似乎細分成了許多房間。

「妳對那座廟很好奇嗎？」

老宦官向貓貓問。

「有一點，覺得那建物的格局很特殊。」

貓貓這人一開始在意，就會忍不住分神去注意那個事物。大概是在不知不覺間盯著那兒看了。

「那是此地先住民建造的廟宇。王母娘娘於治理此地之際，並未剷除人民原有的信仰，而是巧妙加以利用，將信仰納為自己所用。」

所謂的王母，就是老宦官講課說到建國緣起時提過的女子，傳說是開國皇帝之母。這個故事眾說紛紜，不過一般應該都認為王母乃是滅亡之國的倖存者，或者是自仙界降臨凡間的仙女。

「治理此地之人，都必須通過那座廟。而只有選擇了正確路徑之人，才可成為此地的君王。傳說中王母娘娘是如此告訴開國皇帝的。」

而王母之子通過了此一考驗，就成了此地的君主。

「原來是這樣呀。」

「是了，之所以會遷都至此地，也是因為有那座廟的關係。」

年老宦官顯得有些懷念，瞇細了眼。

「不過，那廟已經幾十年無人使用，今後也不見得會派上用場嘍。」

「……這是為什麼呢？」

「噢，這是因為啊……」

老宦官一邊教小蘭握筆一邊說。竟然特地把自己的毛筆借小蘭用，真是大方。小蘭握不好筆，眉頭緊皺。看來她對這故事不感興趣。

「太上皇的皇兄都染上流行病而薨逝了。不只如此，當時還有許多男嬰早夭，沒有其他人可繼承皇位。」

之所以由身為么子的先帝繼承皇位，原因就在這裡。關於這事，從以前就不斷有人謠傳可能是女皇從中搞鬼。

老宦官的說話語氣，聽起來對皇族隱約有些無禮。但從中感覺不到敵對之意，應當說讓人聯想到工匠或學士。給貓貓的感覺是他只是淡然陳述事實罷了。

小蘭把毛筆啪滋一聲插進墨瓶，讓臉頰濺上了墨汁圓點。

禮俗中包含些固定儀式並不是什麼稀奇事，但貓貓莫名地感到在意。她目不轉睛地看著廟宇。

老宦官見狀，不知心裡有何想法，一直看著貓貓。

「哎呀，真高興有人對那座廟產生興趣。這兒鮮少有人會對這方面的故事感興趣，我好久沒見著像妳這樣的人了。」

說完，老宦官看向窗外。

「公公的意思是昔日曾有其他人對這故事感興趣？」

「是啊，昔日這兒的一位醫官是個奇人，每當閒來無事，就在後宮裡到處晃盪。他望著那座廟宇的模樣，簡直就跟現在的姑娘妳一個樣子。」

不知怎地貓貓一聽，很快就想到了一位人物。

「……公公所說的，是不是一位名叫羅門的醫官？」

「姑娘認識此人？」

老宦官睜圓了眼。

阿爹看似是個中規中矩的人物，實則並非如此。要是真那麼中規中矩，就不會在後宮裡到處種那麼多藥草了。

（一不小心就說出來了。）

阿爹畢竟是因罪出宮，說出此事或許不太妥當。但老宦官看起來對羅門並沒有什麼嫌惡感。貓貓坦白說出自己乃是羅門的親屬，只告訴老宦官他在經營藥舖勉強餬口。

老宦官感慨良深地看著貓貓。小蘭雖然字寫得醜，但很用心地觀看寫出來的字。

「這樣啊，想不到羅門他……」

老宦官的語氣感慨萬千，也許他跟養父以前有段交情。貓貓雖然好奇地想問問，但發現差不多該回去當差了。小蘭把寫了鬼畫符的紙當個寶似的摺起來收進懷裡，貓貓跟她一同離開了學堂。

後來過了兩日，皇帝臨幸了翡翠宮。貓貓一如平常地試過毒，本該從房間退下，卻被叫住了。

「皇上有何吩咐？」

皇帝會叫住貓貓只有一件事，大概就是畫卷教本的事了。很遺憾地，由於必須先經過檢閱才能夠分送，因此目前無法輕易將書傳給皇上。此事壬氏應該已經直接上告過皇帝了。

「朕有意現在前往選定之廟，妳隨我來。」

（啊？）

貓貓差點沒怪叫出聲，趕緊用手掌摀起嘴。

這究竟是怎麼回事？

在黑暗之中，一行人以燈籠照路，往後宮的北側前進。除了皇帝之外，另有兩名素日擔任侍衛的宦官，還有壬氏他們似乎也被叫來了。壬氏好像也是臨時受到傳召，表情顯得有些狐疑。

（不曉得皇上究竟要做什麼？）

人煙稀少的北側，到了夜晚更是萬籟俱寂。草叢裡或樹蔭下似乎沒有犯私通之律的人，讓貓貓鬆了口氣。

抵達廟宇後，有位人物早已在那裡等著他們。正是白天見過的老宦官。

「恭候陛下多時了。」

老宦官畢恭畢敬地低頭。皇帝一邊撫摸他引以為傲的鬍髯，一邊略為頷首。

「能否讓朕再通過這裡一次？」

「無論來幾次，恐怕都只有一個結果。」

老宦官似乎語帶挑釁，讓貓貓提心吊膽。皇帝雖然撫摸著鬍髯，並無慍色，但高順以及其他宦官都明顯擺出一副不悅的臉色。只有壬氏目不轉睛地看著廟宇，若有所思。
老宦官打開廟宇的門鎖後，請皇帝入內。
「陛下需要找人相陪嗎？」
對於老宦官揶揄的口吻，皇帝說：
「那麼，就這兩人如何？」
他輪流看看壬氏與貓貓，臉上浮現出壞心眼的邪氣笑容。

（這算什麼意思？）
貓貓半睜著眼，進入廟裡。
帶上壬氏她還能理解。壬氏職掌祭神祀祖之事，習慣了這種地方。但貓貓不懂為什麼自己也得跟來。
「此種處所不都是禁止女子進入的嗎？」
貓貓輕聲一說，老宦官笑容可掬。
「王母與女皇也都是女子啊。」
「……」
貓貓低下頭去，尾隨其後。

走進廟宇的入口後，就看到一處開闊的空間。眼前有三道顏色不同的門，上頭掛著像是匾額的東西。

『勿走紅門』。

貓貓瞇起眼睛。三道門分別是青色、紅色與綠色。也許是有人勤奮修繕，門扉顏色鮮豔清晰。

「陛下欲選擇哪一扇門？」

老宦官一邊撫摸下巴一邊說。皇帝一邊搔搔後頸，一邊走向青門。

「因為上次選的是綠門。」

「正是。」

眾人穿過青門，接著在經過一條狹窄走廊後，進入下個房間，又看到了三道門與匾額。

貓貓偏頭不解，總之先確認一下匾額上的字。

『勿走黑門』。

這次是紅色、黑色與白色的門一字排開。每扇門都經過重新粉刷，色彩清晰。明明其他牆壁或柱子都發黑了，卻只有門扉有人仔細地上漆。

「每回要管理這幢廟宇，可不是件簡單的事啊。畢竟才剛以為不再有人使用了，又忽然有某位大人冷不防蒞臨嘛。」

看來正是這位老宦官重新粉刷門扉的。他故意捶了幾下肩膀。

皇帝撫摸鬍髯，這次穿過了紅門。

結果又來到一條走廊上，然後走進下個房間。房間裡又是三道門，出了同樣的謎語。

這種機關不知道重複了幾次，門窗緊閉的室內不通風，相當悶熱。

廟裡的構造十分複雜，有時要折返，有時要爬樓梯，會打亂人的方向感。半路上貓貓看到了其他房間的門，知道那是兩條路徑會合了。

（拜託早點結束吧。）

無視於貓貓的此種心情，一塊被帶來的壬氏露出莫名嚴肅的表情，目不轉睛地盯著匾額與門扉。

『勿走青門』。

青色、紫色與黃色的門排成一排。皇帝選了黃色的門。

「這似乎是最後一扇門了。」

只聽得吱呀一聲，門內只有一扇門。不過匾額上沒有謎語，而是寫著這段文字：

『汝乃王子，然非王母之子』。

貓貓不太懂這是什麼意思，只知道其中有著明確的拒絕。

「也就是說，跟上次前來時的結果一樣了。」

皇帝似乎在鬚髯底下隱藏了苦笑。

壬氏凝目注視這樣的皇帝。

「朕無從得知天意嗎？」

「陛下何出此言？自從將廟宇藏在這後宮裡時，管理此處之人就只剩老臣一人了，哪裡還有天意之說？」

老宦官袖手作揖。其中感覺得到雖為宦官，卻無可動搖的尊嚴。

這位老宦官想必一直負責管理這座廟宇，但由於必須興建後宮，為了守護廟宇，不惜去勢也要留下。

皇帝自始至終都是依照匾額的指示選門，莫非其中有些句子別有用意？

老宦官打開了門。

「那麼，請陛下與各位從這裡回宮。」

貓貓一行人心存疑惑，走到了外面。

皇帝究竟是在何種條件之下遭到否定？貓貓彎著手指，回想方才有幾個房間，選了哪些門。她席地而坐，用樹枝寫下她所記得的門扉組合。雖然她覺得在皇帝面前有失禮數，但就是忍不住這麼做。

老宦官見狀，彎下腰來。

「若是羅門的話，一定知道答案吧。」
（阿爹就會知道？）
這是什麼意思？意思是去問阿爹就懂了嗎？
給出這麼大一個提示是很好，但同時貓貓把嘴唇噘得尖尖的。她感覺對方就像在說「阿爹懂，但妳不懂」似的。的確，阿爹很了不起，但貓貓不甘心自己完全被人看扁。
換言之，貓貓生氣了。
「公公是說換成養父就會懂嗎？」
「這個嘛，我也說不準。」
這次開始顧左右而言他了。
阿爹會知道，換句話說，就是事情的起因是阿爹知道的知識？阿爹博學多聞，特別是在醫術方面拔萃出群。莫非答案與醫術有關？
皇帝與壬氏都在盯著貓貓瞧。貓貓背脊竄過一陣寒意。
（拜託別這樣。）
用這種眼神看貓貓也沒用，她不是阿爹，沒那麼容易就能想出答案。但這讓貓貓心裡著急，並且如鯁在喉。
（三扇門，三種顏色。）

然後，還有什麼？

「妳知道它說朕非王母之子，是什麼意思嗎？」

（王母之子？）

這讓貓貓想起，建國起源的故事當中登場的是開國皇帝之母，而沒有提到父親。一般來說，有這種建國起源的國家都是重視母系血緣，但這個國家採用的是父系繼承制。換言之，就是男系制度。

貓貓再度回想起最後一塊匾額上的詞句。

『汝乃王子，然非王母之子』。

其中或許隱藏著重大的意味。

（王子莫非指的是男系血緣？）

一般常認為兒子都遺傳了父親的男性特質。若是女系制度，則是女兒遺傳到母親的女性特質。

自古以來，都是直系男子繼承天子之位。雖然歷史上也有立過皇女，但其血脈應該並未流傳到後世。

假若要留下王母的血脈，有什麼辦法？

無意間，貓貓想起了先帝的故事。先帝雖為么子，然而由於眾皇兄皆因流行病而早薨，於是由他坐上了皇位。

由於只有先帝倖存，其他兄弟盡皆撒手人寰，於是有傳聞認為是女皇暗殺了他們。

（不，這該不會是……）

貓貓環顧老宦官、皇帝與壬氏，然後站到了壬氏面前。

「壬總管，敢問太上皇的諸位皇兄，是否皆為同母所生？」

忽然被這樣問到，壬氏顯得有些不解，但當即給了她答案：

「並非都是同母所生，但我曾聽說生下皇子的后妃是姊妹。記得應該是無上皇的堂姊妹或表姊妹。」

「也就是說血緣相近了。」

在皇親國戚當中，迎娶姊妹或是近親通婚都不是稀奇事。梨花妃與皇帝也是親戚關係，就是個現成的例子。

「小女子可否斗膽再問個問題？」

貓貓有點遲疑地說。

「什麼問題？」

「說了可能會有所冒犯。」

視情況而定，還有可能被就地處決。

「准妳上奏。」

說這話的不是壬氏，而是皇帝。

貓貓大吸一口氣之後吐出來。

「代代繼承皇位之人，是否常患有眼疾？」

做出最大反應的既非皇帝也非壬氏，而是老宦官。

貓貓咧嘴一笑。

「的確，聽說列祖列宗眼睛常常不是很好。但先帝的眼睛很好啊。」

聽到皇帝這麼說，貓貓更能確信了。貓貓看向廟宇。

「能否讓皇上領著我們再通過一次？」

「小姑娘是說妳有這個資格嗎？」

老宦官略為促狹地說。

「向來有不少大人帶著女子來到那座廟宇。但她們皆為公主，或是嬪妃。雖說方才陛下帶妳進去過了，但這樣反覆進進出出，會讓我有所忌憚。更何況妳還要在門扉的選定上插嘴。」

意思大概是說像貓貓這般瘦骨嶙峋，再客氣也稱不上美麗的女子，這樣反反覆覆踏入廟宇太不禮貌了吧。

皇帝帶點戲謔意味地笑著說：

「那麼朕就召她為妃，如何？只是要說服羅漢恐怕得費一大把勁了。」

（皇上說笑了。）

「皇上說笑了。」

壬氏迅速擋到了貓貓面前。

「其他嬪妃可是不會善罷干休的。」

「這倒也是。」

皇帝一邊捧腹大笑，一邊輕拍了幾下貓貓的頭。雖說平素皇帝在翡翠宮時也顯得頗為輕鬆愜意，但今天的皇帝跟那些時候又有點不同，看起來精神有點鬆懈。

（總覺得讓人耍著玩了。）

實際上八成就是如此。真要說起來，貓貓知道皇帝向來是胸圍沒有將近三尺（九十公分）就不感興趣。玉葉妃與梨花妃都超過了這個標準。

壬氏怏怏不樂地看著皇帝。總覺得他那表情像是有點鬧彆扭的小孩，不知是不是貓貓多心了。

「既然如此，那就你替我帶她進去吧。」

皇帝如此說道，然後看向老宦官：

「這樣你就沒話說了吧？」
老宦官苦著一張臉，然後瞄了壬氏一眼。
「總管是否願意？」
「……只要是皇上的吩咐，臣唯命是從。更何況這個姑娘，正打算要確認某些事情。」
「朕也好奇答案是什麼。」
看到皇帝面露壞心眼的笑臉吃吃竊笑，老宦官似乎感到無奈，再次返回廟宇入口。
看到他這麼做，皇帝似乎覺得很滿意，用拇指比了比，要壬氏與貓貓跟上。

一行人再次從入口進入廟宇，這次由壬氏帶頭，後面站著皇帝與老宦官。
貓貓一邊心想說不定其實誰來都行，一邊隨後跟上。
壬氏走進第一個房間，回頭看了看貓貓。這兒有三道門，分別是青色、紅色與綠色。
「要選哪一扇？」
貓貓瞇起了眼睛。匾額上寫著不要通過紅門。她輕輕伸手，指向青門。
壬氏照她說的打開青門，這跟皇帝一開始選的一樣。老宦官的眉毛跳了一下。
在下一個房間，貓貓選了白門。老宦官的眉毛又跳了一下。
「唔，與朕選了不同顏色的門是吧。」

皇帝一邊撫摸鬍鬚，一邊跟著壬氏通過白門。

一般來講，壬氏走在皇帝前頭可能會被視為無禮行為，但壬氏、皇帝與老宦官都沒有類似的反應。這位皇帝原本就有點莫名俏皮的地方，或許並不是很喜歡別人顧慮那些禮節。

就這樣，貓貓進入下個房間，又再進入下個房間。

就在正好來到第十個房間時……

『汝當擇紅門而進』。

匾額上寫著有些奇特的謎語。

房裡有三扇門，但其中沒有紅色的門。

只有白色、黑色與綠色的門。

「這是怎麼回事？」

壬氏語氣困惑地說。這也難怪，因為壬氏的面前並沒有什麼紅門。但正因為如此，貓貓確定這是最後一題了。她指出綠色的門。

「總管只要走進那扇門就知道了。」

大概是相信了她這句話，壬氏毫不猶豫地打開了綠色的門。眼前出現一條走廊，前方可以看到一座階梯。一行人發出登登足音登上階梯，打開前方的門扉，一陣不冷不熱的風呼嘯而來。

這是來到廟宇的屋頂平臺了。此處居高臨下，能將整座後宮盡收眼底。四四方方的人造空間，呈現出環視黎民百姓的高傲氣度。

老宦官歪扭著嘴唇，不知是在笑還是齜牙咧嘴。

「恭喜各位，似乎選中了正確的路徑。」

老宦官悄悄環視四周。

「從前，都是受到王母欽定之人成為下一任君王。曾幾何時，君王變成了人們口中的皇帝。」

世世代代以來，中選之人的第一個使命，就是從這廟宇進行演說。考慮到當時的建築技術，恐怕沒有比這更高大的建物了。

「有時候，也會發生沒有任何人能選對這條路的情形。據說當時他們會帶著能夠選對路徑的嬪妃再次前來。」

接著老宦官不甘心地看著貓貓。

「本來這事應該由繼承正統之人完成，看來好像讓別人猜中了。」

這似乎讓他很不愉快。

（這老頭是怎麼搞的？）

貓貓只不過是接受老宦官的挑戰罷了，但猜中了他又不高興，究竟是什麼意思？

「別說這個了，能不能先跟朕解釋清楚？」

「皇上貴為九五之尊，還需要向老臣請教嗎？」

皇帝沒有暴躁到會中這種挑釁，壬氏也只是挑挑眉毛罷了。

「此事老臣不便開口，不妨問問那邊那位姑娘吧。」

他如此說道，把問題丟給貓貓處理。

「聽到沒？」

但貓貓有些話也不便啟齒。她一面思考著如何解釋比較恰當，一面開口說：

「那麼，容小女子說明方才是基於何種準則選擇門扉。」

貓貓一開始在青色、紅色與綠色當中，選了青色的門。由於匾額寫的是「勿走紅門」，所以選綠門應該也行，一般人應該會以為可以任選一扇。如果是一般人的話——

「但是，有某一類的人士，無法分辨紅色與綠色。」

「無法分辨？」

壬氏偏著頭，皇帝也是。兩人雖氣質截然不同，感覺這方面的小動作卻莫名相似。

「是的，正因為無法分辨，所以會選擇絕不是紅色的那扇門。」

也就是青門。

青門與綠門，這樣就能先剔除掉一半的人選。

「接著也是一樣，當某人無法分辨黑門與紅門時，理當會選擇白門。」

於是，人選又減少了一半。

乍看之下答案像是有兩個，其實只有一個正確答案。

最後的問題也是如此。因為能確實分辨出白色與黑色的門，所以會選剩下的一扇。實際上並非紅門而是綠門，想必也是因為出題者知道一路抵達此處之人，無法區分紅色與綠色。

第一扇門減到二分之一，第二扇門減到四分之一，然後在通過第九扇門時，能選出正確路徑的，只有五百一十二分之一人。

「換言之，到底怎麼回事？」

壬氏一臉還弄不清楚真相的表情向她問道。

「意思就是說獲得這座廟選定的人，也就是王母之子的共通點，在於無法分辨顏色。」

當然，並不是什麼顏色都分辨不出來。基於個人差異，可能有人會選錯顏色，或許也曾經有人未能接受選定，或者反過來偶然中選。

但是只要日後另行迎娶與王母接近的血緣，重歸正統即可。之所以讓嬪妃進入這座廟，理由恐怕就在這裡。

「在我國很少見，但在西方國家，會有一定比例的嬰孩天生就無法辨別紅色與綠色。」

聽說在阿爹留學的國度，每十人就有一名男子具有此種缺陷。據說比起男子，女子的比例較少。阿爹說這種遺傳性缺陷雖然會影響日常生活，但習慣了就還勉強能度日，因此即使身邊有這樣的人，意外地也不容易察覺。

老宦官之所以說如果是阿爹的話會懂，說不定就是這個意思。

「此外，又聽說難以辨別顏色之人，夜視能力較強。」

這方面貓貓沒做過確實調查，所以不甚清楚。只是縱然具有不利於日常生活的特性卻能存續至今，可見常常是繼承了其他優越的特質。

「在建國故事當中，王母具有在黑暗中仍能觀千里的眼力，對吧。」

王母乃是來自遙遠外地之人，同時也是此地原本所沒有的，難以分辨色彩的族類。她與她帶來的隨從一同遷徙至這新天地居住，想必是困難重重。

此時能想到的一個可能性，就是通婚。故事中的王母並沒有丈夫，但實際上可能是以居於當地的長老為夫。為了淡化變得過濃的血統，優先迎娶外地女子並非什麼稀奇事。而且如果地位崇高如長老，更是可能優先這麼做。

這麼一來，以王母為始祖卻演變成男子繼承制的理由就說得通了。

但是王母或者是隨同王母前來的那些人，可能並不樂見這種狀況。因此，他們一邊尊重長老血統的同時，卻也用其他方式試著延續王母血脈。

於是就有了這座廟。

接著，他們一點一點地，將實際上發生過的事扭曲了。如若有人身懷來自外地的珍稀技術，假以時日或許便能逐漸成為當地人民的中心人物。不只限於那一代，還會繼承到下一代，甚至下下一代。

另外還有個更簡單的方法，就是留下文字紀錄。方法是使用當地人民所不認識的文字，撰寫王母的故事。等到知悉當時情形之人逝去，故事就成了事實。

可說是相當和平而有耐心的篡國之計。

（不過這就實在不便說出來了。）

貓貓隱瞞不合適的部分，向皇帝等人做了說明。

雖然或許多少有些部分讓皇帝臉色略略發白，但他一定不會細細追問，也希望他別這麼做。這樣對大家都好。

換作是阿爹的話，絕不會把這些話說出來。貓貓如此心想，於是不必要的事就沒說了。

「換言之，妳是說朕非王母所出嗎？母后並非皇室血統，貴為太皇太后的女皇亦然。」

對於這個問題，貓貓搖頭。

「這座廟只是一種確實的判別方式。事實上，即使雙親有此種傾向，有時孩子也不會繼承到。」

若是皇太后紅杏出牆則又另當別論了，但貓貓不會說出口。

「再說，血統過濃也會形成許多弊害。」

先帝的皇兄皆死於流行病。除了他們之外，近親當中想必也有很多人病歿。

「這或許是為了通過廟宇選定，誇耀其血統而導致的結果。」

貓貓說明完畢後，響起一陣啪啪鼓掌聲。

是老宦官在拍手。

「萬萬沒想到這麼個小妮子，竟然真的將謎底給解開了。」

這個宦官講話真是處處失禮。

「據說王母之所以能治理此地，是因為王母聰明過人。」

可想而知，要不然豈會用這種手段保留自己的血統。

「既然事已至此，若是要更進一步淡化血統，不如索性將這樣的人逐一娶進門如何？」

（啊？）

這個臭老頭在胡說八道些什麼？——貓貓心想。真巴不得能脫下鞋子拿起來丟他。

「這麼做或許也挺有意思的，但朕不願與羅漢為敵，更重要的是，胸圍還少了五寸（十五公分）。」

皇帝究竟是有多怕那個狐狸軍師？不過話說回來，某些事情不用皇上多管閒事。

「但是，這恐怕也會讓很多人心生不滿。」

老宦官略看了看貓貓，心思彷彿不在這裡。

「請萬萬小心。」
「朕明白。」
「不，老臣明白陛下行事謹慎。」
說完，老宦官將視線移向壬氏。
「請您當心。」
壬氏一言不發地點了點頭。
（這傢伙究竟是什麼來頭？）
光是一句皇帝寵信的宦官，就足以解釋這種關係嗎？但貓貓覺得就算知道了，對自己也不會有好處。
（是誰都不打緊。）
貓貓決定就這麼做結。
不知道就不煩惱，就是這麼回事。
然而此時的貓貓無從得知，日後她就會為此感到後悔了。

十三話　皇太后

貓貓很高興，高興得不得了。

在她身後，站著凶神惡煞似的紅娘與眼神冰冷的櫻花。

「侍女長真要我住這兒？」

貓貓觀察紅娘的臉色。

「對，我要妳好好反省。」

紅娘用鼻子哼了一聲，反觀貓貓則是雙眼略帶淚光。她輕輕握住了紅娘的手。

「多謝侍女長。」

貓貓深深一鞠躬道了謝。

「咦？」

「等……貓貓！我就知道這樣做沒意義！」

紅娘與櫻花兩人還在困惑不已時，貓貓已經意氣風發地衝進了小倉庫。

說是從今日起，這兒就是貓貓的房間。

「這樣不會過分了點嗎，櫻花？」

貴園一邊倒茶一邊說。這個穩重大方的侍女，將茶與茶點端給了櫻花。

「我原本也是這麼想的，但都怪貓貓不好。」

櫻花噘著嘴小口喝茶。今天的茶是遠自西方購得的發酵茶，甜香四溢。

「誰叫她都不聽我的勸！又在搜集蟲子了。」

櫻花半睜著眼死瞪著貓貓。她似乎是氣不過，才去向紅娘告了貓貓的狀。

貓貓不解地偏頭。貓貓也不想害櫻花昏倒，所以已經不再搜集蜥蜴尾巴了。

「我不懂櫻花的意思。我後來就沒那麼做了啊。」

貓貓露出由衷大惑不解的神情看向櫻花。

「可是我聽說有個古怪的宮女，一邊發笑一邊在後宮裡捉蟲子啊。」

「……」

貴園的眼神也開始陰森起來。

怎麼會有這樣的事？這是誤會啊。

「小女子不會做那種事的。」

貓貓用毅然決然的態度說。的確，她前一段時日由於使命在身，捉了許多的蛾，但那是不得已的，後來她就沒那麼做了。蜥蜴的尾巴也是。

「就算有做也是摘草，而不是捉蟲。」

「所以邊笑邊做是事實了？」

櫻花與貴園都一副傻眼的表情。兩人最近似乎終於摸清了貓貓的本性，都目不轉睛地盯著貓貓瞧。

（唔唔！）

看那表情就知道她們不信。

沒那種事，貓貓會笑是因為找到了藥草，並不是找到蟲子而發笑。貓貓好歹也是有常識的，不會不知道在那般窄小的房間捉蟲子來養會有何後果。眼下正值夏季，會變成何種慘狀不言自明。

貓貓緊緊皺起眉頭，握緊了拳頭。這可是一大問題。

但對於此事，貓貓想得到一個嫌犯。

「呼欸欸？愛近午最有來嗎？」

小蘭邊吃壽桃邊說道。

貓貓一邊把裝了甜茶的竹筒拿給她一邊點頭。貓貓她們一如平素，在洗衣場後頭邊吃點心邊聊天。為了確認小蘭在學堂有沒有好好用功，貓貓不時會讓她寫些字來看看。這絕對不是在偷懶。

「子翠她啊，總是神出鬼沒的。」

小蘭嚥下嘴裡的東西說道。可能是因為最近在用功，她用了比較難的詞彙。

「欸──妳們知不知道子翠最近上哪去了──？」

小蘭跳下原本坐著的木桶，跑去找在水井周圍聊天的宮女。

貓貓也跟了過去。

「那個怪姑娘啊，好像有見到，又好像沒見到。」

小蘭跑去攀談的宮女三人組，雖然跟小蘭打了招呼，看到貓貓過來卻露出有些緊張的神情。

會想找貓貓說話的好事宮女，頂多也就小蘭或子翠了，所以理所當然。

「見是有見到過啦。」

「是呀。」

貓貓感覺她們說話有點含糊其詞。

「咦咦？在哪見到的？跟我們說嘛──」

不怕生的小蘭一邊在對方身上戳來戳去一邊問。但三名宮女面面相覷，猶豫著不敢講。

八成是對貓貓有所顧忌吧。貓貓的服裝不同於其他宮女，雖然同為樸素而方便做事的衣服，但不同於其他宮女穿的這種後宮配給的服裝。擁有獨房或地位更高的嬪妃身邊的侍女，都是向嬪妃領取衣服。

因此是不是嬪妃的貼身侍女，看衣服就大致猜得出來了，其中就形成了難以言喻的隔閡。

（失敗了。）

貓貓大感後悔，早知道就遠遠旁觀了。有些宮女對嬪妃的貼身宮女懷有競爭意識，也有些宮女怕傳出不好的風聲而保持緘默。

像小蘭這樣天真爛漫的宮女並不常見。

這下該怎麼辦呢？

點心方才已經全給了小蘭，沒辦法用這招釣人。貓貓摸摸懷裡，想找找有無可以代替的誘餌。

（哦！）

這個好。貓貓掏出了某件東西。

「只要各位能提供些詳細消息，這個東西就是各位的了。」

這是一塊觸感柔滑的布，上頭還有一絲餘香。雖然是條手絹，不過料子好，想用來做其他用途也行。

這是日前貓貓臉頰受傷時，壬氏給她的手絹。貓貓原本打算等會兒去尚藥局，把它強行賣給庸醫。貓貓不願認為庸醫性好男色，但若是俊美宦官的私物，她想那庸醫應當會願意出點錢。

「這是……」

「似乎是絲綢呢，雖然不適合當成手絹就是了。」

貓貓說完，其中一名宮女搖搖晃晃地將鼻子湊向這條手絹。她霍地睜大了眼。

「這股香味，難道是！」

貓貓險些沒給這個宮女一個白眼，但她勉強裝出了皮笑肉不笑的表情。

「任憑姑娘想像。」

貓貓覺得若是搬出壬氏的名字來，反而會顯得可疑。她認為不如像這樣只做個影射，對方就會自己多方想像了。

嗅覺靈敏的宮女唸唸有詞地說：「這該不會是……不，難道是那位大人的……」雖不知她究竟想像成誰了，但看這樣子應該是上鉤了。其餘兩名宮女見狀，也把鼻子湊向手絹嗅啊嗅的。

貓貓折好手絹，看著宮女畢恭畢敬地說：

「可否煩請各位將事情說與小女子聽呢？」
據宮女所說，她們是在北側雜樹林附近看到子翠的。
貓貓前往她們所說的地方。的確，貓貓之前也是在這兒見到子翠的，也許這是她特別喜愛的地方。
貓貓在樹蔭坐下。由於時值夏令，很多飛蟲飛來飛去，聲音聽了讓人心煩。嘰嘰鳴叫的蟬還能容忍，在耳畔嗡嗡亂飛的蚊子就得一隻隻拍死了。
（早知道就帶驅蚊的東西來了。）
人們會燃燒魁蒿或松樹嫩葉，藉以驅蟲。翡翠宮裡由於有年紀尚幼的鈴麗公主在，防蟲方策是不可少的。
樹林附近似乎沒整頓得多漂亮，各種植物隨處生長。除了芒草，還看到紅色的花叢。
貓貓靠近紅花。
（原來長在這裡啊。）
是白粉花。喇叭狀的花朵隨著時近傍晚，蓓蕾正含苞待放。
貓貓摘一朵花，揉爛花瓣，紅色汁液染紅了指尖。她小時候常常如此玩耍。
而且貓貓還記得，娼妓會來採它的種子。種子壓碎後，裡面有白粉般的粉末。不過，娼妓並非用它來當白粉敷臉。

貓貓心裡還有點疑問。日前於水晶宮發生了一件案子，也就是梨花妃的侍女長杏有意調製墮胎藥的那件事。

貓貓想起了那件事情。

一開始，杏身上沒有擦任何香料。假若香料之中有些可能導致流產，而她又自認有資格當上嬪妃的話，會避免塗抹這類物品並不奇怪。

實際上，杏必定是想取代梨花妃的地位。一旦不能生育，梨花妃的娘家也可能會考慮其他嬪妃人選。

但杏卻不惜讓身上沾染香料也要調製墮胎藥，原因是——

梨花妃穿著寬鬆的衣裳，跟玉葉妃一樣是不勒緊腹部的樣式。

而貓貓總覺得她的臉頰似乎比之前豐腴，不知是不是她多心了。

並非只有玉葉妃一人受到皇帝的寵愛。這種可能性很高，但貓貓什麼也沒說。

因為就算說出口，以貓貓的立場也幫不了梨花妃。

貓貓感覺到的突兀感，來自在那小倉庫裡調製藥品的材料。那些精油之類的物品只要有錢，誰都能向商隊買到。

雖然這點是清楚了……

但貓貓覺得很不可思議。
娼妓搜集白粉花種子的理由，是為了調製斷產藥。除此之外，她們有時也會煮酸漿、牡丹、鳳仙花、芍藥或水銀等草藥湯，使自己流產。
水銀姑且不論，貓貓覺得其他花卉在這後宮內都弄得到，但杏煎的湯藥裡卻完全不含這類花草。明明這類花草應當比精油之類更容易入手。
因此，貓貓心中留有疑慮。
她擔心是有人刻意教杏如何調製毒藥。
而那人說不定還在後宮裡。
貓貓有意無意地暗示過壬氏，照他的作風一定會去調查。但那個前侍女長看似是個倔強之人，怕不會輕易從實招來。
忽然就在一瞬之間，原本大吵大鬧的蟬鳴靜止了。
鈴——
一道細微的鈴聲響起，然後伴隨著這音色，貓貓聽見了窸窸窣窣的聲響。
貓貓將視線轉向聲音來處，看到某個高大的身影在芒草中匍匐前進。
那身影就像青蛙一樣跳起，高舉雙手，放聲大笑了起來。
「抓到啦！」

貓貓聽到高亢的嗓音。嗓音雖仍留有小蘭那樣的童稚，不過發出聲音的人塊頭很高。但那張春風得意的容顏，跟個頭比起來卻又像個娃娃。

她露出歡天喜地的神情，把握成拳頭的手放進了裝昆蟲的竹籠。

（話說回來……）

一個在草叢裡跟青蛙似的到處蹦跳，笑著捉蟲子的姑娘。

（竟然把我跟那種傢伙相提並論。）

貓貓覺得很不服氣。自己應該比那種的還正常一點。

貓貓認為確認到這樣就夠了，匆匆忙忙地想走人。

本來是想走人的。

鈴——貓貓聽到耳邊傳來搖鈴的聲音。她大惑不解地摸摸頭，發現有隻蟲子停在上頭。

看來從剛才到現在的鈴聲就是來自這東西。

若只是這樣還無妨。

但貓貓的面前突如其來地，撲來了一個人影。

「蟲子——」

伴隨著高亢的嗓音，貓貓被那人影壓倒在地。

壓到身上來的人，神情愣怔地看了看貓貓。貓貓覺得她那臉孔有點像松鼠。

「可以請妳從我身上下來嗎？」

貓貓說了，但姑娘沒有要下去的樣子。她把手放在貓貓頭上，動都不動一下。

總覺得她那表情好像有些尷尬。貓貓大致上猜到是怎麼回事了。

「快點下去，我不想一直讓蟲子黏在頭上。」

姑娘撲到自己身上的那一瞬間，貓貓聽到了咕滋一聲。

至於是什麼被壓爛，就如同大家的想像。

「對不起喔，貓貓。」

子翠臉上浮現苦笑，慢慢地從貓貓身上下來了。

把井裡的冷水當頭澆下，感覺暢快無比。雖然暢快無比，但還是洗不掉噁心感。

姑娘拿了條手絹給渾身溼透的貓貓。貓貓心懷謝意地收下後，擦掉了水滴。

掛在姑娘衣帶上的昆蟲籠裡，裝了幾隻黑褐色的蟲子。牠們振動著翅膀，發出鈴鐺般的聲音。

「妳是在捉這種蟲子？」

「嗯。」

子翠即使顯得尷尬，但仍用閃閃發亮的雙眼望著貓貓。

雖然貓貓早就知道她喜歡蟲子，但沒想到這麼誇張。

就在貓貓想著該怎麼做時，姑娘執起貓貓的手，把她拉到了水井後邊去。該處有個樹蔭，還有木箱放在正好適合坐下的位置。姑娘拍拍木箱，要貓貓過來坐下。

（……）

貓貓有種非常不好的預感，而且她的預感大抵都會成真。

「然後啊，這種蟲是東方島國的野生昆蟲，會振動翅膀發出聲音喔。」

姑娘一邊觀賞著昆蟲籠，一邊告訴貓貓。

「我想八成是躲在貿易品裡的鈴蟲跑出來了吧。在我們國內啊，我看只有這裡有野生鈴蟲喔，就像上次那種蛾。」

「原來是這樣啊。」貓貓懶洋洋地答腔。

「雖然顏色有點像蜚蠊（蟑螂），但牠們是不同的生物，放心吧。」

貓貓真希望自己沒聽到這句話。她用手絹再把頭用力擦了一遍。

講話口齒不清的姑娘就這樣，慢條斯理地講了兩刻鐘（半小時）的昆蟲高論。再這樣下去天都要黑了。貓貓找了幾次機會打斷她想開溜，但每次都被她扯住袖子挽留下來，不得已只好繼續聽下去。

貓貓能體諒她想談自己有興趣的話題，但也想告訴她聽眾聽得很煩。

（若是方藥的話題，倒還有趣得多。）

這段不知該如何形容的時間，後來草率地結束了。

鏗啷一聲，鳴子般的聲音響起。貓貓左看右看，附近零星幾個宮女也同樣在悄悄四下觀察，尋找聲音來源。發出聲音之人從通往南側的宮門現身。

那人左右各跟著兩名侍女與護衛宦官，他們身後又另外各跟著三人，其中一人搖著鳴子。眾人的中心，走著一位衣裳色彩雅致脫俗的女子。這位容貌慈祥穩重的女子讓貓貓覺得有點眼熟。

（應該是皇太后吧？）

假若貓貓記得沒錯，那就是了。貓貓只在去年遊園會中見過她一次，不敢確定，但能夠那樣大陣仗地在後宮昂首闊步的人物有限。貓貓推敲曖昧的記憶與眼下的狀況，判斷那人就是皇太后。

年輕得實在不像那美髯皇帝之母的皇太后，一邊讓人搖響著鳴子一邊走過。

「不曉得太后要去哪兒？」

子翠悄聲說。不知何時子翠已跑到建物暗處，在那兒跪著。

「妳幹麼躲起來？」

「貓貓不也是嗎？」

被她這麼一說，貓貓就沒話回了。該說是直覺反應嗎？貓貓也躲在柱子後頭跪著。其他宮女也無不深深俯首。宮女從一開始就受過教育，知道當身分地位高於自己之人經過眼前時必須這麼做。

本來貓貓對壬氏等人也該如此應對，但她最近常常忘記。

（不行，不行。）

這種界線得劃分清楚才行。貓貓一邊搖頭一邊徹底悔悟，決定下次一定要守規矩。

「那邊好像是病坊的方向？」

子翠把手放在額頭上，眺望著皇太后的背影。的確，那一行人是往病坊那兒走去。

「病坊啊……」

貓貓偏著頭，不明白皇太后怎麼會有必要特地親赴後宮內的非正式設施。

結果，子翠回答了貓貓的此一疑問：

「因為聽說那裡最早就是皇太后開辦的呀，由於當時還是女皇當權，好像不便公然興辦，如今也還是沿襲舊制。」

這樣貓貓就能理解了。眾人都說皇太后秉性善良。貓貓聽說過，當今聖上登基後便不再進用宦官並禁止蓄奴，也是因為有皇太后的一句話。

停用宦官與奴隸，兩者都是一種改革。從人道觀點來看，想必有些人會覺得是善政，但隨之而來的負面問題也不小。

奴隸制度已經形成了一種生意，一旦突然廢止，會造成許多方面窒礙難行。此外，如何界定奴隸的身分也是個問題。被使喚著做牛做馬的奴隸自然沒有爭議，但若是以自身做擔保借錢的情形而論，有些人是以類似僱傭契約的形式為奴。如果將這些也包含進去，眼下算作合法的娼妓或許也能看作是一種奴隸。貓貓想起數年前，老鴇她們曾經臉色發青地討論過這個問題。

因此，奴隸制度表面上是消失無蹤，其實只是換個名稱，如今依然與市井百姓的生活密不可分，這是眾所皆知之事。不過貓貓不感興趣，因此知道的僅止於此。

「我差不多也該回去了。」

子翠拎起昆蟲籠說。

「貓貓也是，在外頭閒晃太久怕會挨罵吧？」

「是沒錯啦。」

貓貓在想，皇太后之所以像這樣前往病坊，說不定與日前水晶宮那件事有關。

既然皇太后都像這樣出面了，今後後宮的醫療方面也許會做些改革。貓貓很想跑去偷聽，但是被抓到的話後果不堪設想，而且回去得太晚一定會挨紅娘罵。

（嗯——）

貓貓雙臂抱胸沉吟半晌。她想起最近老是生她的氣的那些侍女的表情。

「還是回去好了。」

貓貓不情不願地回翡翠宮去了。

一回到翡翠宮，貓貓就罕見地被叫去打掃。紅娘要她比平素更細心地把窗櫺擦乾淨，她第三次覆命才勉強及格，換言之她被駁回了足足兩次。貓貓原本在想是不是最近自己態度太差，侍女長藉機懲處她，但其他侍女也至少都被叫去重做一遍，所以好像也不是。

（是有誰要來嗎？）

坦白講，只有在與其他嬪妃一同用膳或飲茶時，她們才會如此仔細小心地打掃。最近娘娘較少舉辦這方面的活動，就算要辦，也只請某種程度上信得過的嬪妃。貓貓正在思考有沒有這樣的人物時，那位貴客蒞臨了。

來者竟是皇太后。

「臣妾久疏問候了，安太后。」

玉葉妃抬頭挺胸對著太后微笑，讓貓貓很是欽佩。除了侍女長紅娘之外，其他侍女都惶恐得縮成一團，娘娘的態度卻光明磊落。

皇太后的視線一瞬間飄到玉葉妃的肚子上，然後直接轉回原位。皇太后似乎名喚安氏，但貓貓恐怕永遠沒機會稱呼其名諱。

（原來如此啊。）

看來婆媳之間有她們的默契在。

生性多疑的玉葉妃會這樣讓皇太后知悉自己有孕，若非皇太后是相當值得信賴的人物，就是玉葉妃不得不如此。如果相信皇太后品性一如傳聞，那就是前者了，但真相不明。

就目前看起來，氣氛是一團和氣。見到祖母到來，鈴麗公主起初還會怕生，但很快就開始親近起慈眉善目的皇太后。

貓貓一如平素被安排試毒，試完就可退下。然而……

「記得妳是壬氏那兒調派過來的侍女吧？」

皇太后竟然找區區一個試毒侍女說話了。

（她怎麼知道的？）

貓貓很想問問，但問這問題也許有失禮數，因此她低頭回答：「是，正如太后所說。」

「我是聽水蓮說的，說是有個經得起磨練的小姑娘又回到後宮來了。」

水蓮就是壬氏身邊那初入老境的侍女。貓貓早就覺得那位侍女不是省油的燈，想不到竟與皇太后是舊識。

「因為水蓮從前曾做過我的侍女。」

這就可以理解了。官家女兒無論是擔任侍女還是奶娘，都不是件稀奇事。

然後，皇太后瞄了玉葉妃一眼。反應敏捷的嬪妃似乎明白了皇太后想說什麼。

「臣妾斗膽，可否請太后讓臣妾去哄公主入睡？」

也許是跟祖母玩累了，鈴麗公主開始打瞌睡，讓紅娘抱著。公主應該已經漸漸斷奶了，但仍充分足以作為退下的理由。

就這樣，兩人留下貓貓離開了。

「我這媳婦，反應總是這麼快。」

皇太后有些傻眼地說。兩人之間的氣氛不像婆媳，倒像是歲數相差不大的忘年之交。

貓貓不知道該如何是好，只能繼續站著觀察皇太后的神色。皇太后見狀，要貓貓到椅子上坐下。

「妳似乎解決了許多疑難雜症。」

皇太后握住加了冰塊的玻璃杯，似乎是用來替手降溫。冰塊是皇太后帶來的伴手禮。玉葉妃不能讓身體受寒，所以是用含在嘴裡讓它融化的方式享受冰塊。公主吃淋上果汁的碎冰吃得津津有味。

「小女子只是從自己的所知所學當中，提出符合情況的知識罷了。」

貓貓不具有天馬行空的想像力，只不過是真相當中，正好包含了她所具備的知識罷了。

由此可一窺教導貓貓的阿爹學識有多淵博。若是從一開始就問阿爹的話，恐怕只要貓貓的一半時間，問題就解決了。

貓貓的言詞從某方面來說，算是否定了皇太后所言。事實上，一旁皇太后的侍女就在蹙額顰眉。看起來四十出頭的侍女呈現出老資歷的氛圍，在這房裡包括貓貓在內，就只有三個人。

但是如果不事先聲明，貓貓會坐立不安。她無意過於相信自己的能力，並且希望對方也了解這一點。也許有人會說這種態度太消極，但這是貓貓的信念，無可奈何。

「我不介意。」

皇太后的目光忽然低垂了。貓貓感覺那溫柔慈祥的雙眼似乎一瞬間變得空虛，不知是不是她多心了。

「就妳所知提供看法就可以了。我想請妳查查。」

身後的侍女在對皇太后使眼色。皇太后緩緩搖頭，看著貓貓。

「我是否對先帝下了詛咒？」

皇太后用疑問的形式，說出了驚世駭俗的事來。

十四話　先帝

坦白講，關於先帝，沒聽過一件好傳聞。先帝有著昏主、昏君、女皇的傀儡等各種惡名，但在後宮內最有名的恐怕是戀女童癖。

光是想到皇太后與當今聖上的年齡差不到十歲，就百口莫辯了。的確，世上屢屢有人迎娶幼妻。有的是政治聯姻，其中還有一些採取欠債賣身的形式。但是在後宮此一妙齡女子雲集之處，先帝卻只沾染少部分的年幼女童。

不用說，就是個狎玩女童者（蘿莉控），貓貓對先帝的觀點僅止於此。

皇太后說她可能下了詛咒，但貓貓覺得就算真有那種念頭，或許也無可厚非。

皇太后的腹部留著產下當今聖上時切開的傷痕。當時的皇太后身子尚未發育完全，產道窄小，除了剖腹之外別無他法。而貓貓那不幸的阿爹，就為了接生而被人給閹了。

也許是因為付出了這種代價，當今聖上成長得健康茁壯；皇太后也是，儘管留下了手術疤痕，但後來又生了一胎，也就是皇弟。

但是，貓貓經常於無意間想到一事。這是大不敬的想法，而且只要膽敢說出口，搞不好會被頂頭上司就地處決。

也就是——皇弟是否真為先帝之子？

貓貓記得皇弟的年齡比自己大一歲。按照她的計算，當時皇太后即將步入三十大關，別說女童，早就到了連少女都稱不上的年齡。

貓貓無意深究此一問題，就算得知真相，她覺得也只會使自己立場尷尬。

皇太后後來說出了這樣的話：

「若是可以，我想另外換個地方說話。」

於是，貓貓此時此刻人在後宮之外。說是這麼說，但還是在內廷之中，就是主要供皇上、眾皇子以及皇后居住的區域。現今後宮有上級妃，但沒有正宮皇后。

當然，貓貓不可能隻身前來這樣的地方。

大概本來就有此打算了，他們設下了四位上級妃齊聚一堂的聚會，採用茶會的形式。真是鋪張。方才貓貓見到了貴為上級妃之一的里樹妃，只見她緊張得全身僵硬，活像個機關玩偶。貓貓雙手隨意合十，為怯懦的嬪妃祈求武運昌隆。

「真不知太后是何尊意。」

櫻花嘆了口氣。她穿著料子剪裁比平素更好，但不至於太過華麗的衣裳。貓貓也跟她一樣。隨同玉葉妃前來的侍女有紅娘、貓貓，以及那三位姑娘。宮殿就交由侍衛當中信得過的幾位宦官看守。

「就是啊……」

上級妃各自分配到了房間。雖說沒有走多少距離，但茶會終究是眾家女子爭奇鬥豔的場合。玉葉妃隨身物品帶了不少，幫忙的三名宦官都是雙手拿著包袱。

貓貓認為這樣已經夠多了，但梨花妃卻帶了五名宦官，樓蘭妃則是八名宦官，讓她敬謝不敏。附帶一提，里樹妃的侍女讓四名宦官拿包袱，看到這樣都露出非常不甘心的表情。

分配到的房間通風良好而涼爽，屋裡備有果子露以及水果等等。貓貓咬一口，確定沒有問題之後，大家才開始吃喝。貓貓認為太后不會下毒，她這麼做只是履行義務罷了。她心想人家準備的東西不吃反而失禮，於是吃了一點，發現準備的果然是好東西。水嫩多汁的葡萄可能是用地下水冰過，在嘴裡清涼暢快地迸開。

在茶會開始前還有點時間，玉葉妃要大家放輕鬆慢慢等。娘娘自己也在稍微打盹。孕婦本來只在懷孕初期容易嗜睡，但玉葉妃的此種症狀還在持續當中。為了避免把髮型弄歪，她坐著閉目養神，不過椅子上放了捲起來的棉被好讓姿勢舒服點，脖子上也捲了一圈塞有棉絮的布袋。

紅娘早已備妥了提神用的水與補妝用具。所幸公主也一起睡著了。

櫻花的意思似乎是說，明知嬪妃有孕卻還邀她參加茶會很奇怪。

「這方面太后想必是會有所照應的，但還是有點……」

儘管玉葉妃有孕已是公開的祕密，但坐在一起飲茶時，還是有可能蹦出一些無心的詢問。

（梨花妃是不可能，里樹妃應該也能剔除掉。）

梨花妃與玉葉妃向來藉由雙方不相往來的方式，避免發生無益的衝突。梨花妃雖然心高氣傲，但相反地並不常侮蔑他人，而玉葉妃與血統高過自己的梨花妃起爭執，也絕不是聰明的選擇。

再說，貓貓感覺到梨花妃也已經有了身孕。梨花妃自然了解若是對玉葉妃提起那類話題，自己也無法倖免。

至於里樹妃，她連面對玉葉妃都惶恐不已了，想必不會有問題。若是有，只擔心侍女會不會踰矩，但嬪妃身邊只會有侍女長跟著。貓貓認為那個曾負責試毒的侍女長不會好管閒事到在這種場合插嘴。

這麼一來，問題就只剩個性不明的樓蘭妃，以及茶會用意不明的皇太后。講到樓蘭妃，除了穿著打扮招搖之外，有趣的是竟連半點謠言都沒傳出來。就連相較之下稍微不顯眼的里樹妃，貓貓都聽人家說過她在看書時流鼻血昏倒了。至於是何種書籍就別追問了，貓貓那時一邊聽人說話一邊做如此想。

「貓貓。」

紅娘叫住了她。

「侍女長有何吩咐？」

「今日妳不用為茶點試毒了，我來就好。妳應該明白形勢如此吧。」

「是。」

換言之，她們必須用態度證明自己相信「太后宴客的飲食不會有毒」。因此，如果特地讓試毒侍女隨行會有所冒犯。只是這樣如果真的出事，責任的歸屬就成了一個問題，因此作為折衷辦法，才會讓侍女長也享用與嬪妃同樣的茶點。

實在是麻煩透頂。

「至於妳，皇太后表示想借妳一用幫個忙。」

紅娘微皺著眉頭。她目不轉睛地看著貓貓。

「妳是不是又惹來了什麼問題？」

「……」

貓貓不知道能否開口，結果無言成了答案。

「無妨，反正我想妳也不便明說。」

「不過……」紅娘補充一句。她快步逼近貓貓，讓貓貓不由得倒退了幾步。咚的一聲，紅娘把手撐在牆上擋著她。

「妳可別做出背叛玉葉娘娘的事來喔。」

「……小女子不敢與紅娘侍女長為敵。」

「那就好。」

說完，紅娘與貓貓拉開點距離，臉上浮現了溫柔到罕見的笑靨。

「畢竟我也想跟貓貓保持良好關係嘛。」

「說得是。」

果然不愧是玉葉妃的貼身侍女——貓貓心想。她痛切地體會到，不管那三位姑娘有多懵懵懂懂，只要有這位侍女長在就萬事安心了。

「那麼請隨我來。」

日前與皇太后一同來到宮殿的中年侍女來傳召貓貓。貓貓尾隨其後。

走在迴廊上，就看到了六座宮殿。外圍有幾棟樓房，從窗戶與柱子的配置方式，可以看出之間有著細微的區分。

「在那邊的後宮建成之前，這裡曾發揮過後宮的功能。」

「原來是這樣呀。」

侍女好像早就知道貓貓心裡的疑問，如此說了。這樣想來，六座宮殿應當是嬪妃的住所，後面的樓房則是其他宮女的住處了。

侍女後來沒再說什麼，不停往前走。她們通過宮殿與宮殿之間，走進後面的樓房。屋裡沒有人的蹤跡，但打掃得窗明几淨。貓貓忍不住用手指滑過窗櫺，連一點灰塵都沒沾上。

樓房面朝中庭。枯山水的細沙碎石上刷出了整齊美麗的紋路。貓貓彷彿看到侍女恨恨地望了它一眼。

「就是這兒。」

樓房的中央，有個比其他地方稍稍大上一點的房間。侍女慢慢打開房門。

一開門的瞬間，一股獨特的臭味鑽進了貓貓的鼻腔。她不由得皺起眉頭，探頭往房內一看，發現整潔的房間裡瀰漫著奇妙的氣氛。

床上的被子掀開著，一半掉到床下。桌上放了好幾支毛筆，地板上也有。地板上不知為何沾著奇妙的汙漬。貓貓不經意地往牆上一看，發現牆壁有點發黃，似乎貼了壁紙。

侍女站在門口，一步也沒往裡頭走。大概是因為只消踏進去一步，灰塵就會滿天飛了。

迴廊打掃得那麼乾淨，屋裡卻積滿灰塵。是否因為不願破壞過去住在此處之人留下的痕跡，所以誰都不曾進去過？

「這裡是？」

「是無上皇時代，一位從宮女當上下級嬪妃的貴人住過的地方。」
侍女維持著冷漠的視線，淡淡地告訴貓貓。
「這兒就是過去喚作女皇的貴人住過的房間，是先帝自小長大的地方，同時也是駕崩的地方。」
貓貓這下明白她為何語帶憎恨了。

侍女後來換了個地方，將事情解釋給貓貓聽。這是個無人經過的房間，從窗戶可以瞧見皇太后與嬪妃們的茶會情形。一旦發生任何事，她們都能立刻趕到。
她說晚年，先帝與女皇常常關在那房間裡。先帝不知是否氣力衰頹了，據說總是在那樓房裡逗留，好似沉浸在回憶中一般。
女皇死後，先帝也像是追隨其後般嚥了氣。就是在那房間裡——
女皇雖然看起來身子硬朗，其實早已到了壽滿天年的歲數。先帝雖不到那般地步，但比起其他人已堪稱長壽。庶民尤其是農民，能活過六十歲就算年高德劭了。
這哪能稱得上詛咒？貓貓滿腦子的疑問。
「我告訴過太后這並非詛咒。」
侍女神色肅穆地說。

失。

但她說皇太后搖頭否定。皇太后說是自己下的咒，說她長年以來，每晚都希望先帝消失。

「有什麼根據可以證明下了詛咒嗎？」

侍女的神情一瞬間蒙上陰影。她似乎心裡有底。

「皇帝於魂歸西天之後，玉體會在陵廟安置一年。」

有些時候死者會因為某些錯誤而復活。貓貓想起那個用曼陀羅花騙倒自己的宮女。

雖然這也是一個原因，不過最初的原因，應該是墳陵沒能趕在皇帝崩逝前完成。只要像這樣延緩時日，就無須急著趕工了。

「翌年，皇上與安太后為了安葬先帝，前去恭迎玉體，誰知——」

她說皇帝的遺體沒遭蟲豸啃食，也沒乾燥縮水，與駕崩之時幾乎是同個模樣。

貓貓的眉毛跳了一下。

「換言之，就是並未腐敗了？」

「正是。雖然陵廟即使在夏季依然涼爽，但也不至於……」

若是冰封還另當別論，遺體放在常溫下會引來蟲子，會腐敗，也會乾燥。

但她卻說完全沒有這類現象。

「據說皇上也露出了不解的神情，甚至以為是有人拿精巧的偶人掉包了。但結果千真萬確，就是先帝本人。皇上與太后同樣前去恭迎太皇太后時，太皇太后的模樣令人不忍說出口，但那才是正常的情形。」

貓貓感覺方才還顯得堅毅的侍女，似乎害怕了起來。

（原來如此啊。）

雖然只不過是沒有腐敗，但已足以讓人感到詭異了。只要是人，都將歸回塵土，不管是王公貴族還是農民都一樣。貓貓不認為出生貴賤不同，就會連原料都不一樣。

「再過不久，那棟樓房就要拆除了。想請妳在那之前查查。」

先帝崩殂至今大概過了六年，遺體安置於遠方陵墓，可以說能讓人深深回憶的處所只剩下那棟樓房。在拆除之前若是不讓真相大白，皇太后心中恐怕會永遠留下疙瘩。

坦白講，貓貓心裡想到了一個可能性。

「恕小女子斗膽，可否讓小女子進入那個房間？」

「這……」

看來侍女無法擅作主張。

「我明白了，我去問問。」

侍女一邊望著窗外觀察茶會的情形，一邊說。

當晚，貓貓沒回翡翠宮，而是去了久違的壬氏住所，為的是翌日再去一趟那個滿是灰塵的房間。雖說得先徵詢皇帝的許可，不過只要皇太后開口，八成會獲准。聽說將由壬氏等人做見證，不知不覺間事情就這樣傳到他們那兒去了。也許是水蓮做了中間人。

坦白講，貓貓很怕回去看到侍女長的反應。

（應該說是以往太寬容了。）

紅娘身為侍女長，立場上必須保護玉葉妃。像貓貓這種搞不清楚是玉葉妃還是壬氏的貼身侍女，還成天往水晶宮跑的丫鬟，肯定不得她的心。

貓貓有時也搞不太清楚自己究竟是什麼立場。最起碼，她並沒有要害玉葉妃的意思。但也不會因此就幫她陷害其他嬪妃。

貓貓以前使用的房間已經給別人用了，因此今日人家讓她借用水蓮的房間。雖然貓貓有點怕那位初入老境的侍女，但也只能告訴自己她不會害人。

「來，這衣裳妳換上。」

貓貓換上了拿到的原色衣服。水蓮的房間位於壬氏住所的一隅，是兩個相連的房間。他們請人緊急運來了簡單的床。這兒比翡翠宮侍女的房間豪華許多，擺設著可愛的日常什物。

「其實小女子睡羅漢床就夠了。」

「讓妳睡在那種地方，我可要不好意思了。」

被她這麼一說，貓貓也不便說什麼了。水蓮奢侈地把蠟燭點得燈火通明，正在看書。搖曳的燭光感覺很傷眼，但看到她開心地翻頁，貓貓覺得出言勸阻好像不知趣。

「貓貓如果想看點書，可以去裡間找來看。」

「也好。」

書籍得來不易，有機會讀就該讀。貓貓希望能找到引得起她興趣的書，走進隔壁房間。相較於放床的房間整體呈現可愛的氛圍，裡間這邊放了很多東西，整理得井然有序。書架就在房間的牆角。貓貓一邊注意不要把燈火靠得太近以免燒到書冊，一邊隨手翻閱。然後啪一聲，把書闔了起來。

「……」

其實不用多想也知道，水蓮與貓貓喜好的類別似乎大相逕庭。言盡於此。

（竟然會看這種書，還真是人老心不老。）

貓貓如此心想，正打算回去時，眼睛瞧見了放在一旁的小箱籠。箱籠看起來有點年代了，不過邊緣繡了金線，而且似乎有人勤於補塗柿漆。

「妳好奇這是什麼嗎？」

聽見水蓮的聲音，貓貓轉過頭來。

「請放心，小女子絕無行竊之意。」

「我知道啦。」

水蓮笑呵呵地靠近，拿起了那個老舊的小箱籠。她將箱籠拿到隔壁房間，放在桌上打開了蓋子。

裡面裝了好幾件孩童的玩具。

「這些是壬總管最喜歡的玩具。他還有其他玩具，但總是只拿最喜歡的幾件玩。」

水蓮拈起一只木偶人，像在遙想昔日。木偶雕刻製作得十分精緻，在手垢沾染下有點泛黑。用養尊處優的雙手還能玩到發黑，可見有多喜歡。

水蓮微笑著緬懷往日，但同時看起來也有些落寞。

「貓貓覺得壬總管怎麼樣？」

對於水蓮的問題，貓貓一瞬間偏了偏頭，但即刻給出了答案。

（就以會賜給我珍稀藥材這點來說……）

「小女子覺得是位很好的頂頭上司。」

「妳是不是話中有話？」

貓貓生硬地搖了搖頭。

「也罷。」水蓮將木偶收回箱籠。

「這個玩具啊，壬總管以前老愛拿這個玩，所以我們把它偷偷藏起來過。可是一藏起來，他哭鬧到誰也哄不住，高順還帶來了新的玩具，費盡苦心想安撫他呢。」

「為何要沒收呢？」

貓貓向水蓮問道。水蓮慢慢地現出愁容，哀傷地微笑。

「執著於一件事物，會使得目光狹隘。那位貴人有生俱來的立場，不允許他只看一件事物。不管情不情願，我們都得請他盡早長大成人。因為這是壬總管母親的心願。」

「……」

貓貓感覺心裡的一個謎團解開了。壬氏逐漸顯露出來的，那種莫名孩子氣的部分，原來應該是壬氏的本質之一。

聽聞在受到壓抑的環境下長大，會對心靈造成影響。壬氏的心靈多少變得有些稚氣，或許也是這點所導致。

然而旁人卻只將他當成完美無缺，風采堂堂的宦官，真是件怪事。

貓貓探頭盯著箱籠裡瞧，裡面放了一張摺起來的紙。貓貓將它打開來看看。

「這是……」

紙上似乎繪有某種人像，但水蓮把它搶了回去。

「原來掉到這種地方來了。人家明明吩咐我們扔掉了。」

聽起來像是自言自語。水蓮一邊露出複雜的神情，一邊將紙收到其他地方去。

（不曉得那是什麼？）

貓貓重新打起精神，又看向玩具箱。裡面有件東西，說是玩具似乎太過粗樸。雖然像是顆石子，但表面有光澤，呈現鮮亮的黃色。

「小女子可以摸嗎？」

「可以呀。」

「另外請問有無紙張或手帕之類的東西？」

「這個可以嗎？」

貓貓用水蓮遞給她的懷紙夾起石子，闔起一眼觀察了一遍。

「真不曉得是從哪兒撿來的。總管明明沒有收集石頭的興趣。」

水蓮穩重地笑著，反觀貓貓表情卻僵硬起來。

「此物立刻就被沒收了嗎？」

「是呀，撿來的石子總是不太乾淨嘛。」

「那樣做是對的。」

貓貓直接用懷紙包好石子，放回了箱籠裡。

「因為此物有毒。」

貓貓深深嘆著氣說。

「這是怎麼回事！」

水蓮罕見地粗聲嚷嚷起來。她臉色發青，雙眼瞪大。

「小女子也不知道是怎麼回事，才想問呢。總管怎麼會撿來這樣的東西呢？」

貓貓雖這麼說，但心裡已漸漸提出了一個假設。然而證據不足，必須先得到確信才能說出口。

「莫非壬總管在孩提時期，曾經進過內廷？」

「是呀，有過幾次……」

貓貓雖覺得難得聽到水蓮講話吞吞吐吐，但仍點頭表示明白了。

「但是貓貓，有去過內廷又如何呢？」

「小女子目前不便說什麼。只是到了明日事情就會真相大白，能否請您暫時等等？」

水蓮雖露出一副有話想說的表情，但咬咬牙抿起了嘴，似乎是接受了。她沒說什麼，上了床就把燭火熄了。

貓貓也一樣爬上簡易床榻，然後熄滅了燈火。

翌日，貓貓在壬氏與皇太后的隨同下準備踏入樓房。坦白講，貓貓覺得如果猜錯了會很尷尬，不願事情搞得如此誇張，但由不得她拒絕。

貓貓畢恭畢敬地鞠躬後，走進了滿是灰塵的房間。每走一步，白色塵埃便飄飛起來，獨特的臭味鑽入鼻腔。雖然霉味也是其中之一，但不只如此。

掉在地上的毛筆形狀有些特殊，前端是平頭，筆尖整齊。

（這果然是……）

「先皇是否曾以繪畫為樂？」

對於貓貓的詢問，眾人面面相覷。就在眾人皆一頭霧水，偏頭不解時，唯有皇太后稍稍瞇起了眼開口：

「僅有一次，先帝曾為我畫過一幅畫。」

皇太后像在追尋舊日的記憶，將手放到了胸前。

「先帝說過若是讓大家知道會被沒收，所以只能當成在這兒的祕密。」

這句話聽得眾人一愣一愣的。尤其是壬氏，他或許以為自己的神情跟平素無異，但指尖卻在微微顫動。貓貓最近才發現壬氏有這麼個小毛病。

關於被眾人譏笑為昏君，人稱女皇傀儡的那名男子，貓貓是真正地一無所知，也不想知道。只是此時她接受皇太后的旨意查清詛咒的真相，有必要弄清楚這一點。

「先帝是在此處作畫的嗎？」

無人回應。畢竟大家是現在才知道先帝喜愛揮毫作畫。

「我不知道，不過記得自從先帝遷入這個房間，一直是同一個奴婢在伺候先帝。」

皇太后的貼身侍女如此回答。

「可否請人速速將他請來？」

「記得他應該還在宮裡當差。」

高順向侍女問過話後，就派屬吏去把人找來。

「可否准許小女子觸碰這支筆？」

「請便。」

貓貓接受皇太后的好意，握住畫筆後摸了摸筆尖。毛尖比想像中硬，鼻子湊上去一聞，聞得到獨特的臭味。

貓貓在地板上發現到半透明的碎片，她仔細端詳這個有如糖漿熬成的碎片。此外，地板上還有一些零星的汙漬，上面有拚命試著擦掉的痕跡；她目不轉睛地看著它們。貓貓忽然間發現，汙漬似乎離牆壁越近就越多。

貓貓看看牆壁，摸了一下。

（！）

牆壁比想像中具有彈性，讓她不禁感到困惑，不知是不是貼了厚紙。或許是為了讓表面變得堅固，牆上還塗了某種顏料或什麼東西。看起來莫名地素淡，可能是經年累月使得壁紙發黃，本身又是毫無圖案的素色壁紙的緣故。因為壁紙除了用來幫助房間保溫，也具有很大的裝飾意義。

貓貓目不轉睛地看著壁紙。

（莫非……）

貓貓對於所謂先帝遭受的詛咒，心裡已有了個底。她覺得應該錯不了，不過好像還會順帶發現一件不重要的事情。

「下官帶他來了。」

屬吏帶來了一名彎腰駝背的老人。老人年事已高，甚至可說是行將就木。如此一位老人，竟然短短數年前還負責管理至尊至貴之人的房間，讓貓貓覺得有點奇怪。

「你是……」

皇太后看著老人說。老人瞇起眼睛，緩緩低頭行禮。

「小女子有事想請教老先生。」

貓貓試著向老人問問題，但皇太后緩緩搖了搖頭。

「此人原先乃是官奴婢。」

聽到這句話，貓貓恍然大悟。

所謂的官奴婢就是屬於國家的奴婢，換言之便是奴隸。國內直到數年前還有此種制度，由於可依所服勞役脫離奴隸身分重獲自由，與其說是一般想像的奴隸，其實有點接近娼妓的賣身契。

但是在他們當中，還是有很多人受到惡劣的待遇。

「他是啞子。」

時常有人會挑選口不能言之人作為僕役，尤其是生活隨時受到旁人監視的至尊至貴之人，想必更是如此。

「小女子有事想請教老先生。」

老人雖然駝背，但視線直直盯著貓貓。

「您在打掃這個房間時，可有看到繪畫之類的東西？」

對於這個問題，老人沒做任何反應，只是目不轉睛地看著貓貓而已。

「小女子以為應該有些東西才是。」

老人毫無反應，不知是否覺得眼前一個小丫鬟說的話不值一聽。

（不，不對。）

貓貓認為老人藏了某些祕密。他皺紋滿布的指尖簌簌顫抖，跟方才壬氏的反應很像。

貓貓沒看漏他的視線一瞬間朝向了牆壁。

（牆壁藏了些什麼東西？）

貓貓再度靠近牆壁，然後撫摸它的表面。摸著摸著，她發現了一件事。

「可否准許小女子剝掉這些壁紙？」

對於貓貓的詢問，被人帶來的老人起了反應。他不由得往前踏出了一步，大家都看見了。

「不知太后是否同意？」

「如果這樣能夠查出些什麼的話。」

皇太后說「反正再過不久就要拆除了，無妨」。

老人用日漸凹陷的眼窩望著貓貓，就像在說「住手」。

（我也是情非得已。）

貓貓請人準備水與刷子，一點一點將壁紙弄溼。然後她抓住原本就快要脫落的邊角，慢慢把壁紙撕了下來。

隨著壁紙一片片應聲撕下來，眾人臉上都顯現出驚愕之色。

（難怪這麼有彈性。）

撕掉的壁紙底下又出現了一層壁紙。

「這是……什麼……」

壬氏目不轉睛地看著牆壁。外層貼上壁紙造成了嚴重劣化，但壁紙底下有著完全不能稱為牆壁汙斑的東西。

底下出現了原本想必具有鮮豔色彩的繪畫。中央畫著一位像是成年女子的人，一群少女圍繞在她身邊。即使劣化了，這幅畫仍然有種打動人心的力量。不是畫具也不是技術，其中蘊含著某種試著傳達的感情。

（好像在哪看過。）

對了，就是昨晚看過一眼的那幅畫。雖然馬上就被水蓮搶去了，但人物的畫風很像。

貓貓並不在乎先帝是何種人物。只是，她覺得先帝為了成為一國之君，沒能發揮天賦才華就過世了。

那幅畫就是具有這般力量。

貓貓剝完壁紙後，觀察這幅畫的表面。

（果然。）

畫中使用了黃色的顏料。這種鮮豔的黃色，與昨晚看過的某物顏色十分相像。她想起來了，就是放在壬氏那個玩具箱裡的小石子。

「這種顏料很可能是以一種與砒霜具有同種毒性的礦石搗碎而成。」

有種礦石名曰雄黃。以此種礦石搗碎製成的顏料呈現鮮黃色，又叫做雄黃色。

所謂的顏料，乃是以色粉與液體調合而成。起初貓貓以為是壁紙或什麼用了此種顏料，讓先帝在不知不覺中吸收到了體內。但由於兒時的壬氏在宮廷內拾得了雄黃，再加上掉在房間裡的毛筆形狀特殊，使得另一種可能性呼之欲出。

總之無論如何，先帝應該不是一次大量服下，而是經年累月一點一滴地吸收進了體內。

「砒霜具有防腐的效用。」

當先帝駕崩時，砒毒想必已經遍及全身了。醫官等人應當也知曉此一可能性。但他們無法得知先帝是在哪裡攝取了砒毒。他們無法限制皇帝的行動，只能確認膳食無人下藥。

身為萬人之上的皇帝竟以繪畫為樂，也許有人會認為這是無聊透頂的喜好，至少先帝身邊的人會這麼想。所以這個被當成昏君的男子，自己也無意公開此一喜好，而是躲躲藏藏地畫畫。將房間交給一名口不能言的官奴婢管理，想必也是為了這個原因。

貓貓摸摸牆壁。即使剝下了一層壁紙，牆壁仍具有彈性。大概是每次畫作繪成，就會再貼上一張壁紙吧。這底下必定有著好幾幅畫。

只是有件事讓貓貓覺得不可思議，就是作畫的工具。壁紙表面為了容易上色，上了膠或是類似的東西。方才在地板上看到的碎糖片般物體應該就是膠，大概是用來調合顏料的。畫筆只要有動物的毛就能自製，但是要找到這麼大張的紙與製作顏料用的礦石卻絕非易事。

面對模糊褪色的雄黃色，貓貓心想：這位唯一一名成年女子究竟是誰，也許此時在場的所有人都知道。

先帝是個對成年女子不感興趣的人。同時在先帝的背後，總是有個讓人不敢直視的巨大身影。

（女皇應該心知肚明。）

知道自己的孩子不是作皇帝的料。所以她獨攬大權，試著保護先帝。她拚命保住了偶然得到皇帝地位的寶貝兒子，儘管這使得她成了眾人口中的女皇。

為了兒子什麼事都做過的女皇，假如最後給他的竟是這樣一個地方與畫具，那是何等的諷刺啊。

貓貓沒將這些話說出口，悄悄走出房間，看看曾為官奴婢的老人做個確認。老人只是闔起眼睛，為人祈福似的低垂著頭。也許就是這位老人向女皇領受畫材，轉交給先帝的。但老人與女皇都不知道，畫材中含有毒物。

相反地，皇太后則是仰望天際，彷彿向蒼穹彼方的某人求問。也許是自己變得有些傷感了，才會產生這種心情。貓貓輕輕搖了搖頭。

「小女子只能說到這裡。」

說完，貓貓緩緩低頭行了一禮。

○●○

安氏緩緩伸出了手。她對著有些地方還貼著紙片的牆壁，露出自嘲的笑。

名喚貓貓的宮女，已經給了她相當充分的答案。說不定還讓她知道了不用知道的部分。

安氏知道畫在牆壁中央的女子是誰。即使模糊褪色，即使是畫中人物，存在感依然不減。

不曉得自己是哪一個？也許是圍繞她身邊的少女之一，也可能根本沒有自己的位子。

自己這個女子，恐怕也不過是個過客罷了。

一思及此，安氏頓時怒從中來。她將手放到自己的腹部上，撫觸那裡的傷痕。她之所以如今能貴為國母，都是託這道傷痕的福。別人說安氏慈悲為懷，同時卻嘲笑她心軟。也有人對她寄予同情，說她是落入先帝的魔掌，碰巧懷上身孕的年幼女童。

的確，是有過那樣的一個女童。但安氏事前早已聽過此事，得知了皇上的性癖好。父親是文官，安氏是庶出之女，而且她月事來得比同齡姑娘要早，卻生得一副稚幼的相貌。於是父親就利用了她這個好用的工具。

安氏闔起眼睛，回想起那日的邂逅。

安氏的親屬當中有宦官，先帝的動向大致上都能查到。先帝每隔數日就會造訪一次後宮，輪流臨幸各個上級妃。他不時也會臨幸中級妃的住所，但不曾留宿，要麼在庭園裡信步走走，要麼離開後宮。

安氏是以中級妃的侍女身分入宮。嬪妃是她同父異母的姊姊，不知父親心中的盤算，一直殷殷企盼著皇上蒞臨。然後，機會來得意外地快，皇上親臨了新入宮的中級妃住所。皇上讓宦官領著，一副興趣缺缺的模樣，就連年紀尚輕的安氏都看得出來。然而異母姊姊一心想吸引景仰已久的皇上注意，沒看清這一點。

安氏不記得直接的原因是什麼。只是當她一回神，異母姊姊已經被皇上用力推開，一個沒站穩摔到了地上。皇上身體靠近牆邊，像倚著牆似的低垂著頭。

此時身為侍女該做的，應該是安慰摔倒的嬪妃，不然就是向皇上賠罪。然而，安氏的行動不一樣。

「皇上，您還好嗎？」

她這樣做縱然被指責為冒犯龍顏，也毫無辯解的餘地。周圍宦官叫她不准靠近，把她推開。安氏以為她會與異母姊姊一同遭到懲罰，結果並沒有。

異母姊姊不過是想碰一下皇上罷了。她來到夢寐以求的後宮，皇上的相貌又比想像中更具魅力。讓雙親捧在手心裡長大的異母姊姊實在是興奮過頭了。

相較之下，皇上低垂著臉，安氏看到了他的表情。他歪扭著柳眉，淚水在眼眶裡打轉。

可能是左臂被碰到了，他不停地摩娑該處，試著忘記那個觸感。

那不是一國之君的表情，只不過是個害怕摔倒嚇呆的中級妃，性情怯懦的男子罷了。

而一個充滿野心的十歲女童，就這樣接近了這個膽小懦弱的男子。

光陰荏苒，安氏早已失去了少女的容顏，先帝便不再來見她了。想必是安氏對先帝而言，也成了恐懼的對象吧。異母姊姊因嫉恨安氏而發瘋，最後以賜婚的形式出了後宮，之後如何不得而知。數年前，安氏聽說她病倒了，但當時安氏已成了皇太后，由於正在為先帝服喪而未去奔喪。

後來，又有好幾個身懷跟自己同樣使命的年幼女童進來後宮。後宮規模日益擴大，多增加了三個區域。於先帝即位的同時建造的區域，就是現在的南側。

安氏的生命屢次受到威脅。幸運的是她產下的是男子，而且女皇也認了這個孫兒。以前曾經有個姑娘生下女嬰，先帝又否認與該名女子的關係，結果孩子與疑似生父的醫官都被流放了。原本當時只有醫官可不用去勢，此事發生後，醫官也規定必須去勢了。

替她這肚子動手術的人，就是因此而被迫去勢，實在可憐。

在這裡作畫的先帝，心中恐怕一直只有他身為女皇的娘親，以及那些沒有野心的小姑娘。在那之中沒有自己的位子，因為安氏就跟試著接觸皇上的異母姊姊一樣……不，是比那更恐怖的存在。

有些人懷疑第二胎是私生子。安氏覺得荒唐可笑。

她從沒看過先帝嚇成那樣。沒用的男人，只能當女皇的傀儡，害怕成年女子，只敢對年幼女童說話。安氏無法容忍這種人忘了她。當她看到那個男人頭也不回地經過自己身邊，去見他現在情有獨鍾的玩物時，她的此種情緒爆發了。

安氏讓那個男人看見自己肚子上的傷疤，一味地折磨不住求她原諒的男人。比起至今那些他碰過的女童，這根本不算什麼，她篤定了要折磨他到那些傷痛全部加起來都還不夠抵，在床第之間不斷呢喃著詛咒之言。

為的是比起他至今傷害過的任何一個女童，比起他那身為一代女皇的娘親，她要維繫住更強烈的回憶。

那幅畫不知具有何種含意。

只有一次，先帝為安氏畫了畫。他說這是祕密，偷偷揮毫作畫的模樣是那般穩重和善。安氏原本很珍惜那幅畫，但後來吩咐侍女將它扔了。

自己已經不需要這個先帝了，如同先帝也不需要安氏。

當安氏想到孩子也許會遭遇危險時，她迅速下了決斷。就算被人說成私生子或是抱錯的孩子，他仍是安氏的心頭肉。就在那時安氏才初次清醒，明白了一件原本朦朧不清的事。

安氏離開了壁畫。長年跟隨自己的侍女在房間外頭等候著她。侍女視線對著旁邊，不時顯得心神不寧。

那兒有著一張即使說成只應天上有也不為過的美貌。這個就連安氏都心生此種感想的人，與往日的某人風貌極其神似。那人已經不在，而且是數十年前的模樣了，想必很少有人能指出這一點。

「過去那位貴人曾經來過我們那邊，對吧。」

「是呀，不知是幾年前的事了。」

安氏對著眼前的男子——如今化名為壬氏的人說。那是十幾年前的事了。當時的先帝已然心神失常，大概剛開始躲在這棟樓房裡閉門不出。至於那是誰造成的，安氏無意去深究。

她記得當時女皇很快就趕來，一邊安撫寶貝獨子一邊離開。

「那時，我拾得了這個。」

壬氏將用手絹包好的黃色礦石拿給她看。

「此物似乎名為雄黃。」

安氏心想，原來他從那時候起就一直受到毒素侵蝕了。她的心情冷淡到像是事不關己。

「水蓮今早才終於還給我。」

在很久很久以前，安氏對水蓮說過，假若他總是玩同一樣玩具，就把它沒收。

她一直是那麼做的，殊不知那是多麼殘酷的行為。每當年幼的兒子抬頭看她，像在觀察她的臉色時，她總是不由得避開兒子的目光。那樣做實在太過分了。

也許是因為這樣，才會讓這孩子比別人早上一倍，維持著童心長大成人。

「我似乎看過一次那位貴人的丹青。畫中有位年輕姑娘，上了淺淺的色彩。我之所以覺得這顏色眼熟，想必是因為記得那幅畫吧。」

那幅畫明明吩咐侍女扔掉了。也許是水蓮偷藏了起來。

「太后以前很喜歡穿這個顏色，對吧。」

只是湊巧罷了。家鄉盛產鬱金，從娘家帶來的衣裳經常用到黃色染料。只不過是因為如此，後來也常穿罷了。

「那幅畫中的女子真是女皇嗎？」

「我不曉得。」

「那時那位貴人，究竟想向太后表達什麼呢？」

「我不曉得。」

這些事安氏一概不知，也再無機會知道了。是安氏選擇不去知道的。

為了改變話題，安氏提起了另一件事。

「你特別關照的這位宮女，還挺有意思的呢。」

「此人頗有用處。」

安氏認為壬氏此話並無虛假，但她自然知道壬氏並未將心裡話和盤托出。她見過的大場面比壬氏多多了，更何況他以為自己看了他多少年？

「說得是，不過……」

安氏瞇起眼睛，心想只有這件事得提醒他一聲。

「寶貝不保管好，可是會被別人藏起來的喲。」

只留下這句話，安氏就回自己的寢宮去了。

十五話　怪談

先前提過的新進宮女總算來了。翡翠宮新來了三人，都是貓貓以外的侍女認識的人。

（唔嗯唔嗯。）

貓貓瞇起眼睛看了看三位侍女，然後當場就想：

（名字與長相形象不一致。）

貓貓只會對自己有興趣的事物發揮記性，因此短期內可能很難跟新進來的宮女攀談。不過貓貓本來就不怎麼愛說話，她想日後慢慢記住就是了，這事就擱一邊。比起這個，更大的問題是……

「貓貓，請妳快搬回房間。」

櫻花雙手扠腰，如此宣布。

「可是侍女長命令我住這兒啊。」

貓貓緊抓著翡翠宮庭院裡的小倉庫不放，如此說了。倉庫裡放了一堆調合用具或是風乾的藥草，是她好不容易才從房間全部搬來的。

「那當然只是在說笑！誰知妳卻當真……」

櫻花氣呼呼地，說這樣會教壞新進的侍女。

「不會有問題的，小女子打算就這樣住下。」

「就跟妳說不行了！妳看，其他姑娘都在用異樣眼光看妳了！」

就這樣，形成了貓貓巴著倉庫的柱子不放，櫻花試著把她拉下來的奇妙光景。兩個宮女這樣胡鬧，侍女長紅娘自然不會坐視不管，結果兩人一塊挨了拳頭。

到頭來，貓貓還是得搬回原本的房間。

但是看到那一大堆調合用具與各種藥草，紅娘似乎死了心，就向主子玉葉妃報告。喜愛有趣事物的娘娘一邊呵呵笑著，一邊好心地說倉庫給貓貓用沒關係。

她們只叮囑貓貓就寢時一定要回房間，其他時候則隨她高興。

貓貓正在心想「有這種頂頭上司真好」時，櫻花還是一副無法釋懷的表情，看著貓貓興高采烈地在小倉庫裡開始做事。茶會結束後，到晚膳之前沒有差事要做。由於新進來了三位侍女，每個人負責的差事頓時大減。

（這可不行。）

櫻花那樣說，對貓貓而言雖然是雞婆，但卻是為了貓貓好。她必定是為了讓貓貓早點與新進宮女熟識，才會好心那樣說的。今天吃點心時也是，她總是在找機會讓貓貓與三位新宮女加入話題。

櫻花這姑娘就是這麼體貼。

貓貓放下手中的胡孫眼，從小倉庫偷偷看了看櫻花。

「……真對不起，我總是這麼任性。」

「無所謂。」

櫻花雖這麼說，嘴唇卻還噘著。

貓貓一邊把半個身子藏在牆後邊，一邊偷瞧櫻花。

「……是無所謂，不過……」

櫻花說完，轉過來隔著牆壁與貓貓面對面。

然後——

「今天妳可要陪陪我喔。」

她一把抓住貓貓的手腕，咧起嘴角，露出壞心眼的笑容。

（這是……）

「今夜只有我與貓貓有空呢！這下正好！」

櫻花語氣喜孜孜地牽著貓貓的手甩來甩去。

（我被坑了。）

貓貓嘆一口氣，看著這個有夠現實的侍女。

當夜，櫻花把她帶到了位於後宮北側的古老樓房。她原本擔心紅娘不會准她們夜裡外出，沒想到立刻就准了。

「偶爾也得參加一下那種聚會才行。」

（那種是哪種？）

貓貓搞不清楚是怎麼回事，一邊跟著櫻花走。

兩人用小燈籠的燈光照路。不冷不熱的風吹得貓貓很不舒服，小飛蟲在耳邊嗡嗡飛得她煩不勝煩，但不能抱怨。

「來，貓貓，披上這個。」

在門口前，櫻花拿出一條薄布給貓貓。

「這樣不會很熱嗎？」

「不要緊，之後就會變涼快了，喏。」

貓貓雖然偏頭不解，但還是照她說的做。

櫻花敲敲門，裡面便出現一名宮女。

「歡迎妳們來，就妳們倆參加嗎？」
「是，請多關照。」
「請多關照。」
貓貓也跟著櫻花鞠躬。出來迎接的宮女面帶微笑，給了兩人一盞小燈燭。取而代之地要兩人把燈籠熄了。雖然在黑暗中也看得出是位貌美的宮女，但以後宮來說年紀有點大。
樓房裡面就跟外頭看起來一樣老舊。與其說是日久年深使得房屋老化，不如說給人一種不再有人居住而急速傾頹的感覺。雖然有做最起碼的清掃，但有些地方門窗關不緊，或是地板嘰嘰作響。
「這兒是先皇時期使用過的地方。」
雖然如今的後宮看起來人口已經夠多，但先皇時期有著更多的宮女。為了讓她們生下龍子，朝廷從舉國上下召集了萬千女子，關進這後宮之中。
儘管如今宮女減少，此處不再有人使用，但她說不時還是會像這樣拿來運用。至於說到用來做什麼……
在走廊的底端，兩人進入一個大房間後，裡面早已有約莫十名來客。眾人圍成圓圈，披著布坐著。一人領到的一盞燈火閃爍搖曳，形成了有些陰森詭譎的光景。
說到盛夏的夜晚要做什麼——

到了這節骨眼上，貓貓已大致能想像到了。

「好了，我們開始吧。」

在門口迎接她們的宮女坐下來。這名女子似乎就是司儀。

「各位都準備了故事來吧？」

宮女說完，遞出用小棒子做成的籤。

「今宵，請各位享受十三篇令人膽顫心寒的故事吧。」

她那咧嘴而笑的容顏，在搖曳的火光中教人不寒而慄。

看樣子，接下來是要講鬼故事了。

排列位置是東西南北各一人，每人中間再各安置兩人。

貓貓一邊用布擋住半張臉一邊吞下呵欠。第一人可能因為第一個講故事總是比較緊張，語無倫次的沒什麼臨場感。故事也不過就是後宮內的傳聞罷了，不到令人膽顫心寒的地步。

輪到第二人時，貓貓右邊的人戳了她一下。櫻花坐她左邊。

「晚安——」

「晚安。」

對方壓低音量，口吻稚氣未脫。貓貓有見過這個用布蓋住頭的人，原來是子翠。此處燈光陰暗，所以貓貓一直沒認出她來。

子翠把一個東西遞給昏昏欲睡的貓貓。原來是魷魚乾，難怪有聞到海風的腥味。

「要不要吃？」

「那我不客氣了。」

貓貓咬住了魷魚腳，注意著不要發出聲音，細細咀嚼。

第二人講的也是平凡無奇的老套怪談，內容沒什麼稀奇的，但由於跟第一人不同，講話有抑揚頓挫，所以有幾個人被嚇到。身旁的櫻花也用布蓋住頭，邊聽邊不時用布把臉遮起。

若只是這樣還好，但櫻花偶爾會黏到貓貓身上，抓著她不放。櫻花個頭嬌小，力氣卻挺大的，偶而會勒住她的脖子。

（也就是又怕又愛聽了。）

這沒什麼稀奇的，既然會找貓貓來聽，一定是一個人不敢來。

貓貓覺得這種談話聚會不是很好，但在缺乏娛樂的後宮似乎受到了某種程度的默許。事實上紅娘准了，子翠人也在這兒。只是以子翠這個人來說，貓貓覺得她就算沒獲准搞不好也會跑來。

就像這樣，故事講完了一半。發給大家的燈燭每講完一個故事就會熄滅一盞，如今只剩下一半。進入第七人的故事，貓貓邊咬魷魚乾邊漫不經心地聽著。

說書人讓搖曳的火光照著她蒼白的臉龐，開始娓娓道來。

○●○

這是在我家鄉發生的故事，我們那兒有個森林，自古以來就禁止大家進入。

相傳一旦進了那兒，就會遭到詛咒，魂魄會被幽魂給吃了。

但是有一次，有人違反了這個禁忌。

據說那年作物歉收。雖然還不到鬧飢荒的地步，但不巧有戶人家死了養家活口的人，只剩下一對母子。

其他人家也沒有餘力幫助他們，孩子成天都在餓肚子。

後來有一天，據說那孩子進了禁忌森林，想找吃的。

孩子笑瞇瞇地撿了好多果子帶回家。

他跟他娘說：「那個森林裡有很多食物喔。」

作娘的叫孩子不許說出去，但已經太遲了。村長把他們叫去，嚴禁他們進入禁忌之地。

既然已經被村長盯上，就不能再進入禁忌之地了，否則怕會被村人排擠的。

所以就算有吃的，也只能死了這條心。

但是後來，發生了奇怪的事。
當晚有人看到，有一團幽光輕輕飄向那對母子的家。
然後第二天，那對母子就病倒了。
村人害怕受到詛咒不敢靠近，結果母子就這麼死了。
據說作娘的在孩子死去，自己也即將斷氣之前，講了這麼一句話。
「欸，告訴你們一件好事。」
作娘的笑著想跟村人說什麼，還沒說完就死了。
結果沒人知道她究竟想說什麼，直到現在，大家仍然將那座森林視為禁忌之地。
即使如此，只要有人違反禁忌，當夜就會有鬼火進入那戶人家，吸走家裡所有人的魂魄。

○●○

（哦，原來如此。）
說也奇怪，貓貓聽著這不怎麼稀奇的故事，竟聽出了其中的真相。雖然沒有什麼嚇人的**結尾**，但大家都聽得渾身發抖。大概是氣氛造成的吧。

貓貓嚥下嘴裡泡軟的魷魚乾時，像抓準了時機一樣，新的一份魷魚乾遞到了她眼前。

「看妳表情好像豁然開朗似的。」

子翠壓低聲音說。她也跟貓貓一樣，似乎沒被怪談嚇著。

「算是吧。」

「是怎麼了？」

「晚點再跟妳說。」

貓貓覺得現在揭曉謎底只會掃興，便如此告訴子翠。

這世上即使只是街談巷議，多少也有它的根據在。

故事一個接一個講過，貓貓漫不經心地聽著。坐貓貓左邊的櫻花緊緊抓住她的手，每次聽到什麼嚇人的地方就抱住貓貓。

聽著聽著，就輪到貓貓旁邊的人了。

貓貓揉揉惺忪的眼睛。總覺得懶洋洋的，好想睡覺。不但在這麼窄的房間裡塞了十幾人，而且大家可能是怕有體臭，還焚了香。嗅覺靈敏的貓貓被這香味沖得有點頭暈。

子翠放下蓋住整個頭的布，將燈火拿到眼前。她個頭不小，卻有著女娃般的相貌，然而端正的五官在搖曳的火光照耀之下，竟然有種奇妙的魄力。

「這是發生在遙遠東方國度的故事。」

子翠壓低稚氣未脫的聲音，開始說起了故事。她那說故事的方式從少女的聲調，漸漸變成了說書人的嗄啞嗓音。

○●○

在某個國家，有一位名聲顯赫的和尚。鄰國的城主過世了，於是和尚前去做了法供。當他踏上歸途正要回寺廟時，發生了一件事情。

和尚必須翻越兩座山才能回到自己的寺廟，由於路程非一天可行，和尚決定在客棧投宿。

去時還好，天氣晴朗，一路暢行無阻。半路上他到僧人朋友的寺廟投宿。

真是失算啊。

和尚心裡這麼想。明明跟去程是同一條路，回程卻覺得腳步異樣沉重。才走到預定行程的三分之二左右，太陽已然下山，沒能抵達今宵打算投宿的寺廟。由於和尚是修行之身，沒帶隨從也沒騎馬。

周遭是遍地芒草的平原，聽得見野狗的遙吠聲。若是露宿野外而遭到成群野狗襲擊，那可吃不消。

和尚正趕路前行時，看到一棟老舊的民房。和尚快步上前，去敲那茅草房舍的門。

叨擾了，不知是否可以打擾一下？

一對年輕夫妻出來應門了。和尚道出自己的困境，說即使是倉庫角落也好，希望能讓他借住一晚。

哎呀，師父遠路奔波，想必累了吧。

年輕妻子盛情款待和尚，說是粗茶淡飯不成敬意，端出了美味可口的茄子與小黃瓜。相較之下，丈夫總是用狐疑的目光盯著和尚瞧。

這也是無可奈何，畢竟自己不過是一個旅人，卻厚著臉皮闖進一對年輕夫妻的家。

和尚手頭沒幾個錢。他只帶了最低限度的盤纏。

但這對夫妻卻將和尚視為客人，在另一個房間為他準備了被褥。

和尚一邊對柔軟的被窩心懷感激，一邊想想有什麼是自己能做的。

最後他覺得自己能做的也就只有誦經，於是開始唸起了佛經。

換做平素的話，和尚只要開始唸經，就會專心唸到結束，但今天不知怎地，外頭的聲響讓他心神不寧。

除了芒草隨風搖動的聲響外，還聽到某種像是鈴鐺的聲音。

是昆蟲嗎？
和尚一面誦經，一面側耳傾聽。
一聽之下，發現那鈴聲是人的聲音。
夫君，你打算怎麼做？
是這戶人家娘子的聲音。
什麼都不打算做，這樣有何不好？
和尚聽出那鈴鐺般的聲音，原來是丈夫的嗓音。
和尚覺得這嗓音真奇特。但他一開始誦經就不會中斷。
這怎麼行呢，夫君？我可不想獨守空閨啊。
娘子出聲說道。
他們似乎以為不會被和尚聽見，但和尚耳朵比一般人靈。他雖然覺得偷聽不太好，想專心誦經，但聲音依然飄進他的耳裡。
就算夫君是這種打算，我還是要動手。
她想做什麼？
和尚的背脊一陣發毛。
自己應該停止誦經，去阻止兩人爭吵，還是……

不，他不要停止誦經，最好不要停下來。不知怎地，和尚有了這種想法。

不知為何，和尚全身毛骨悚然。好像連早已剃掉煩惱絲的光溜溜腦袋，都起了一堆雞皮疙瘩。

這究竟是怎麼回事……

好了，我要動手了。

關不緊的紙門被拉開了。

只見一名兩眼圓睜的女子，手裡拿著柴刀。

和尚只轉動眼珠看過去，口中繼續誦經。

那個和尚上哪兒去了？

女子沙沙作響地橫越和尚的面前。

但她沒發現和尚就在這兒。

上哪去了？逃走了嗎？

女子離開了房間。

伸長的影子形成奇異的形狀。那個異於常人的影子，與另一個奇異身影重疊了。

快找，夫君，快找啊。不然，不然……

女子心急如焚，不知道在急什麼？

我就會把你……

鈴鈴，和尚聽見了鈴聲。

在這聲音之後，是一陣彷彿揉紙團的咀嚼聲。

咀嚼聲持續了一會兒。

其間，和尚口中不停誦經。

然後當聲音結束的同時，和尚來到外頭。

他並未與年輕夫妻打招呼，也並未迎上兩人的目光，走出屋外一看。

淡褐色的昆蟲翅膀掉在地上。

鈴……鈴……

芒草叢中傳來昆蟲的鳴聲，又消失了。

和尚對破碎的昆蟲翅膀合掌祈禱後，口中持續誦經，一直步行到天亮。

○●○

貓貓心想，講故事時的抑揚頓挫實在很重要。

大家都聽子翠的故事聽得入神。

平素明明講話孩子氣，現在的講故事方式簡直判若兩人。從側面一看，火光照出的臉龐也像是別人。

（總覺得好像在哪看過。）

貓貓正漫不經心地望著那側臉時，子翠微微一笑，看向了貓貓。她噗地一口氣吹熄手中燈燭，把燈油與燈芯放進擺在中央的火盆裡收拾掉。

「下一個，換妳嘍。」

子翠臉上浮現天真爛漫的甜笑。

噢，對喔。貓貓點點頭。既然來到這種集會，自己也得說說這種故事才行。

（要說什麼好呢？）

坦白講，貓貓的個性就是不信邪。所以她想不到好故事，不得已，只好講起從前阿爹跟她說過的故事。

「這是大約幾十年前的事了，聽說有個墓地會出現鬼火。」

可能一方面因為說故事的是貓貓，櫻花離開貓貓身邊，用布把自己包起來，只露出眼睛看著她。

「一群勇敢的年輕人覺得事有蹊蹺，去尋找鬼火的真相。結果……」

櫻花把嘴巴抿成鋸齒狀看著貓貓。貓貓覺得她若真的這麼害怕，大可以把耳朵摀起來。

很遺憾地，貓貓的故事不是大家滿心期待的那種怪談。

「根本沒什麼，就只是住在同個小鎮的男子在墓園裡走動。只不過是有人把搖曳的燈光錯當成鬼火告訴大家罷了。」

「什麼嘛。」櫻花鬆了口氣。

「那人不過是在行一點盜墓之事罷了。」

咚的一下，櫻花的額頭撞上貓貓的肩膀。櫻花的視線目不轉睛地對著貓貓。

「盜墓？」

「是啊，那人似乎沉迷於詭異詛咒，將據說能治百病的人肝磨成泥塗在身上……」

碰！這次櫻花的額頭撞在貓貓的額頭上。貓貓一邊摩娑額頭一邊說：「我說完了。」替故事作結。

接著輪到櫻花，但她從頭到尾講得語無倫次，最後僅剩一盞燈燭。

一開始出來迎接兩人的宮女，手上拿著最後一盞燈燭。

（說到這個……）

坐在一起的宮女是四方各一人，兩人之間再各安插兩人，加起來應該是十二人才對。

但這名宮女一開始似乎說過是「十三篇故事」，那是什麼意思？貓貓肚裡尋思。

宮女講起先皇時代的故事。

故事說到宮女人數變得過多，其中只有一小部分的姑娘成了皇帝妾室。
總覺得左耳進右耳出，頭暈腦脹。
貓貓漫不經心地看了看放在面前的火盆。
（奇怪？）
宮女說了某個恐怖的結局，把周遭旁人嚇得發抖，但貓貓沒聽清楚。
「好了，那麼說到第十三個故事……」
就在宮女打算進行下去，正要將最後一盞燈燭丟進火盆時……
貓貓站起來，打開了緊閉的窗戶。
「貓貓，妳這是做什麼！」
櫻花試著阻止貓貓，但貓貓可不會這樣就罷手。風急速吹進室內，蓋在眾人身上的布啪噠啪噠地隨風拍動。
貓貓大吸一口吹進室內的新鮮空氣，然後吐出來。
（怪不得會頭昏腦脹了。）
熄滅的燈燭都放進了火盆裡。火盆裡有木炭，燈芯沒完全吹熄的火延燒到了木炭上。門窗緊閉的狹小房間，加上不完全燃燒的木炭，兩者放在一起會發生什麼事？
貓貓奔向圍著火盆全身虛軟的宮女，一個個拍打她們的臉頰，把她們帶到有新鮮空氣的地方。

櫻花見狀，似乎也明白了狀況，開始幫貓貓的忙。

在空氣不足的地方生火，會產生對人體有害的空氣。看來似乎就是因為如此，貓貓才會覺得頭昏。

（發覺得太慢了。）

貓貓一面怪自己為何沒能早點發現，一面覺得對主辦人過意不去，轉向宮女那邊，卻發現那人已不見蹤影。

「……唉，就只差那麼一點。」

貓貓聽見了這個聲音，但宮女已經消失無蹤。

「欸，方才那個故事是怎麼回事呀？」

就在怪談大會不了了之地結束後，子翠跑來問貓貓。

櫻花偏著頭，像是在說「這小姑娘是誰？」。子翠好像覺得蓋著布很好玩，一直用布把自己包著。

「妳說方才那個故事嗎？」

就是森林裡出現鬼火的那個故事。貓貓那時說晚點再告訴她，看來她還記得。

「所謂的禁忌森林也許只是迷信，但也不能斷定絕對沒有半點起源。」

比方說，那座森林裡可能有著種種危險。森林雖然富含食物資源，但同時也有很多不能吃的東西。

假如該處被稱為禁忌森林的由來就是來自這方面，那麼可以如何解釋？假設那座村子的居民大多來自外地，原本說不能亂採森林裡的東西吃，會害人生病的警告，經過長久的歲月變成了「禁忌」好了。

然後，假設正因為村人都遵守囑咐，所以不知道森林裡有哪些東西可吃，哪些不可吃好了。

如此一來，就能做此種推測。

作物歉收而挨餓的母子，想吃森林裡豐富的食物資源。但是這樣會違背村裡的規定，所以他們避人耳目，偷偷進了森林。

傍晚即使外頭天還亮著，但卻是不易暴露行蹤的時段。母子利用這短暫的時間進入森林，採摘蕈菇或果子。

然後隨著太陽西沉返家。

卻不知道自己採收了什麼東西。

「有種蕈類稱為月夜茸。」

此種蕈類外觀像極了秀珍菇。

「此種蕈類看起來美味可口，但是有毒，會吃壞肚子。而此種蕈類正如其名，具有一種不可思議的特徵。」

就是在天色變暗之時會發光，模樣美麗奪目。由於實在太美了，貓貓曾經忍不住掰了一塊放進嘴裡，結果被阿爹催吐，真是段美好的回憶。

母子在發光前採收了蕈菇，不知道它會發光，就走在夜路上。從竹簍裡透出的螢光，遠遠看上去或許就像鬼火。

而等到一回家點了燈，月夜茸就不發光了。於是母子點燈把東西放下，然後把它吃了。

即使是平常不至於致命的毒素，如果讓營養不足的人吃下會如何？孩子死了，母親也死了。

而母親最後想表達的是……

（森林裡有美味的蕈菇喔。）

她或許是想這麼說吧，算是對村人不願幫助自己母子倆的小小報復。

「原來是這麼回事啊——」

子翠一臉心滿意足的神情，讓布輕飄飄地晃動。

「那麼，我走這邊了——」

她就跟個女童似的啪噠啪噠地跑走了。貓貓雖然沒資格說別人，但這人的個性還真是任性而為啊——她心想。

「哦——根本沒什麼嘛。」

櫻花完全不像方才那樣心驚膽跳，大大挺起了小小的胸脯。

「反正我看啊，其他故事一定也都是在裝神弄鬼啦。」

「這就不知道了。」

貓貓與櫻花一路前行，返回翡翠宮。

「哎呀，這麼早就回來啦。」

紅娘在等著她們，她正在細細密密地做針線活。公主的衣服總是很快就小了，要像這樣勤快地做調整。

「是，因為起了點小騷動。」

「哎，我就知道。」

不知為何，紅娘了然於心地說。

「因為以前辦活動的宮女去年過世，我正在擔心今年會由誰接手呢。」

紅娘放下針線，呼地吁了口氣。她輕敲幾下肩膀。

「那個宮女善良又貼心，我也受過她的照顧呢。只可惜她沒能離開後宮，就這樣結束了一生。」

貓貓看了看櫻花的臉。那原本堅毅剛強的表情漸漸開始發青。

「請問侍女長，那位宮女是……」

「……這事妳們別說出去，其實她是先帝的妾室。我不是很喜歡這種集會，但既然這是她的樂趣，阻止她也太不知趣了。說是這麼說，可是假如過世的第二年就停辦，心裡又覺得怪怪的，幸好有人接手。」

紅娘把裁縫用具收進塗漆的木盒後，就一邊打著呵欠一邊進寢室去了。

貓貓總覺得這故事有點耳熟，原來跟司儀宮女講的怪談有點像。貓貓不記得細節，不過看櫻花的臉色就知道兩個故事的確相似。

（唔嗯。）

貓貓雙臂抱胸，偏了偏頭。

世上仍然有許多神祕未解之事。

總之幸好沒變成活生生的第十三個怪談——她心想。

只是當晚，櫻花嚇得硬是要貓貓陪她共枕而眠，熱得她睡不好。

十六話　避暑山莊

貓貓接到傳召，說是有事找她，於是她前往客廳。

走進去一看，只見一位宦官悠閒自在地坐在羅漢床上等著她。貓貓不聲不響地致個意後，站到玉葉妃的跟前。

「玉葉娘娘有事吩咐嗎？」

「其實有事找妳的不是我。」

玉葉妃正在飲用微溫的果子露。她真正愛喝的，其實是加了昂貴冰塊的水果酒，但由於有孕在身，貓貓請她暫且別碰。紅娘在一旁拿團扇幫她搧風。

「有事找妳的是我。」

永遠是一張妍麗容顏的壬氏說。高順也跟紅娘一樣，在用團扇幫他搧風。

這事本來應該由地位更低的僕役來做，如今沒有僕役在場，可見又要談祕密事宜了。

「總管有何貴事？」

聽貓貓這麼說，壬氏看著玉葉妃說道：

「想請娘娘將人歸還與我幾天。」

「人」指的大概就是貓貓了。之所以說「歸還」是因為形式上，貓貓是壬氏借給玉葉妃的侍女，說是在玉葉妃平安分娩之前，讓貓貓陪在娘娘身邊。本來被逐出後宮之人是不能再回來的，但壬氏用特別措施處理了此事，所以似乎有諸多限制。

「哎呀，那可真是……在這段期間內，誰來為我試毒呢？」

玉葉妃裝模作樣地說。

「這方面已經安排妥當，萬無一失。我願另借一名侍女給娘娘。她雖然不及這個姑娘，但也慣於接觸毒物。」

「我能信得過她嗎？」

「娘娘說話真是嚴格。」

玉葉妃臉上浮現著壞心眼的笑容。

講到壬氏的侍女，貓貓只想得到一位人物，就是那初入老境的宮女水蓮。的確，若是由那位宮女過來，代替貓貓當差想必輕而易舉。那位女子的不好惹可是掛保證的。

但是貓貓心想，如此一來，那誰要負責照料壬氏起居呢？由於那位好心腸的老嬤子對這個老大不小的大少爺總是寵愛有加，他搞不好連衣服都不會自己換。

「你說幾天，是要遠行嗎？」

「正是，有人邀我一同遊獵。」
「那還真是不得了呢。」
（遊獵啊。）
還真是上流的興趣啊，不曉得是不是要用獵鷹追趕獵物。
「是子昌大人的邀約。」
壬氏微微一笑，但臉上表情毫無可乘之機。
（子昌大人是吧。）
記得子昌是樓蘭妃的高官父親。貓貓總覺得事有蹊蹺，不知是不是她多心了。
貓貓心想：拜託別把我扯進麻煩事裡去。但她又想到，參加遊獵搞不好能吃到新鮮的肉。獵物不知道是鹿，是兔子，還是其他動物。
（難得有機會吃的話，比起兔肉，我比較想吃玉兔搗的麻糬。）
某些童話故事說，月亮上的玉兔會用研杵搗藥。
「交際應酬也真是不容易呢。」
「我也有許多難言之隱。」
「所以你想借用我這兒的貓貓，是吧？」
「是，想請您將那姑娘歸還予我。」

玉葉妃的眼睛閃出了一道光芒，一副就是找到樂子的神情。

「何必一定要貓貓呢？我這兒還有其他能幹的侍女啊。」

「不，只要娘娘願意將那姑娘歸還，我別無他求。」

總覺得壬氏與玉葉妃之間似乎在迸發火花，不知是不是貓貓多心了。總之貓貓先代替手慢慢瘦了的紅娘搧團扇。

「哎呀，你說要我借你哪個侍女？」

「我已經說了，只要娘娘願意將那姑娘歸還就夠了。」

玉葉妃瞇起眼睛，輕聲一笑。

「呵呵呵，你從剛才就一直那姑娘，那姑娘的呢。」

「……這有哪裡不妥嗎？」

壬氏的臉孔有點扭曲。

「我問你，高順，你都是如何稱呼貓貓的？」

玉葉妃玩得起勁，向沉默寡言的隨從問道。

「微臣都喚她小貓。」

高順這人雖沉默寡言，卻是個稱呼別人不怎麼客氣的大叔。他偶爾會去尚藥局，在那裡跟貓兒玩兩下，為人還挺逗趣的。

玉葉妃用一種將獵物逼入絕境的目光對著壬氏。
「那我問你，你平素都是怎麼稱呼貓貓的？」
「……」
「總不會叫她毛毛吧？」
壬氏一臉尷尬，偷看了貓貓一眼。
（對耶，他從來沒叫過我的名字呢。）
貓貓到現在才發現。
（是無所謂啦。）
但貓貓弄不懂，為什麼壬氏顯得一副侷促不安的模樣。
紅娘用手肘頂了頂這樣的貓貓，神情彷彿有話想講，但貓貓一樣看不太懂。
扯來扯去，壬氏被玉葉妃挖苦作弄了半天，過了兩刻鐘才終於得到許可，害得貓貓拿團扇搧風搧得手好痠。

京城的北邊，是一片廣大的穀倉地帶。這兒有條自西往東流的大河，城鎮農村星羅棋布。相較於南邊耕種水稻，北邊種植的是高粱或麥子等等。再往北是森林，繼續往下走就是一片山岳地帶。

森林以北是子北州，就離開了皇帝的直轄地。

以京城為中心的地區稱為華州，其他另有三個大州，以及彷彿填補其間空地的十來個小州。看到子北這個名稱大致就能猜到了。名為子昌的高官，正是子北州出身。

「這些妳知不知道？」

馬閃用高高在上的口吻說明。這位青年總是眉頭緊皺，年紀大概比貓貓大個一兩歲。

（依稀記得建國的故事說……）

貓貓居住的國度名為茘國。單名一個字的簡單國名，卻足以代表建國的緣起。

茘是草字頭下三把刀。草字頭代表「華」，指的是這個國家的帝制始祖。這就是民間故事中提到的高祖皇帝之母，也就是王母。刀代表的是武人，表示始祖身邊曾有過三位武人。

貓貓記得細究下去還有一堆囉哩囉嗦的故事，但她那時邊聽邊打呵欠，所以記得不是很清楚。勉強只記得三把刀也有分大小，比起下面兩把刀，上面的刀比較大。

由於有這些原因，貓貓也能理解行事精明的當今聖上，何以得對子昌也得忍讓三分。

北方——也就是上面那把刀，現在把高官都叫去，想悠哉地來場遊獵。雖然不至於連皇帝都駕到，但聽說參加的人都是響噹噹的大人物。

眼前的武官，此時就是在跟貓貓解說這些事情。

車聲轆轆，貓貓眼下正在乘坐馬車移動。

馬車的速度，約莫是半個時辰（小時）慢慢前進二十四里（十二公里）。把換馬或休息等等算進去，大概已經坐了半日以上的馬車。

（屁股好痛。）

如果可以，貓貓很想透露一下真心話，試著改善一下現場的狀況，但屁股底下好歹還是有鋪坐墊的。由於其他人也都處於同樣的環境，抱怨也無濟於事。貓貓保持沉默看了看外面。她綰的頭跟平素不同，因此感覺腦袋有點重。早知道旅途會這麼耗時，就請人家之後再幫她綰了。她垂頭喪氣。

雖說是子昌的邀約，但是要從京城遠赴子北州並非易事。這不是一日兩日能返家的路程，子昌自己也在京城備有住所。

子北州由子昌的家族治理。子昌家是在建國的童話故事中提及的古老門第，自然是歷史悠久，但沒聽到幾個好傳聞。

說也奇怪，武官馬閃把此些貓貓不感興趣的事情對她講解了一遍後，就雙臂抱胸不說話了。他跟貓貓就這樣待在同一輛馬車裡，弄得同乘一輛馬車的屬吏都一臉疲憊。

此人雖然年紀尚輕，但官位似乎很高，屬吏好像都不敢當著上司的面睡覺。壬氏與高順坐的是另一輛馬車。

貓貓嘴邊雖然流了點口水，但應該還算無傷大雅。

看到貓貓這樣，馬閃嘖了一聲。
「父親究竟在想什麼，為何會對這種姑娘……」
（父親啊。）
難怪貓貓覺得這長相有點眼熟，原來這名男子是高順的兒子。
貓貓先是心想「高順身為宦官竟然還有兒子」，但仔細想想，他又不是天生就是宦官。從年紀來想，有一兩個兒女也不奇怪。
這時，窗外漸漸可以看見湖泊了。幾棟樓房圍繞著湖泊矗立。
馬閃好像覺得終於到了，鬆開了抱胸的雙臂，其他官吏這才鬆了口氣。
貓貓一邊摩娑屁股，一邊漫不經心地望著那大街小巷。房屋樓宇背對山嶺，色彩繁複地林立著。又因為地處水邊，岸邊綠柳成蔭，鋪石的步道賞心悅目。房舍倒映於水面，宛如攬鏡自照。
作為避暑山莊使用的處所由於地勢高而涼爽，據說先帝每年都會造訪。到了先帝步入晚年，當今皇上即位後，似乎就不再有皇族蒞臨了，但仍然有人細心管理。由於鄰近領地，聽說是由「子」字一族負責管理。
山地斜坡也能看到屋宇。山坡切割成階梯狀，家家戶戶櫛比鱗次。排列方式不會破壞景觀。

馬車在城鎮中最氣派的一幢宅第前停下。宅第無論是規模或是格局，都足以供眼光挑剔的京城人住宿。這是一幢柱子鮮紅顯眼的三層樓房，屋瓦是獸面形狀。宅第周圍有溝渠，錦鯉在水裡優游。

灰泥塗抹的圍牆上，各處都有龍虎造型的泥塑。這應該是多位工匠用灰匙精心塗出來的，在京城很少看到這種裝飾。

貓貓正在細細端詳時，旁邊有人戳了她一下。抬頭一看，發現馬閃在瞪她，只好乖乖跟著離開。

一行人被領進一個房間後，只見壬氏姿勢鬆散地躺在羅漢床上。

高順與壬氏的房間安排在同一棟樓房裡，這次高順似乎也是受邀來作客。貓貓這才明白馬閃是來當壬氏的隨侍的。

桌上放著色調光看都覺得熱的布，貓貓發現那是頭巾。

（原來如此。）

長得太美也是一種罪過，每次遠行之際，竟然還得特地蒙面以免讓旁人看見。的確，這個男子只要投以一笑，純潔的村姑搞不好連心跳都會停止。實在是張有夠找麻煩的臉蛋。

房間是客房，從宅第的格局，可以看出是供貴客使用的。無論是日用什物還是家具都夠氣派，作為迎賓客房當之無愧。

不過話說回來，貓貓覺得這個房間還真熱。屋裡窗戶緊閉，點著燈籠。貓貓很想把衣襟拉鬆點，但實在不便這麼做，只好忍耐。比平素畫得更濃的妝都快掉了。

壬氏早已把胸前衣襟拉開，害得貓貓不禁又像之前那樣，把他看成一隻壓扁的青蛙。可能是因為屋裡只有貓貓、高順與馬閃吧，他竟然能放鬆成這個地步。

貓貓總覺得壬氏臉上有點陰影，不知是不是被燈籠的搖曳火光照的。看起來好像比平素還要疲憊。

「在這裡該如何稱呼？」

馬閃向高順問道。

「在屋裡跟平時一樣就好。在外面就叫我香泉。」

「遵命，**香泉**大人。」

壬氏代替高順回答了他。

貓貓不解地偏頭看向高順。高順一邊撫摸下巴一邊看向壬氏，壬氏瞇起眼睛看著貓貓。

「這又是何種新奇的名堂？」

「……哦，這是為了……」

高順正想回答些什麼，但壬氏舉手制止了他。

「這件事由我來解釋，你別插嘴。」
「是。」
在壬氏的命令下，高順退下了。貓貓大惑不解地偏偏頭。
「此番高侍衛不是隨壬總管而來，而是另外作為賓客而來的嗎？」
本來兩者之間的身分差距應該沒這麼小，雖然房間層級多少有差，但安排在同一棟樓房裡住下，讓貓貓感到有點疑惑。
「馬字一族世世代代都侍奉**香泉**大人的家族。」
馬閃用莫名惱怒的口吻回答。他好像為某事存疑，皺著眉頭。這種地方跟高順真像。
（哦，果然是良家子弟啊——）
貓貓莫名地佩服起來，點點頭。
她這副模樣讓馬閃更加狐疑了，他一路走到高順跟前。
「父親，這是怎麼回事？」
他如此詢問。
高順表情略帶陰霾，對壬氏使了個眼色。然後他拉著馬閃的手臂，將他帶到房間一隅去講悄悄話。高順每次說些什麼，馬閃就一臉驚愕地看向貓貓。然後他似乎對高順頂嘴了幾句，但高順二話不說，一個拳頭砸在兒子腦袋上。

貓貓心想「他們在搞什麼啊」，但反正也沒什麼好在意的，就先去整理行囊了。不好好當差，之後會挨水蓮罵的。那位初入老境的侍女可不好惹。

遊獵活動說是明日進行，今日就直接在宅第裡歇宿。庭院裡舉辦了夜宴，但壬氏等人似乎無意離開房間。他們只是繼續關緊房門，看書或下棋打發時間。

雖然房間很熱，不過他們要來了冰塊，稍稍消了點暑氣。冰塊是從冰窖快馬送來的，夏季最高級的奢侈享受莫過於此。

由於貓貓一臉豔羨不已的表情盯著冰塊看，於是高順偷偷給了她一點碎冰。這位宦官人實在很體貼。

貓貓心想為何不乾脆開窗，忍不住問了出口。

「為何不開窗呢？」

她問的是高順，回答的卻是壬氏。

「總之，妳晚膳時試過毒就知道了。」

一嚐妳就明白了。壬氏一臉敬謝不敏的神情說道。

貓貓按照吩咐，當晚膳送來時，用小碟子裝了點，一如平常地開始試毒。

「……」

「這下妳明白了吧。」

壬氏一副敬謝不敏的樣子看著珍饈美膳。這些用推車送來的膳食，乍看之下像是活用了山珍海味烹調的珍饈佳餚，然而……

「竟然用了甲魚肉，這還真是……」

甲魚說的就是鱉肉。這種生物有種特性，一旦咬住東西就不肯放。甲魚的生血可補腎壯陽。當然，牠的肉想必也有相同效果。餐前酒也是，貓貓輕啜一口，發現裡面加了果汁讓味道順口點，其實酒性頗烈。

從餐前酒、前菜、副菜到主菜，甚至連飯後水果當中，都充滿了能讓人精力充沛的各式食材。

高順默默地從行囊底層拿出口糧做準備。難得眼前有這樣的大餐，他們卻似乎打算吃頓淡飯清茶當晚飯。

「各位不吃嗎？這些飯菜都沒有毒啊。」

「就算沒有毒也吃不下去。應該說真佩服妳，能吃得一副若無其事的樣子。」

壬氏與高順用一種難以置信的目光看著貓貓。馬閃在房間一隅燒水，明明都快熱死了。

「飯菜非常美味。剩了會讓人起疑，可否就由小女子吃了？」

「隨便妳。」

壬氏看著貓貓心滿意足的表情，瞇起眼睛，微微噘起嘴唇。貓貓津津有味地喝甲魚湯。

壬氏目不轉睛地看著她喝湯。

「那個好喝嗎？」

「回總管，小女子對甲魚沒有什麼好回憶，但這湯相當鮮美。」

「什麼回憶？」

壬氏顯得有些興味盎然，拿起湯碗。

「其實也沒什麼。」

貓貓自小就幫養父做事，也會上市集購買藥材，但有一次買藥時，碰上了一個遊手好閒的成年人。

那人解開衣帶，服裝前襟全面大開，是個暴露狂。當然，那人沒穿合襠褲。冬天經常會出現這種淫賊，貓貓每次都好奇他會不會冷。

貓貓嚇了一跳想逃，一不小心就把手裡的隨身物品丟向了那人。

「那隨身物品正是隻活甲魚，牠──」

「好了，行了。夠了，別說了。」

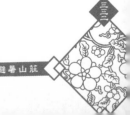

壬氏把碗放下，目光飄遠。高順父子也是一樣。看來這笑話失敗了。

（可是娼妓都笑得前仰後翻啊。）

我跟好人家的子弟果然話不投機——貓貓放下空盤子心想。但貓貓覺得這樣實在是暴殄天物。

「甲魚以外的菜餚也都十分美味，各位真的不吃嗎？」

雖然勸大家吃她吃剩的飯菜不太好意思，但貓貓一個人吃不完這麼多。況且只吃用熱水泡開的肉乾與乾米飯，想必無法填飽三個七尺之軀的肚子。高順的房間應該也備有美饌，但既然他不吃，可見八成是偷加了相同的食材。

「……妳真要我吃？」

壬氏問貓貓做確認。

「請吃。」

貓貓覺得剩了可惜。

「真的讓我吃？」

壬氏緊盯著貓貓瞧。

就在貓貓偏著頭，不懂壬氏為何如此一問再問時，高順從旁邊過來了。看到到他不知怎地急促搔頭的模樣，壬氏不情不願地點了點頭。

「我就免了。馬閃，你吃無妨。我命令你吃。」

「既然香泉大人有令。」

馬閃恭恭敬敬地坐到椅子上，貓貓將餐前酒的杯子端給他。馬閃緩緩飲盡酒杯。

「好酒。」

「那就好。」

「只是……」

「只是？」

馬閃的動作戛然而止，鼻孔流出了鼻血。

他漲紅了臉，像是在強忍著什麼。壬氏把臉湊過去一瞧，他整個身子抖了一下。

「這個姑娘為何喝了都沒事？」

馬閃用一種嚇人的表情瞪向貓貓，似乎在壓抑著體內即將爆發的某種衝動。他身體前傾，以遮掩某個重要部位。年輕人真是不容易。

「小女子也說不上來。」

只能說天生體質如此。馬閃一邊忍耐著什麼，一邊搖搖晃晃地想到隔壁房間去，沒走兩步就倒下了。

「這該如何是好？」

貓貓問道。

「就讓他睡在這兒吧，我去睡這傢伙的房間。」

壬氏說。正面的房間是供隨從使用的，雖然比這間小，但也夠睡了。

「壬總管，微臣會將他抬去房間的。」

「你應該累了吧。」

「可是……」

既然壬氏都這麼說了，高順也只能接受好意，把兒子抬到華蓋床讓他睡下。貓貓也幫了點忙。由於馬閃看起來很熱，貓貓幫他解開衣帶，他臉色便和緩了許多。貓貓不慎讓鼻血沾到了褥子，覺得有點過意不去。

壬氏到馬閃的房間睡下，貓貓則接受好意，改睡高順房間的前房。這房間本來可供數人休憩，如今卻只讓貓貓一人使用，高順對她真是關懷備至。一同前來的幾位護衛，都進高順的房間去了。

能獨占一個房間真是奢侈——貓貓心想。房裡備有浴室，能洗熱水澡讓她沉浸在小小的幸福中。

十七話　遊獵　上篇

翌日，壬氏一行人騎馬前往了圍場。

壬氏懶懶散散地以布蒙面，自稱「香泉」。看來到了這兒還得繼續用化名。

貓貓不是不能理解蒙面的必要性。像壬氏這般美貌的男子光是四處亂晃，就夠給人平添麻煩了。此處不是宮廷，大家大多不知道他是宦官。

不過想到晚膳那件事，貓貓心想這個宦官不知道究竟藏了何種祕密，但她決定不去追問。這下子要是壬氏以真面目示人在外頭走動，誰知道會發生何種狀況。也難怪他們要把窗戶緊緊關上了。

事情就是這樣，貓貓乘坐馬車，跟在前去狩獵的一行人後頭。馬車上乘坐著宅第裡的一群傭人，並且堆滿了木柴或鍋碗瓢盆等廚具。

遊獵的主旨大概就是現捕現煮了。

貓貓側眼瞧著高粱田，隨馬車搖晃了約莫兩刻鐘，就看見了山嶺。

接著眾人徒步爬了半個時辰的山，最後抵達一處視野遼闊，居高臨下的山莊。周遭綠意盎然讓人身心舒暢，遠方傳來滔滔水聲，似乎是有座大瀑布。

傭人做事熟練得很，手腳俐落地準備生火。數名傭人拿著水缸去汲水了。

貓貓原本想幫忙做點事，但其他官員的同行僕役什麼都沒做。一群先抵達圍場的傭人在搭起的帳篷裡閒談。貴人用膳的處所似乎在其他地方。

（什麼都別做比較不會出錯。）

隨便幫忙有時反而會被挑毛病。那些傭人必定也不希望出差錯。

貓貓信步走走，發現了一隻狗，旁邊有個熟識的男子。

（狗攜狗同行。）

原來是大型犬李白。貓貓不懂他為何會出現在這裡，偏著頭走上前去，然後在他們身旁蹲下。李白原本正在摸著狗肚子跟牠玩，此時發現有人來到身旁，狐疑地瞇起眼睛。

「幸會？」

「幸會。」

「……嗯？這聲音是……」

李白捶了一下手心，「啊——」點了點頭。

「這不是小姑娘嗎？妳在做啥啊？穿得一身比平素好看的衣裳。」

「大人總算認出小女子了。」

看來是因為貓貓面無雀斑，又穿著不同衣裳，所以一時沒認出來。這廝還是一樣不懂禮數。

「妳怎麼會來到這種地方？」

「有貴人指名要小女子跟來。」

「哦——有勞妳了。」

李白的一個優點就是不會多思多想。貓貓一時沒多想就來打招呼，但仔細想想，也許在此種狀況下見到熟人會出亂子。

「其實啊，我也是哩——好像有大官指名，叫我加入衛隊——」

李白用略顯快快不樂的口吻說道，一個勁兒地在狗身上摸來摸去。狗配戴了項圈，從品種來看，貓貓猜想可能是獵犬一類。

很遺憾地，今天的狩獵是鷹獵，獵犬恐怕是無用武之地了，所以只能像這樣待機而動。

「結果好了，竟然叫我來管狗。」

李白大概也是，雖然獲得了指名，卻被其他自視甚高的護衛趕了出來。最近李白似乎是一路昇官，但也因此而樹大招風。

李白噘起了嘴。這並不是在鬧脾氣，貓貓聽見了笨笨的咻咻聲。看來他自以為是在吹口哨。

「大人口哨吹得真差。」

「嗯，用不著妳管。」

李白輕輕敲了一下貓貓的腦袋，然後從衣襟裡拉出了一條繩子。上頭連著一根細長管子，看來是笛子。李白放棄吹口哨，叼起細管，對著狗吹了一下。獵犬一聽當即站了起來，目不轉睛地盯著李白。李白反複吹出短音與長音，獵犬也跟著坐下或站起來。

「真聰明。」

「是啊，聽說視情況而定，從幾里外都能趕來。」

李白說完，用笛子吹了三個短音、四個長音。狗兒在李白面前坐下，直搖尾巴。

「明明這麼聰明，他們卻說那個比較好——」

李白仰望天空。

貓貓也跟著看看天空，在藍天之中瞧見一粒黑點，做了滑翔動作。

她覺得在山區這種遍布障礙的地方，用狗狩獵會比老鷹有用，或許是用獵鷹比較有看頭吧。貓貓覺得雖然野兔味道不錯，但山豬肉吃起來更過癮。用獵鷹是獵不了山豬的。

這真是座好林子——貓貓心想。

此處樹木種類繁多。像這般地方，常常會生長著又多又好的藥草或蕈類。

（大概不會准我進去吧。）

真是心癢難耐。貓貓偷瞄一眼周遭的人，李白正跟狗玩得起勁。

周圍這些人應該不會發現才是。不不，還是不太好。貓貓就像這樣東張西望，一回神才發現已是日正當中。

烤肉味香氣四溢。

在山莊裡，大家人手一杯酒，侍女為賓客端上烤好的肉。約有十位官員列席就座，桌上還準備了其他菜餚。

室內布置了一條通風道，腳邊擺著盛滿水的桶子。還有一群傭人手拿大團扇，看得出主人努力想替夏季的遊獵活動消暑。由於此地是避暑山莊，氣候本來很涼爽，但可能因為今日天氣晴朗，吹來的風又帶點微溫，感覺比較炎熱。

傭人勤快地上菜。

由於光靠鷹獵捕得的獵物不夠吃，他們另外烤了別種的肉。況且獸肉不像魚鮮，並不是愈新鮮愈美味。

貓貓侍立於高順身後，漫不經心地望著宴會的景況。高順也安排到了座位。諸位高官的身後，都有貼身的近侍或侍女。

（對了。）

貓貓發現除了待在房裡時，高順都不常待在壬氏身邊，而是由馬閃在各方面代勞，貓貓則自然而然地跟著高順。

在一字排開的上座當中，坐了一位模樣奇特的男子。此人以布蒙面，完全不碰任何菜餚，也不飲酒。馬閃在他身後看著他，像是放心不下。

（連在這種地方都得蒙面，真是辛苦。）

貓貓事不關己地望著他。為賓客上酒的眾侍女，都在頻頻偷瞧這位蒙面公子——也就是壬氏。無論蒙面的模樣有多可疑，終究是到場賓客中一等一的上賓。有時候與其所嫁非人，倒不如成為高官妾室還比較不愁吃穿。看來這些女子都很會打精明算盤。

不只是女子在糾纏，壬氏旁邊一個顯出福態的男子也在跟他竊竊細語。雖然攀談的態度十分殷勤，貓貓卻覺得聽起來有點無禮，不知是不是她多心了。

壬氏只是又快又簡短地點頭，像是在發抖。

（那名男子就是子昌？）

貓貓只聽過名字，沒見過幾次長相所以記不得。只是從座位的位置來想，應該是錯不了。

（真不知道他們在談什麼。）

子昌說完了話，從壬氏耳畔把臉挪開。壬氏的手仍在發抖。

馬閃的臉色變得很糟。

（不曉得人家跟他說了什麼？）

不對。貓貓對高順耳語了幾句。她很了解壬氏的個性，面對親近之人的態度姑且不論，他在外頭可是很會做人的。會表現出那種態度絕不尋常。

貓貓告訴高順，壬總管神色有異。

但高順輕輕搖頭，只叫貓貓什麼都別做。

壬氏假稱解手，藉故離席。馬閃本來也打算跟去，但被附近一名高官留住了。

高順拉拉貓貓的衣袖。

「妳該去換班了。」

她聽懂了高順的意思。

貓貓點個頭後，去呼喚待在屋外的其他隨從，然後自己去追腳步踉蹌不穩的壬氏。壬氏避人耳目地溜出山莊，走向茂密的樹林。

貓貓打算追上去，但在那之前，她得帶一樣東西過去。

「這個小女子可以拿走嗎？」

貓貓拿起裝了水的酒壺，向正在準備飯菜的傭人問道。

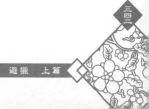

「拿去吧。」

傭人似乎正在忙，沒回頭多看貓貓一眼，一回答就走了。貓貓用匙子把調味料加進酒壺裡。

她拿著酒壺，往林子裡走去。

貓貓進了林子沒走多久，就找到了一個人影。那個人影搖搖晃晃的靠著樹幹。

「壬……」

貓貓差點想叫「壬總管」，趕緊摀住了嘴。不知為何，壬氏在此地用的是化名。貓貓一面回想人家是用什麼名字叫他，一面奔向他身邊。

「……是妳啊？」

蒙面布的底下，傳出沙啞的嗓音。

「請您拿掉這個。」

貓貓想解下蒙面布，壬氏拚命按住它。

「不成。」

「還有什麼不成的？這兒又沒人在。」

壬氏想必就是為了避開旁人，才會一路走到這種地方來。山莊裡沒有能夠獨處的地方。

雖然主人在山莊裡給壬氏安排了房間，但有一群侍女會在那兒等著伺候他。

「不，說不定會有人過來。」

（啊，這麼麻煩！）

貓貓將搖搖晃晃的男子手臂搭到自己肩上，拉著他走。

「您這麼介意別人目光的話，去到別人看不到的地方就是了。」

兩人往林子深處前進。眼前有處懸崖，並有座美麗的大瀑布。宛若潔白羽裳的流水清麗絕俗。水瀑呈臺階狀滾滾而下，從高處俯瞰，聲勢壯闊。貓貓猜出山莊的水是從這兒汲來的，於是用手絹沾了河水。

貓貓將手帕探進壬氏的蒙面布下，正想幫他冰敷一下臉部時，事情發生了。

腳下的地面忽地凹陷下去，貓貓聽見鳥禽紛紛飛起的振翅聲。

（！）

壬氏當先做出了反應。他抱起貓貓，逃離原處。但腳下的地面再次凹陷。

一股獨特的硫磺臭味隨風飄來。

「是突火槍嗎？」

壬氏身子依然搖搖晃晃，喃喃說了這話。貓貓以為這是突發狀況，但壬氏卻意外地冷靜。突火槍是一種裝填火藥的武器，雖然有時也會用於狩獵，但眼下此種狀況恐怕很難謊稱是誤射。

壬氏思索了一瞬間後，忽然把貓貓抱進懷裡。

「抱歉，要讓妳受點驚了。」

說完，壬氏抱著貓貓向前衝，然後跳進了聲勢壯闊的瀑布裡。

（這能叫做受點驚嗎！）

貓貓一邊暗自抱怨，一邊跟壬氏一同掉進了瀑布。

十八話　遊獵　中篇

衛隊士兵都慌了手腳。諸位高官竊竊私語，不時還嫌麻煩地看向馬閃。

自從主子離席以來已過了一個時辰（兩小時）。這樣要說是如廁，恐怕有些難以取信於人。

馬閃心想：早知道就跟去了。但為時已晚。是主子吩咐他不准跟去的。那時，父親對那個他們總是帶在身邊的下女做了些指示。

馬閃悶悶地皺起眉頭，大家都說他這表情像極了親爹。

他的親爹高順仍然面無表情，旁觀著眾人的情形。不同於自己眼下的立場，高順是局外人。他表現得就跟周遭官員一模一樣。

馬閃很想第一個就找父親商量，但是此時不便接近父親。馬閃一邊被高官煩躁的態度弄得心緒不寧，一邊思考著主子人會在哪兒。

他已經派部下去搜索了，但其實他很想親自去找人。

馬閃一邊對徒具虛名的職位感到厭煩至極，一邊等待部下的報告。

據傭人所說，主子似乎說要到外頭吹吹風就出去了。聽說主子叫護衛不要跟來，但有個小個頭的侍女拿著水追了上去。馬閃知道那個侍女是誰，正因為知道，他才會覺得一定有什麼事，而等候著消息。

錯就錯在不該等。

眼下此處瀰漫著兩種氛圍。一種是擔心主子上哪兒去了，另一種則是揶揄主子與侍女兩人獨處，遲遲不歸。前者也就罷了，後者真教馬閃氣憤，覺得愚蠢至極。

豈有此理！馬閃忍著不發火，但控制不住自己的腳把地板跺得喀喀響。

在這種氣氛之下，宴會場面變得有些尷尬，想散場也不好散。馬閃是覺得只要主持活動的子昌講句話就能改變這種氣氛，但那個男的只是小口小口地把酒灌進他那狡猾的大肚皮裡。

馬閃心想「真猜不透這人的心思」。若不是像他這般狡黠的男子，大概無法爬上現在的地位吧。就這層意義而論，人稱軍師的男子羅漢更是魔高一丈，但那個男的沒有野心是眾所周知的事實。那個人們口中的怪人，最近似乎迷戀於贖來的娼妓，並未參加此番遊獵。他不參加活動不是件稀奇事，只是宮廷中人都大感驚訝，說想不到那個怪人竟也有著天下男子的普遍感性。

然而，此番筵席乃是子昌主辦。如果出了什麼亂子，應當會對他自己有些不利。至少馬閃不會希望在輪到自己辦事時出差錯。馬閃心想就算出了什麼事，或許也跟子昌扯不上關係。

就在此時，一名武官腳步又急又響地過來了。是個體格結實，年紀尚輕的男子。

「失禮了。」

武官如此說完就進入宴場，走到了馬閃跟前來。馬閃覺得此人稍稍欠缺禮數，但沒人試著阻止。馬閃命在自己面前跪下的武官抬起頭來。

「何事？」

「……」

武官瞄一眼周圍後，將一塊布交給了馬閃。這塊碎布是溼的，馬閃忽然知道這塊布是什麼了，他悄悄看一眼武官的臉。馬閃很想偷看一下父親的神色，但忍了下來，握緊碎布。

「這是……」

一名高官正要伸手過來，馬閃把布藏起來，低垂著頭說：

「此乃下官主子的衣物。」

馬閃壓抑著表情，看著武官。武官低著頭開口：

「下官瞧見這塊布勾在河邊的岩石地上。」

旁人聞言，頓時一陣譁然。這是衣服的碎片。

「附近沒有別人。前方是激流，日前下雨使得河川暴漲。」

一聽此言，原本還說什麼主子與侍女幽會等鬼話的官員臉色都發青了。他們到這節骨眼上才嚷著「快去搜救」，但為時已晚。官員魚貫而出，一一離開宴會廳，僅餘馬閃與前來通報的武官，以及包括子昌在內的數名高官。

武官瞄了一眼離開的官員後站起來。

「那麼，下官再去找一遍發現此物的地方。」

說完，他就出去了。

武官一抬起臉的瞬間，馬閃瞧見他咧嘴一笑，但裝作沒看見。

馬閃指示兩名部下留在宴席場地，自己則來到山莊外頭。擔心主子安危的官員，在馬閃命人搜索時早已對部下做了指示，因此現在慌張失措的，都是那些方才說長道短的傢伙。

馬閃應付官員的詢問，一邊隨口回答一邊四下張望。方才那名武官這回帶著狗走了過來。狗抽動幾下鼻子，似乎在找什麼東西。這狗好像是獵犬，馬閃本以為牠在找獵物，沒想到牠停在一名官員面前，開始吠叫起來。

「這……這是做什麼！」

突然被狗這樣狂吠，官員表情變得僵硬起來。

「啊！請大人恕罪。」

「還不快把這狗牽走！」

官員火大地說，狗被牽走了，但這次又換成對該名官員的部下吠叫。官員一邊抱怨獵犬沒教養，一邊陸續離開。

搜索了約莫兩刻鐘後，他們聽到了很大的聲音，官員都聚集到瀑潭的下游。那裡有件破衣服，上面沾有紅紅黑黑的汙漬。不只如此，還有斷箭勾在衣服上。

「這是怎麼回事？」

馬閃一問之下，發現破衣服的那些人都搖頭。馬閃將破衣服與方才收到的碎布比對之後，發現正好吻合。紅色汙漬雖然被水泡淡了，但顯然是血跡。血應該是從箭鏃勾住的部分流出來的。

四下沒找到衣服的主人。若是只有衣服被沖來，表示人在上游；若是只有衣服勾在這兒，表示人在下游。河岸沒有水漬，主子應該並未從這兒爬上岸。

馬閃一邊看著撕裂的破布，一邊眉頭緊皺。

「讓我瞧瞧那箭。」

屬吏聽令，將斷箭交給馬閃。馬閃看看箭羽與箭鏃。

他拿著箭，對著陸續聚集而來的官員說：

「可否煩請各位大人，讓下官查驗你們的行囊？」

箭羽用的是鷹羽。鷹羽價格昂貴，不是誰都用得起。此番聽說要進行鷹獵，有不少人想討吉利，帶來裝了鷹羽的用具。

另外還有一點，就是此類用具都是由工匠一件件精心製作。達官貴人都不喜歡物品裝飾與他人重複，就算是箭矢這樣的消耗品，必定也喜歡獨樹一格。考慮到箭羽、箭鏃、箭身的材料或形狀，可以說每人攜帶的箭都各有千秋。

官員對於自己遭到懷疑雖然滿臉不高興，但仍不情不願地答應了。各家馬車都把狩獵用具搬了出來，大家似乎都確信自己的行囊之中沒有那種箭。

「……敢問這是怎麼回事？」

馬閃口氣冰冷地當眾說道。

「這是哪來的東西？」

馬閃手中箭矢的主人，語氣困惑地說。此人乃財務官署的高官，記得名字似乎叫魯袁，頭銜不重要。此人只是搖晃著豐茂的鬍鬚，否認箭矢是自己的東西。

「那不是我的，這當中一定有什麼誤會！」

魯袁比手畫腳地嚷嚷。周遭旁人都開始議論紛紛，懷疑的目光顯而易見地聚集到他身上。

然而馬閃手中的斷箭，與魯袁箭筒裡的箭就是有著相同形狀。
「大人說是誤會，請問是何種誤會？」
「你們難道沒想到，有可能是某人想陷害我，把我的行囊掉包了嗎！」
魯袁的臉孔焦急得抽搐，看得出來他心慌意亂。乍看之下，像是因為發生了意想不到的狀況而由衷感到困惑。他的那些部下也明顯地不知所措。
看到他們這副模樣，旁人似乎也慌張起來了。的確，把用來行刺的箭就這麼留在手邊，未免也太不小心了。
帶著獵犬的武官待在馬閃的身後。他似乎有話想講，目不轉睛地看著馬閃。馬閃又仔細端詳了一遍碎布。
「那麼，別處也許能找到被掉包的箭。」
馬閃環顧山莊的周圍。
「河邊大致上都找過了，也許是扔在林子裡。」
聽到這句話，有個人身體抖動了一下。雖然動作極其輕微，但馬閃觀察入微，沒看漏這個動作。
但願對方能乖乖上鉤。
「那麼，不如眾人分頭尋找吧？不用勞煩到所有人，下官希望能留下一半，繼續搜索吾主下落。」

沒人刻意對此一提議唱反調，只有魯袁一行人依然心神不寧。

馬閃嘆口氣，看向身後的武官。武官臉上浮現出平易近人的笑容。

這麼做就行了吧。

馬閃一副無奈的神情，又看了看碎布。

碎布上寫著熟悉的字跡。

○●○

男子五內如焚。他一邊四處張望，一邊擔心會有人找到那個地方。即使他認為不可能有人找到，但是大夥兒一起搜索，難免讓他心生不安。

那個東西不可能被人發現。他雖如此心想，身體卻自然而然地往那個地方走去。在落葉堆積形成柔軟土地的林子裡，他把落葉鋪平得整整齊齊，乍看之下是找不到的。只是那些拗脾氣的傢伙，若是把葉片掃開翻遍整塊林地，事情就棘手了。

該如何是好？

男子大感困惑。

他一點也搞不懂，那件東西怎麼會出現在那裡。或許是因為如此，男子異乎尋常地驚慌失措。

而當他抵達目的地時，他呼地鬆了口氣。他看著跟方才一模一樣，毫無改變的地面，總算放了心。

「那兒有什麼東西嗎？」

背後傳來一名年輕女子的嗓音，男子嚇了一跳，回過頭來。一名頭髮溼透的姑娘，手裡拿著個被泥巴弄髒的布包。男子看到那布包，赫然睜大了雙眼。

「喂，那是！」

男子正想伸手去搶，但手腕被一隻大手緊緊抓住了。一看，抓住他的人是個身材魁梧的武官，正是方才帶著獵犬的男子。

獵犬對男子吠叫不止。剛才這隻狗也對自己吠過。

「大人似乎很不得狗的喜歡。」

姑娘維持著冰冷的目光，以手指拈住了布包。

「您之所以沒帶狗去狩獵，原來是因為這個呀。」

說完，姑娘從布包裡取出了突火槍給他看。

十九話　遊獵　下篇

時間稍微往前追溯，且說壬氏與貓貓跳進瀑布之後的事。

嘴唇被壓住的感覺，與胸口非比尋常的壓迫感交互來襲。貓貓發出模糊的「嗯咕」一聲，一下子把水嘔了出來。她撐起身子，不斷嘔出穢物與其他東西。她感覺有人在摩娑她溼透的背部。

持續了一會兒後，貓貓才好不容易平靜下來。身後傳來一種歉疚的聲調，那人尷尬地別開臉去。

「若妳不諳水性，抱歉了。」

「……那種，狀況下，不可能……游得了泳。」

貓貓用鐵青的臉色與嘴唇，勉強擠出了這句話。

方才壬氏冷不防地抱起貓貓，就跳下了懸崖。而且他還做了助跑，雙腳在地上一蹬。過程中，貓貓彷彿又聽見了突火槍的槍聲。

懸崖有將近半引高。照常理來想，只會以為此人瘋魔了。

「這兒的瀑潭很深，只要跳下去的方式對，不溺水就不那麼容易喪命。」

「是，只要不溺水的話。」

看到貓貓一臉怨恨，壬氏尷尬地調離了目光。

貓貓站起來後，解開了衣帶。衣裳吸了水很重。

「妳……妳做什麼！」

「抱歉汙了總管的眼，但再這樣下去會染上風寒的。可否請壬總管也將衣服脫了？小女子替總管擰乾。」

說完，貓貓擰乾衣服。身上衣著還是很重，貓貓一不做二不休，索性把下半身的裙裳與中衣也脫了。衣服一脫，一大堆藥草掉了下來。貓貓看藥草都溼了不堪使用，嘆了口氣。只有肚兜與小衣實在不好脫掉。即使是乾瘦的肋骨，能遮的話還是想遮著。

貓貓拿起壬氏脫下，沉甸甸地往地上一扔的衣物，用力擰乾水氣。

「孤的慢點再擰，先弄妳自己的。」

不知怎地，壬氏略顯煩躁地命令道。但貓貓不好讓壬氏衣不蔽體地等著，於是先幫他擰乾衣物。結果壬氏從貓貓手中把衣服搶回，自己擰了起來。貓貓看壬氏力氣大，比她來擰更好，於是就擰起自己的衣物。

貓貓穿起還帶有水氣的中衣與裙裳後，這才終於環顧了一下四周。原來這是一處陰暗的洞窟。

「這裡是？」

「瀑布的內側，沒幾個人知道這裡。」

「總管似乎知之甚詳。」

「往昔有位官員在這裡陪孤玩過，聽說偶爾會用來試膽。」

「原來如此。」

貓貓在潮溼的成束藥草裡翻找可用的東西，然後將一個筍皮小包遞到壬氏的面前。解開麥冬草一看，裡面包了煮過的款冬。由於筍皮多包了幾層，裡面似乎沒碰到太多水。

「粗食不成敬意，可否請總管吃了？」

款冬調味較鹹，即使溼了應該也不會太影響味道。即使如此，供貴人食用還是太粗糙了。

「這是某種藥方嗎？」

「不，只是覺得壬總管似乎缺少鹽分。」

這不是藥，是貓貓帶來解饞的點心。這是今早早飯的一道菜，貓貓覺得味道好，請下女幫她包了一份。

「鹽分？」

貓貓看著壬氏。他現在看起來身體狀況不錯，但剛才整個人搖搖晃晃的。貓貓帶來的酒壺於跳崖之際弄掉了。酒壺裡裝有摻了醬與砂糖的水。

「總管在這豔陽高照的天氣以布蒙面，會無法適當調節體溫的。總管方才是否感到全身倦怠與頭疼？」

這就是壬氏身體不適的原因。他以布蒙面，幾乎不吃不喝又到處走動，身體當然會出問題。也許有人會覺得沒喝水沒什麼，但有時候缺水就能要人命。

方才渾身潑了水似乎幫助他緩和了頭暈，但為了謹慎起見，貓貓希望他能攝取點鹽分，所以才勸他吃小菜。

「原來是這樣啊。」

壬氏用指尖拈起款冬放進嘴裡。他似乎覺得味道還不壞，一口接一口。

這時，洞窟內響起了一陣笨拙的聲響，聲音來自貓貓的肚子。無可厚非，貓貓雖然吃得少，但也因此餓得快。傭人得等到高官吃過之後才能用飯。

壬氏摀著嘴，用手指拈著款冬遞到貓貓嘴邊。

貓貓險些齜牙咧嘴瞪他一眼。當然，她中途就克制住了。

「小女子不客氣了。」

貓貓微微板起臉孔，自己拈起款冬吃了。壬氏不得已，只好把款冬放進自己的嘴裡。吃到只剩筍皮後，壬氏舔了舔指尖。貓貓一邊覺得他這動作莫名地孩子氣，一邊收拾掉筍皮。

「方才那究竟是何物？」

貓貓戰戰兢兢地問。

「我看是突火槍吧。發射間隔不長，犯人可能不止一人。」

突火槍乃是作戰使用的兵器，每次發射之後都得重新裝填火藥點火。

可能正因為如此，壬氏才會不躲進林子裡，而是跳下懸崖。進入林子裡等於是投入敵人的懷抱，更何況對方有幾人都不知道。

（到底是結了什麼怨啊。）

貓貓很想說「別把我扯進來」，但坦白講，是貓貓把他帶到容易成活靶的地方，所以不便抱怨。雖然真要說的話，一進林子裡就已經很有可能遭到狙擊，但離開山莊影響仍然很大。

貓貓一面覺得過意不去，一面環顧四下。此處位於瀑布內側，水聲激烈。整個洞窟都很潮溼，長了青苔。看到一些地方散落著小動物的骨骸，可以想像牠們應該是進得來卻出不去。愈往裡頭走，光線就愈是陰暗。不過，她發現有一陣風舒爽地吹到身上。

「既然總管知道這兒有座洞窟，是否也知道如何出去呢？」

貓貓向壬氏問。

「最單純的方法就是游過瀑潭。」

「……對小女子來說恐怕有困難。」

貓貓不是很擅長游泳，方才溺水就足以證明這點。

「深處的天頂有個洞，通往山莊附近的洞窟。」

聽說為了試膽而跳下瀑布的人，大多都是從那兒讓人拉上去。

「高侍衛知道那裡嗎？」

壬氏被這麼一問，調離目光。

「高順不喜歡孤玩這種遊戲。」

看來他是瞞著高順偷偷來玩的。貓貓與壬氏陷入苦思，氣氛變得凝重。

「孤認為馬閃應該知道，只是怕他一時無法察覺。」

不像高順，馬閃腦筋有些死板。還需找個法子通知他一聲，他才會懂。

剛才那些找壬氏下手的人，想必正在瀑潭附近找人。雖然憑壬氏的體力可能游得過，但有危險。

貓貓走向洞窟的幽深之處，風從天頂咻咻吹來。貓貓想過也許可以從這裡大聲求救，但壬氏搖頭，大概是不管用吧。

「必須靠得夠近才聽得見。若是叫上一整天，或許會有人注意到。」
貓貓偏頭沉吟。無意間，她想起了一件事，便把拇指與食指含在嘴裡。
然後她試著用手指吹口哨。試了半晌，但沒得到任何反應。
（大概沒那種好事吧。）
貓貓自顧自地死了心，抬頭看看天頂上的洞。
地面到天頂的高度不是很高，大約九尺（二百七十公分）。她看看壬氏的個頭，少說有六尺（一百八十公分），但要跳上去有些難度。
可能是看出貓貓的心思了，壬氏盯著貓貓瞧。他沒說出口，但應該是在估算體重。
「辦不到的。」
貓貓先做了聲明。壬氏八成是打算自己當踏腳臺，讓貓貓站上去就能搆到。但貓貓礙於身分立場，不能這麼做。雖說是有著情非得已的理由，但要是被水蓮知道她踩過壬氏，誰知道會有何種下場。
「總比妳站下面有用多了，妳會被孤踩扁的。」
「可是……」
「叫妳做妳就做。」
既然他都這麼說了，不做不行。

貓貓板著臉，站到蹲下的壬氏面前。看樣子似乎是要讓她坐肩膀。不得已，貓貓只得坐到壬氏的肩上。她勉為其難地抓住壬氏溼透的頭，壬氏站了起來。

「妳是不是該再吃胖點？」

「現在不是說這個的時候。」

四下太暗了看不清楚，貓貓摸索著碰到天頂。天頂很潮溼，到處都滑滑的。貓貓用指甲勉強勾住邊緣，腳底踩到壬氏的肩上。

「似乎可行是吧。」

「是……」

就在貓貓如此說完，正要站起來時，一隻長著大眼睛的生物跳到了貓貓頭上。那東西嘓嘓一聲，從貓貓的額頭上輕輕一蹦。

（是青蛙啊。）

貓貓雖然不會被這點小事嚇到，但已經夠讓她分心了。拚命想支撐身體的手滑了一下。

「啊！」

半蹲姿勢的貓貓身子一個不穩。貓貓雙腳繼續讓壬氏支撐著，身體的搖晃就直接傳給了壬氏。

「喂，妳！」

貓貓的身體輕飄飄地搖來晃去。壬氏趕緊放手就沒事了，他卻規規矩矩地繼續抓著貓貓的腳。

結果……

潮溼生苔的地面非常容易讓腳打滑，唏溜一聲，兩人跌了個蠢笨的大跤。

「……」

貓貓沒摔疼。

取而代之地，貓貓的臉頰貼到了濡溼的肌膚。這個溫度不冷不熱恰到好處的肌膚，怦咚怦咚地打著拍子。

貓貓的身體被扣住了。兩條強健的手臂繞到貓貓背上，緊緊地將她抱住。些許殘香鑽進了貓貓的鼻腔。

貓貓的心臟也跳得很快。身體貼得如此緊密，心跳聲應該會被聽見，但貓貓想掙脫也掙脫不開。當血液撲通撲通地在全身上下循環時，貓貓的腦袋專注於一件事上。

（這是什麼？）

貓貓的左手，夾在兩人的身體之間。在她的手心裡，有著某個軟綿綿的東西。她本以為是把青蛙壓扁了，但剛才的青蛙跟這大小相差很多。最重要的是，感覺之間還隔了布料。莫非是青蛙跑進了壬氏的衣服裡？貓貓不禁動動手指，想弄清楚它是什麼。

「嗯！」

壬氏發出了呻吟般的叫聲。貓貓的心臟重重地怦咚跳了一下。貓貓抬起頭來，可以看到壬氏的下頷。只見他緊咬嘴唇，似乎在忍受著什麼感覺。

衣服底下的青蛙可能還活著，好像開始動了起來。

「抱……抱歉，可以請妳把那隻手移開嗎？這……這有點不適宜。」

壬氏有些語無倫次地說，他別開臉不看貓貓。別開的臉不知怎地，冒著冷汗。他皺著眉頭，不知怎地顯得很難受。

「不適宜……」

貓貓的左手反射性地使了一下力，壬氏的表情更加僵硬起來。無意間，貓貓將視線移向左手放置的位置，發現就在壬氏肚臍底下的近處。

「……」

那裡有個本來不該有的東西。把手放在那種地方，甚至竟然還握住它，簡直是寡廉鮮恥到了無以復加的地步。但是不可能會有，不應該會有的。壬氏乃是宦官，既然是置身於後宮的官員，理當如此。

可是偏偏就是有，無可奈何。

（！）

貓貓悄悄放手，想爬出壬氏放鬆力道的臂彎。然而她的腰被用力按住，使她停留在跨坐於壬氏身上的狀態。

壬氏一邊撩起瀏海一邊嘆了口氣，然後看著貓貓。

「就某方面來說，或許算替孤省了事吧。」

他那臉龐就像愁眉不展的美麗天女。然而，這傢伙不是天女。儘管擁有回眸一笑就能傾國的美貌，這傢伙終究不是女性。

而且，也不是捨棄了男子象徵的宦官。

當貓貓壓到壬氏身上時，他的單薄衣物敞開，但底下並沒有鬆垮的贅肉，而是緊實得穠纖合度，經過鍛鍊的肉體。此人的確有著天女般的容顏，但肉體卻與千錘百鍊的武人無異。

也許他根本就不是宦官。貓貓無法理解自己怎麼從沒想過這點。

不，也許其實是下意識地裝作不知。

「孤有一事想告訴妳，此番命妳同行就是為了這事。」

貓貓差點想摀住耳朵。貓貓霎時理解到，她不能再聽下去了。但若摀起耳朵，對方就會發現她的此種心思。

後宮裡有個並非宦官的男子，此事一旦曝光，不知會有何後果。假若該名男子染指了嬪妃，讓龍種以外的私生子混進了後宮……

貓貓眼睛半睜。

（拜託不要，別把我扯進那種麻煩事！）

至今貓貓不知被壬氏利用了多少次，即使每件事不分大小都是麻煩事，但貓貓倒都覺得還好。

但是，這事另當別論。

一旦知悉了，就得帶著祕密進墳墓。

（我可不想跟你混到進棺材！）

因此，貓貓的作法是——

「請總管恕罪，小女子可能壓爛了一隻青蛙。」

她面無表情地如此說。

「……青蛙？」

壬氏的表情僵住了。

這樣也無妨，貓貓一心只想把事情帶過。

「是，正是青蛙。請總管恕罪，方才由於青蛙從上面掉下來，害得小女子一不小心沒站穩。總管可有受傷？」

那個軟呼呼的觸感是青蛙，肯定是青蛙，貓貓如此說服自己。

「不，這不是青蛙……」
「小女子該死，似乎讓總管挺身保護了我。我們還是早早離開這裡吧。」
貓貓想站起來，但壬氏不放手。
「壬總管，可否請您把手拿開？」
「妳說誰是青蛙了？」
壬氏繼續按住貓貓的腰，撐起上半身，結果讓貓貓繼續坐在他的大腿上，兩個人面對面。張開雙腿坐在人家大腿上的姿勢，只能說實在很不檢點。
壬氏咄咄逼人地把臉逼近過來，讓貓貓一瞬間有點退縮。但她現在不能認輸。
貓貓也不服輸地看著壬氏，試著把鼻子湊到距離兩寸（六公分）的位置。
「若不是青蛙，那總管說那是什麼呢？」
那是青蛙，那是青蛙。貓貓說服自己。左手那個軟呼呼的觸感是青蛙，除了青蛙不會有別的了。青蛙很噁心，讓她不禁把手在裙裳上擦了擦。
「青蛙不是更小一點嗎？」
壬氏把臉往貓貓逼近了一寸。
「不，這個季節，多得是**尚可**算大的青蛙。」
「尚……尚可……」

壬氏畏縮了，神情顯得好像有點受到打擊，但貓貓趁機把臉湊了上去，停在鼻頭快要碰著的位置。

「是，尚可。如果不是尚可算大的青蛙，那是尚可算大的什麼呢？」

其實不止尚可，但目前就說尚可吧，說尚可都便宜他了。

「喂，妳幹麼頻頻擦手啊！」

壬氏不知為何，露出一副受到打擊的神情。

「還不是因為青蛙很噁心？」

「妳說誰噁心了，是誰成天說著想喝蛇酒的？」

「青蛙會冒黏液啊。」

「誰冒黏液了！」

兩人互瞪了數秒……不，是數十秒。

壬氏先有了動作。他繼續把嘴唇抿成鋸齒狀，悄悄調離了目光。

（我……我贏了？）

貓貓看一眼調離目光的壬氏後，呼地吁了口氣。

凡事都不宜知道太多。貓貓知道自己的分寸只適合當個下女，還是活得懵懂無知比較好。不管發生什麼事，不管頂頭上司做什麼，貓貓只消一句「小女子一無所知」就成了。

貓貓今後仍然無意改變這種處事態度。壬氏與貓貓乃是高官與下女，沒有更深或更淺的關係，其中不需要多餘的祕密。

貓貓逃離壬氏好不容易才放鬆力道的手，想站起來。但就在這一瞬間，她的身子被迅速按住了。貓貓一時鬆懈，身子就這樣躺到地面上。

往上一看，壬氏就在眼前。他身體晃晃悠悠地欺到了貓貓身上來，眼瞳如燭火般搖曳著。

「這樣吧。」

說完，壬氏緩緩抓住貓貓的膝蓋內側，將它抬了起來。如今的姿勢比剛才更讓人羞於啟齒。

「妳不妨做個確認如何？」

壬氏僵著臉孔說。

貓貓起了一身雞皮疙瘩，像隻蟾蜍似的冷汗直冒。貓貓現在才後悔剛才不該那樣挑釁，但已經太遲了。

壬氏也差不多，一瞬間，露出了某種不知所措的表情。兩人都僵著不動，停頓了數秒到數十秒。

繼而，壬氏像是下定了某種決心，咬咬嘴唇後開始有了動作。

壬氏的臉緩緩靠近。

（我應該踢他嗎？）

就在貓貓驚慌失措地做如此想時……

「……怎麼了？」

壬氏忿忿地抬頭往上看。出口那邊似乎傳出了某種聲響。

從上方傳來了像是動物嚎叫的聲音。

「……」

貓貓戰戰兢兢地把手指含進嘴裡，嗶的一聲，用手指吹了個口哨。

一吹之下，「汪汪！」傳來了狗叫聲。貓貓再度用手指吹口哨後，一團毛球從正上方的洞口掉了下來。毛球直接擊中壬氏的背部，貓貓從按著腰縮成一團的壬氏底下爬出來。毛球正是之前跟李白玩的獵犬。貓貓抱起毛球，把牠全身上下摸了一遍。

「喂，是怎麼啦——？忽然就開始亂跑……」

貓貓聽見了莫名悠哉的笨狗聲音。

壬氏一邊揉背，一邊仰望著天頂。

貓貓一邊心想「得救了」，一邊拉開嗓門呼喚李白的名字。

「到底是怎麼搞成這樣的？」

李白問道，好像一點都無法理解這個狀況。

貓貓與壬氏請李白拿繩子來把他們拉上去。一如壬氏所言，天頂的洞通往山莊附近。

「……還有，妳怎麼會跟這位大人在一起啊？」

李白偷偷跟貓貓耳語。李白所謂的這位大人，就是蒙面的壬氏了。其實李白就算瞧見壬氏大概也不會有任何感覺，或許是為了以防萬一吧。

「只能說一言難盡。」

貓貓曖昧的回答讓李白偏了偏頭，但因為事情關係到壬氏這位達官顯宦，他也就沒再多問了。貓貓只告訴他，他們是在摔落瀑潭後進了洞窟。

「還請李公勿將我在這兒的事說出去。」

壬氏在洞窟裡席地而坐，如此說道。可能因為蒙面，講話口吻又硬，嗓音聽起來與平素判若兩人。

「遵命。」

李白恭敬地低頭。

壬氏之所以要他保密，也許是為了刺探敵人的動向。但難道連高順他們也不通知一聲嗎？

在李白的大腿上，居功厥偉的獵犬搖搖尾巴看著李白。李白一邊摸牠的下巴，一邊拿小塊肉乾餵牠。

貓貓無意間看了看那狗。這隻狗聽見了貓貓的手指口哨而一路趕來，想必耳朵很靈，不過——

「……這狗還會什麼其他把戲嗎？」

「把戲？好像是會找兔子洞。」

李白一面對貓貓，講話態度就跟平素一樣了。獵犬抽動幾下鼻子靠近貓貓。這狗不只可愛討喜，好像還很聰明。

貓貓瞄了壬氏一眼。由於方才發生過那事，跟他四目交接多少有些尷尬。但該說的話還是得說。

「壬……香泉大人。」

貓貓想起壬氏在這兒用的是化名。既然還是有蒙面，或許用這個名諱比較好。

「何事？」

隔著蒙面布傳來的聲音很冷淡，大概是氣貓貓方才那樣跟他百般挑釁吧。不然他不可能做出那種事來。

假如貓貓說「萬萬沒想到他會做出那種舉動」是否太不負責任？仔細想想，壬氏在那件事上並未打算要敷衍，反而似乎還想跟貓貓解釋清楚。

但貓貓卻因為實在不想知道，而亂找藉口想把事情帶過。聽到那些話，壬氏會動怒也是無可厚非。這位貴人對自己的容貌可是信心十足，身上懷藏的青蛙想必也是雄壯威武吧。

貓貓於思索著如何是好的同時，仍然有件事不得不講。

「小女子也許能揪出方才的槍手。」

說完，貓貓摸了摸獵犬的頭。

之後，事情就發展成了方才那般狀況。

貓貓打開了沾滿泥土的布包，裡面有三把還帶著火藥味的突火槍。貓貓沒看過突火槍，想不到這麼小，讓她很是驚奇。而且不只是貓貓，壬氏與李白也都睜圓了眼。

據聞這是最新式的火槍，來自異國，在國內恐怕尚未普及。它不像舊有的火槍是以火繩點火，而是採用了複雜的形體，以形狀特殊的金屬部分敲出火花點火。壬氏與李白也是初次看到，只不過是試射了一發，對構造有個大致理解罷了。

把最新型的突火槍拿到鼻子前面，可以嗅到一股獨特的臭味。這味道就像腐壞的雞蛋，非常不好聞。火藥一般由木炭、硝石與硫磺混合而成。點火引爆後，會發出獨特的氣味，奇臭無比，讓人不禁捏鼻。

假若在狩獵時使用這種火藥，嗅覺靈敏的狗會第一個起反應。實際上，他們一讓李白帶著的獵犬嗅聞火藥的臭味，牠立即就找到了這些突火槍。在這附近一帶，沒人會使用突火槍打獵。這是因為突火槍本身準確度不高，不適合用在滿路障礙的山中。

這次對方使用此種火槍狙擊壬氏，一大理由可能因為這是最新型。他們試射之下，得知不只點火方式獨特，飛行距離與命中精確度也有所提昇。只是即使如此，狙擊壬氏的男子還是失手了。

男子被李白將手臂扭至身後，失去了行動自由。而且李白還用東西塞住了他的嘴以免他咬舌自盡，處理得面面俱到。

「真對不住那幾個受冤屈的大叔。」

想用計套出祕密，最快的法子就是利用別人設圈套。在壬氏的指示下，他們選了個較為粗枝大葉，反應又大的高官。

男子的同夥……不如說他上頭的高官與部下應該已經有人盯緊，以便隨時可以逮捕歸案。再來只消把這個男子帶去，把罪狀弄個清楚就行了。

獵犬在李白周圍跑來跑去。

「好好，你真了不起。」

李白一邊用一隻手綑綁男子，一邊稱讚獵犬。他們對真凶已然心裡有底。以突火槍射擊的人身上也會沾附火藥臭味，就算他以為已經消除了氣味，還是無法瞞過獵犬的鼻子。

貓貓把突火槍用布重新包好，便尾隨擒住犯人的李白而去。

終話

這次還是一樣，心裡留下了一個疙瘩。上回翠苓那事也是，事情未能完全解決讓貓貓很不愉快。然而貓貓明白就算心急，自己也無能為力。

高順今宵參加了夜宴。由於宴席於湖上船舶舉行，護衛只帶了最少限度，貓貓留在住宿處。因此她走進客房，感受著晚風。

（那種突火槍的形狀……）

說是最新的式樣，據推測很可能來自西方。

（西方啊……）

貓貓想起那兩位有意爭奪皇妃之位的使節。這讓貓貓想起一件事，她們偷偷溜出房間，不曉得是去做什麼了？如同高順比喻成懷孕，說不定是懷了某種姦情或奸計。貓貓想過她們搞不好利用自己的美貌籠絡了一些官員，但也有可能是別的事情。

無論哪個國家都想要最新型的兵器。但兩國之間買賣軍火，只會點燃戰爭的導火線。兩位使節的祖國也不便明目張膽地販賣武器。但也不可能不透過朝廷就偷偷販賣這種東西。

（難道說她們採取了比想像中更危險的手段？）

不，要不然就是背後有個巨大的後盾。

貓貓不知道今日被捕的官員等人會招出多少，或是知道多少。貓貓只希望朝廷能早日摘除禍種。

貓貓雖沒善良到會為他人祈福，但她好歹明白一個道理，就是自己周遭的人能安穩度日，自己才會有好日子過。

差不多該就寢了，貓貓拉起帷幕時，聽到咚咚敲門聲。貓貓不由得嚇了一跳，躡手躡腳地靠近房門，只打開一條縫看看。門外站著她此時最不想見到的人。

眼下，高順正在參加夜宴，馬閃或許也是。為何就只有這個男的沒去參加？

「妳不想開門就別開。」

美妙的嗓音，聽起來似乎有點沮喪。她從門縫中瞧見壬氏轉過身去，背對著她靠到牆上。

「抱歉讓妳受驚了。」

「……」

貓貓仍然沒說話，跟壬氏一樣把背靠到牆上。從開了一條細縫的門，可以聽見壬氏的深沉嘆息。然後是把頭髮亂抓一通的聲音，以及煩躁不安地用鞋子跺地的聲響，接著他可能在猛搖頭，聽得見頭髮掃到牆壁的聲音。

不用看到臉，貓貓也能清楚想像到他是何種表情。大概是想跟貓貓說什麼，但是想不到該怎麼說吧。而貓貓也跟他一樣。

貓貓覺得很傷腦筋，搔了搔鼻頭。

「小女子並未放在心上。小女子才必須向總管賠罪。」

畢竟自己「尚可尚可」地連喊了那麼多遍，壬氏當然也要發怒了。氣到就算對方是貓貓，也非得挑釁一下不可。

貓貓聽見壬氏在門外低聲呻吟。

（不曉得他在想什麼？）

貓貓不諳人心。說起來，一方面是因為她不感興趣，另一方面也有可能是因為沒人教過她。貓貓在襁褓時期，綠青館的小姐或僕役都照顧過她，但終究還是以差事為優先，聽說都是將她一個人放在房間裡。再怎麼哭，也得等到大家事情都做完了才能來照顧她。可能是領悟到這點了，據說貓貓成了個不愛哭的嬰兒。

不知道是否因為如此，貓貓變得不太能察覺對方對自己的好意或惡意。她在水晶宮受到欺負之所以無動於衷，或許就是因為如此。當然她還是會不高興，但比別人程度輕微多了。

「……」

因此，貓貓不知該對壬氏說什麼才好，兩人又陷入了沉默。貓貓努力想了半天，斟酌著字眼說：

「小女子什麼都不打算說。對小女子而言，壬總管就是壬總管。」

貓貓一不小心忘了要講化名。她搖搖頭，覺得自己真粗心。但這卻是貓貓真心實意的回答。

（只不過是有沒有多**兩顆**罷了。）

反正又不會叫貓貓看，就當作跟自己無關吧。

「對妳而言，孤就是孤，是吧。」

那聲音聽起來又像高興又像寂寞，難以言喻。壬氏開始窸窸窣窣地翻找起某種東西，然後將手伸到房門打開的縫隙來。貓貓不由得轉過頭來，退後一步。

「……別這麼有戒心，孤只是想把這給妳罷了。」

一只布包輕輕地放到了門檻上。貓貓不知道這是何物，伸出了手，指尖碰到了壬氏的手。那只在倏忽之間，還來不及感受體溫就分開了。

「孤一直打算在把這東西給妳的時候，告訴妳一件事。雖然先給了妳熊膽就是了。」

壬氏語氣嚴肅地說。

貓貓好奇地打開布包，裡面放了黃色的石子。

「這事可能會給妳惹來麻煩，但孤希望讓妳知道。」

壬氏將聲音壓低，但口齒清晰地說了。

（這……這是……）

「孤之所以此番讓妳一同出遊，也是因為……」

他一個字一個字慢慢擠出來似的說道，然而——

（牛……牛……）

「牛黃——！」

貓貓沒聽進去。

貓貓站起來大叫。

夢寐以求的祕藥如今就在這兒。她淚光閃閃，心臟激烈跳動，口裡喘著大氣，呼吸愈變愈急促。

貓貓把整個房門打開了。壬氏驚得目瞪口呆，身體後仰。

「謝總管！」

貓貓低頭謝恩。

「嗯，說是好不容易終於到手了……喂！不准妳擅自關門，孤的話還沒說完——」

貓貓砰一聲把門關上後，卡上了門閂。她不想讓任何人來打擾她。

貓貓單腳站立轉了一圈，愛憐不已地望著牛的膽結石。她的嘴唇歪扭成奇怪的形狀，發出嘻嘻笑聲。

好像有人在用力咚咚敲門，但比起現在眼前的牛黃，不過是芝麻小事罷了。

這東西讓貓貓高興到把壬氏白日的行動隨便就拋到了九霄雲外去。她心臟咚怦咚怦地狂跳，蓋過了周圍的聲音。貓貓一邊用臉頰去磨蹭牛黃，一邊跳到了床上。

她一邊沒教養地擺動雙腿，一邊用食指戳戳扔在褥子上的牛黃。

總覺得只要看到這寶貝，當差一整個月不眠不休都不成問題。雖然只是想想，實際上真那麼做的話會死人就是了。

貓貓已經不在乎壬氏是不是宦官了。不管是不是，貓貓都無意插嘴。只是她也沒薄情到獲賜了這般好東西，還一點都不感恩戴德。

有朝一日當壬氏的祕密即將東窗事發，陷入困境時，貓貓應當盡力救他脫困。她如此心想。

（屆時，我一定會好好地……）

幫他變成真正的宦官。

當貓貓如此堅定決心時，房門仍然被人用力敲得咚咚響，但聽在貓貓耳裡只不過是雜音罷了。

○●○

主賓回來之後，白日的筵席隨即散會。

一些官員看到主賓平安回來，鬆了口氣，明顯地開始對他逢迎巴結。難以想像這些個傢伙方才還在亂戲謔，譏笑他跟宮女幽會。

高順看到壬氏面有倦色，雖然擔心，但搖搖頭告訴自己「現在的自己沒那立場」。他將這份職責交給了兒子馬閃，不知他有無克盡職守。

宦官「壬氏」的隨從「高順」沒有理由與主賓成為親交。他只不過是代替主子「壬氏」與會罷了。

言行舉止最好還是別踰越自己的職分。

蒙冤的魯袁得知自己得到平反，本來還在發怒，但那人個性單純，如今參加壓驚的筵席，已經顯得心滿意足。他們表面上是假稱主賓隨興離開筵席，然後安然無事地回來；但眾人想必都已經知悉內情。中途有某個官員以及其黨羽消失不見，而今後他們想必也不會再出現在政治舞臺上了。

關於最新式樣的突火槍，非得逼那些人招出些什麼詳細內幕不可。至於要用何種手段，高順最好還是佯裝不知，大家才能相安無事。

而眼下，高順有自己的差事要做。

今宵的筵席獨具巧思，在池子裡的船舶上設宴款待賓客。筵宴之上有著飲不盡的好酒與摩肩如雲的美女，想必是仿傚了酒池肉林的事例。

高順覺得無奈。

高順好歹也是個**宦官**。他無意迷戀女色，若是萬一動了那種念頭，後果不堪設想。想到產下兒子馬閃的女子——也就是他的妻子，高順對這些美女就連碰都不想碰一下。

至於講到他的兒子，不知道是暈船、不勝酒力還是被這些個軟玉溫香薰昏了頭，現在正癱倒在船上。高順嘆口氣，覺得這兒子還有待精進。

「對宦官而言，這般宴席恐怕是枯燥無味吧？」

高順只是一個勁兒地喝酒時，一名官員湊到他身邊來。在同一艘船上服侍的女子，都比他自己的兒子還年輕。

「真是可憐啊，只因為觸怒了女皇，就得受到如此對待。」

可能是三杯黃湯下肚變得多嘴起來，官員用一種愚弄人的口氣說道。

正是如此，高順分明擁有「馬」字之名，卻因為觸怒女皇而遭受宮刑，捨棄過往的名字而改名為「高順」。表面上是這麼說的。

不過，在列席宴飲之時，主人都是將他視為馬家之人而非宦官。這就是眼下高順的處境。

「那都是過去的事了。況且您看，今宵月色皎潔，正適合把酒賞月。」

高順只如此說道，隨即仰望天空，半虧之月皓白如玉。若不是有一群男子七嘴八舌地自賣自誇，又有一群女子尖著嗓子撒嬌撒痴，倒也還算得上是良辰美景。

「不過話說回來，美若天仙的宦官閣下居然不出席，真是有些遺憾啊。」

所謂美若天仙的宦官不用說，指的自然是壬氏。而且，也不是指眼下正在房間裡歇息的貴人。

「此番有蒙面貴客蒞臨，也算彌補了缺憾。表面上還請當成是染了風寒。」

「哈哈，那樣美麗的容顏若是列席，等於是讓在場賓客羞於見人了。」

某位時常蒙面的貴人，對外佯稱幼時臉部受了燙傷，從此以後深居簡出。無論天氣如何炎熱，他都不會在外人面前取下蒙面布。

「無論如何，總之今宵他是不會列席了吧。看來這位貴人也是相當辛苦啊。」

「似乎是如此。」

高順答腔的同時，注意著不讓感情現於臉上。

夜宴就在主賓缺席的情況下進行。

高順讓酒滴滴答答落在水面上，望著掀起的漣漪，心裡希望夜宴能早點結束。神色有異的不只是主賓，另一人——隨同高順前來的姑娘，神色看來也不大對勁。

換作是一般姑娘與那主賓一同行動，又險些遭人暗殺，就算有些心驚膽顫也是無可厚非，但那位姑娘可不只有這點氣度。再說就高順來看，她不太像是害怕生命受到威脅的樣子。

她平素對那主賓的應對態度總是恭敬當中帶些無禮，方才的態度看起來卻有些見外。

莫非是把事情告訴她了？

那姑娘天資聰穎，只要想到今後自己的境遇，會採取那般態度並不奇怪。應該說除非是與她有些熟識之人，否則絕對察覺不到她態度上的變化。她那樣已經算及格了。

今後為了應對主賓身上可能發生的狀況，他們必須讓姑娘知道那件事。雖然對姑娘過意不去，但這證明了她的利用價值之高。當發生某些大事之際，能用的殺手鐧是愈多愈好。屆時就算被指為冷酷無情，高順也甘願接受。

「照他那副樣子，皇上必定也是憂心忡忡吧。此番這事也是，真不曉得他打算如何處理。」

官員一邊用指尖搓揉下巴的鬍髯，一邊嘆氣。從目前這狀況不難看出，誰幹了什麼好事，眾人已是心照不宣了。把這事說出口不能算是明智之舉，只能說或許筵席之上有了三分酒意吧。

「像他那樣的人身為東宮，誰能不憂心？」

從「像他那樣的人」這種稱呼當中，看不出半點敬意。

可想而知，畢竟那位貴人大門不出，二門不邁，出現在眾人面前時總是以布蒙面。誰都會認為這樣的皇弟不可能主持政務。

此番鷹獵，主賓正是皇弟。

聚集而來的高官，恐怕是抱著半看熱鬧的心態而來，想見見不輕易拋頭露面的東宮。當然，他們還是無緣一見東宮的真面目。

而他們得知竟有大膽狂徒想要東宮的命時，想必嚇破了膽。此時主賓不在，筵席卻依然如常舉行，就某種意味來說，也是為了解解他們心裡的悶氣。

他們認為有必要看清楚東宮是何種人物，此種想法並沒有錯。

而這個官員想必是把東宮認定為無能之輩了。對於眼下欲蓋彌彰的掩飾方式，眾人有兩種反應。一種是認定東宮無能，一種則是打定主意繼續觀察。

而這個選擇了前者的官員，找宦官高順說話是有理由的。

「自去年皇子殿下夭殤以來，不知可否有哪位嬪妃懷孕？」

高順心想：原來這才是正題啊。

誰有了身孕，有孕的是哪位嬪妃，產下的是男是女，這些都會大大改變宮中的勢力分布。

高順緩緩搖頭。

「很遺憾。不過嬪妃人數眾多，竊以為遲早會有喜訊的。」

「是嗎？這麼一來……」

官員偷瞄了涼亭一眼，那兒站著一名略顯福態的官員，在遠遠旁觀客人是否盡興。此人正是設宴的主人子昌。

此處沒有其他上級妃的親屬。既然是子昌作東的筵席，這也是理所當然。

高順目送找到短期間內阿諛對象的官員離去後，呼一口氣，替自己斟酒。

他一邊心想主賓壬氏……不，「華瑞月」此時不知在做什麼，一邊把盞賞月。

華瑞月……在這國家之中，名字能冠上「華」字之人寥寥可數，目前僅有兩人。

一位是這個國家的天子，另一位則是天子的同母御弟。

《藥師少女的獨語 4》待續

國家圖書館出版品預行編目資料

藥師少女的獨語 / 日向夏作 ; 可倫譯. -- 初版. -- 臺
北市 : 臺灣角川, 2019.06-
冊 ; 公分

譯自 : 薬屋のひとりごと
ISBN 978-957-564-997-5(第2冊 : 平裝). --
ISBN 978-957-743-296-4(第3冊 : 平裝)

861.57 108005768

Kadokawa
Fantastic
Novels

藥師少女的獨語 3

（原著名：薬屋のひとりごと 3）

2019年10月28日 初版第1刷發行
2024年3月15日 初版第7刷發行

作　　者：日向夏
插　　畫：しのとうこ
譯　　者：可倫

發 行 人：台灣角川股份有限公司
總　　監：呂慧君
總 編 輯：蔡佩芬
主　　編：林秀儒
編　　輯：邱瓈萱
設計指導：陳晞叡
美術設計：吳佳昫
印　　務：李明修（主任）、張加恩（主任）、張凱棋

發 行 所：台灣角川股份有限公司
地　　址：104台北市中山區松江路223號3樓
電　　話：（02）2515-3000
傳　　真：（02）2515-0033
網　　址：www.kadokawa.com.tw
劃撥帳戶：台灣角川股份有限公司
劃撥帳號：19487412
法律顧問：有澤法律事務所
製　　版：巨茂科技印刷有限公司
ＩＳＢＮ：978-957-743-296-4